FRANCISCO BRAVO
W9-BLE-614
Fic Kle
38754000102359
Con tu musica o con la mia
LOS ANGELES UNIFIED SCHOOL DISTRICT

DATE DUE			

CON TU MÚSICA O CON LA MÍA

Jen Klein

CON TU MÚSICA O CON LA MÍA

Traducción de Camila Batlles Vinn

PUCK

Argentina – Chile – Colombia – España
Estados Unidos – México – Perú – Uruguay – Venezuela

Título original: *Shuffle, Repeat*
Editor original: Random House Children's Books, a division of Penguin Random House LLC. New York
Traducción: Camila Batlles Vinn

Esta es una obra de ficción. Todos los acontecimientos y diálogos, y todos los personajes, son fruto de la imaginación de la autora. Por lo demás, todo parecido con cualquier persona, viva o muerta, es puramente fortuito.

1ª edición Septiembre 2017

Aribau, 142, pral. – 08036 Barcelona
www.mundopuck.com

ISBN: 978-84-96886-67-4
E-ISBN: 978-84-16990-64-1
Depósito legal: B-15.314-2017

Fotocomposición: Ediciones Urano, S.A.U.

Impreso por: Rodesa, S.A. – Polígono Industrial San Miguel
Parcelas E7-E8 – 31132 Villatuerta (Navarra)

Impreso en España – *Printed in Spain*

Para Josh

LA NOCHE DEL BAILE DE FIN DE CURSO

El coche frena junto al bordillo y me apeo antes de que el aparcacoches pueda alcanzar mi puerta. Jamás en mi vida he tenido tanta prisa y no me importa si alguien se da cuenta.

Estoy sola cuando subo corriendo los escalones del edificio, y estoy también sola cuando atravieso el inmenso y desierto vestíbulo y entro en el espléndido salón de baile. Decorado con guirnaldas de luces centelleantes y tachonado de mesas cubiertas con manteles blancos, está lleno de personas que conozco desde hace años. Y es en ese momento cuando me siento más sola que nunca: cuando entro en el baile de fin de curso de mi promoción.

Es culpa mía, desde luego. Sí, fue un chico quien me rompió el corazón, pero yo cometí el error. Fui yo quien rompió una promesa.

Sin embargo, mantengo la cabeza alta porque tengo un motivo para estar aquí. Debo llevar a cabo un gran gesto romántico, pronunciar un discurso épico, dejar que mi corazón lleno de dolor se desangre sobre el rayado suelo de vinilo.

Escudriño la pista de baile y lo veo en un extremo, meciéndose de un lado a otro como suelen hacer los chicos cuando no quieren (o no saben) bailar. No me busca con la mirada, pero es lógico, puesto que está con otra chica. Ella está a su lado, y ambos tienen los dedos entrelazados.

Nada de lo que pase esta noche va a ser fácil.

OTOÑO

1

Aunque se me ve perfectamente en mi nuevo porche delantero, el chico que, mal que me pese, viene a recogerme en coche anuncia su llegada con un potente bocinazo, lo bastante fuerte para que traspase la música de los Damned, que suena a través de mis auriculares de botón.

Oliver Flagg es el tipo de chico al que le gusta hacer una entrada triunfal.

Espero a que su mastodóntico coche chupagasolina se detenga por completo antes de parar mi música y dirigirme hacia él. Lo que sea que Oliver escucha —oigo una batería y unas guitarras— se interrumpe bruscamente cuando me acerco. Aunque con mi metro sesenta y cinco de estatura soy una persona de un tamaño totalmente razonable, prácticamente tengo que tomar impulso para saltar y meterme en su vehículo, monstruosamente grande, pero al fin consigo instalarme en el asiento, con el cinturón de seguridad abrochado y la mochila sobre mis rodillas, deseando que este viaje —y mi último año de instituto— terminen cuanto antes.

—Llegas diez minutos antes de lo previsto —digo a Oliver. El hecho de que nuestras madres sean íntimas amigas no significa que nosotros tengamos que seguir el mismo camino.

—Tú ya estabas lista —responde con tono afable—. Me esperabas fuera, toda arreglada para tu primer día de instituto.

Dado que llevo uno de mis atuendos habituales —vaqueros, Converse y un top negro sobre otro blanco— pienso que ha querido hacer un comentario jocoso, aunque quizá no sepa lo que significa la palabra «jocoso».

—Estaba escuchando música. Abrazando la *soledad.*

—Ahora puedes abrazar nuestra mutua compañía. —Oliver me dedica su sonrisa de deportista-tío-bueno-superpopular antes de hacer marcha atrás hacia Callaway Lane—. Además, hay que llegar temprano el primer día de clase. Estos son los días de gloria, Rafferty.

—Días de gloria. —Las palabras salen de mis labios con tono apagado. Por lo que a mí respecta, el instituto es un periodo que hay que superar y olvidar. No necesito regodearme en su pomposa tradición.

Pero este es Oliver Flagg. Le chifla lo puramente decorativo. Se revuelca en la frivolidad. Si existe la más remota probabilidad de algo relacionado con un formulario de inscripción o una pancarta ensalzando el «espíritu» estudiantil o un tío disfrazado de pájaro (la mascota de nuestro instituto es un petirrojo), Oliver se apunta.

En suma..., le encantan esas gilipolleces.

Y yo las odio.

Las odio *profundamente.*

Giramos por Plymouth y enfilamos hacia el oeste sumidos en un tenso silencio mientras pastos, arces y casas de labranza desfilan junto a nosotros a ambos lados. Resulta increíble que una zona rural tan vasta exista a tan solo veinte minutos fuera de la ciudad.

Me paso los dedos por el pelo, que no es del todo castaño ni del todo rubio, no del todo liso ni del todo rizado. No es del todo nada..., como yo.

Me pinto los labios con *gloss.* Me rebullo en el asiento y, sin querer, propino una patada a la docena de botellas de plástico vacías que hay a mis pies. Sin poder aguantar más, al final suelto lo que los dos estamos pensando.

—Mira, lo entiendo. Nuestras madres no nos consultaron cuando se les ocurrió este plan. —Oliver me mira pero no dice nada, así que continúo—: No pasa nada. Tienes cosas más interesantes que hacer. —Sus cejas se juntan en el centro—. Puedes llevarme al instituto un par de veces más para que no se cabreen y luego pensaremos una excusa. Les diremos que tienes entrenamiento y yo tomaré el bus.

Esta vez, las cejas de Oliver se disparan hacia arriba.

—¿Entrenamiento?

—Lanzar un balón, dar patadas, regatear o lo que sea que hagas. En serio, no me importa.

Los labios de Oliver esbozan una media sonrisa.

—Mi… esto… entrenamiento de regateos es después de clase. No me supone ningún esfuerzo pasar a recogerte por las mañanas.

—Y a mí no me importa tomar el bus.

—Es un trayecto de hora y media. El autobús da una vuelta enorme por las afueras antes de llegar al instituto.

Oliver tiene razón, pero odio convertirme en un caso de caridad.

—Sé que has acumulado cierta reputación de buen tipo, pero no es necesario que pases a recogerme. Es horrendo. Excesivo. —Aunque un poco tarde, me doy cuenta de que Oliver quizá no pille mi avanzado vocabulario, de modo que se lo aclaro para que lo entienda—. Es demasiado.

—No me importa.

Me rebullo de nuevo en el asiento y observo su perfil. Algunas chicas de nuestra clase darían cualquier cosa por estar en mi lugar. Son chicas que dan mucha importancia a una piel bronceada, unos buenos músculos y unos ojos de color marrón chocolate (he oído a Zoe Smith referirse a ellos como «ojos de alcoba»), pero esas cosas a mí me dejan fría. A mí lo que me atrae es la inteligencia.

—Claro que te importa. ¿Por qué tienes que asumir la responsabilidad de llevar a alguien al instituto todos los días?

Oliver lanza una ráfaga de minúsculas carcajadas.

—Tú y tu madre os habéis mudado a una casa que está a cinco minutos de la mía y paso justo por delante, literalmente... —Siento una punzada de gratitud por su correcta utilización de la palabra «literalmente»—. De manera que tranquila, Rafferty, no me importa pasar a recogerte.

El ofrecimiento es muy amable por su parte, y se lo agradezco de verdad pese a que mi actitud indique lo contrario, aunque eso no quita para que yo sea... como *soy*.

—Es una situación un poco rara, ¿no crees?

—No hasta que lo has mencionado. —Se ríe de nuevo mientras pasamos con el semáforo en verde y tomamos la autopista hacia Ann Arbor—. Mira, te propongo algo: hagamos lo que suele hacer la gente.

No tengo (literalmente) ni idea de a qué se refiere, por lo que espero.

—Vale, empezaré yo —dice Oliver—. ¿A quién tienes de tutor?

Ah, ya entiendo. Conversación. Vale. Puedo intentarlo.

—A Vinton. ¿Y tú?

—A Webb. La tuvimos en segundo. Es bastante enrollada.

Rebusco en mi mente otros temas de conversación hasta que por fin doy con lo único que Oliver y yo tenemos en común: el instituto.

—¿Qué asignaturas optativas has elegido?

—Fotografía y ciencias familiares.

No puedo evitar sonreír.

—Al decir «ciencias familiares», ¿te refieres a economía doméstica?

Oliver se encoge de hombros.

—Es una clase de cocina, pero si quieres utilizar un término anticuado, adelante.

—Es que me sorprende. —Los cabezas huecas como Oliver suelen elegir asignaturas optativas como gruñidos. O levantar pesos pesados. O técnicas de intimidación de novatos.

—A mí me sorprende tu misoginia —contesta.

—Pues a mí me sorprende que conozcas la palabra «misoginia».

Oliver me guiña uno de esos ojos castaños «de alcoba».

—La vida no deja de asombrarnos con sus increíbles revelaciones, ¿verdad?

Vaya, un guaperas con un vocabulario.

Un *guapocabulario*, por así decir.

—Para ser sincero, me he apuntado a esta clase por una historia tonta con Theo —me informa Oliver—. Hicimos una apuesta. Y perdí. Ahora tengo que ir a ciencias familiares.

—¿Qué tipo de apuesta?

—Una estupidez entre tíos.

Me reclino en el asiento de cuero. Para ser justa, aunque técnicamente conozco a Oliver desde que nació, en realidad no lo *conozco*. Apenas hemos tenido trato desde el parvulario, cuando nos casamos en el patio, debajo de los travesaños del pasamanos, en una ceremonia oficiada por Shaun Banerjee. Nuestra relación se consumó con un pegajoso beso y se anuló dos horas más tarde cuando discutimos en clase de pintura. Culminó cuando la directora nos llevó a su despacho y nos sentamos, cubiertos de pintura azul, a esperar a que nuestras madres nos trajeran ropa limpia. ¿Quién iba a imaginar que desde entonces Oliver habría superado su etapa de monosílabos?

—¿Cómo está Itch[1]? —me pregunta.

Su pregunta me deja un poco descolocada. No sabía que conociera a Itch. Por lo demás, no sé cómo responderle.

—Bien —contesto por fin, porque quizá sea verdad.

Probablemente.

Eso espero.

Itch —también conocido como Adam Markovich— es mi novio… creo. Antes de irse a pasar el verano en Florida, me dijo que era absurdo que nos quedáramos en casa esperándonos y que debíamos salir con otra gente. Yo estuve de acuerdo (¿qué otra cosa podía hacer?) y supuse que eso era el principio del fin. Luego Itch empezó a llamarme o a enviarme mensajes de texto casi a diario, de modo que me figuré que no salía con nadie. Como es lógico, a mí tampoco se me ocurrió proclamar a los cuatro vientos que besé a Ethan Erickson el Cuatro de Julio, por lo que es posible que Itch también me fuera infiel.

Dado que nada de esto es del dominio público, no sé por qué me lo ha preguntado Oliver. Me vuelvo hacia él.

—¿Cómo sabes con quién salgo?

—No vivo debajo de una roca.

—Ya, solo debajo de un casco.

—Itch y tú hacéis manitas en el instituto.

Vaya, vaya. Me choca que alguien fuera de mi limitado círculo de amistades sepa lo que hago con mis manos.

—No supuse que te habrías fijado en eso.

Oliver menea la cabeza.

—Tú sabes quién es mi novia, ¿no?

Bueno, sí.

—Ainsley Powell. —Oliver me mira con tal cara de satisfacción que me entran ganas de defenderme—. Pero eso lo sabe todo el mundo.

---

1. En inglés, picor. *(N. de la T.)*

—Tía, es nuestro último año. A estas alturas todo el mundo sabe quién es quién.

Me rebullo de nuevo en el asiento, tratando de instalarme cómodamente. El coche es tan enorme que apenas llego a ver por las ventanillas.

—Sí, es nuestro último año.

Tomamos la salida y enfilamos la calle Mayor, con sus gasolineras, almacenes de colchones y letreros desvencijados referentes a tipos de interés hipotecario de la zona. Más que verla, siento la mirada de Oliver.

—¿Ni siquiera estás un poco emocionada? —me pregunta.

—No.

—Es nuestro último año. El *año.*

¡Uf!

—No quiero jorobarte el día, pero esto no significa nada —digo—. No es la vida real.

—Es *mejor* que la vida real —replica Oliver—. El instituto nos prepara para la vida real.

Esta vez soy yo quien suelta la carcajada.

—Por favor... Nada de lo que hacemos ahora tiene importancia.

Oliver me mira boquiabierto.

—¿Bromeas?

—Te aseguro que no. Piensa en ello. —Me vuelvo para mirarlo a la cara—. En el mundo real, en el gran proyecto de la *vida*, este año no contará para nada. Estas son las amistades que no duran y las elecciones que no cuentan. Todas esas cosas que ahora nos preocupan tanto, como quién va a ser el presidente de la clase y si vamos a ganar el partido este fin de semana, las habremos olvidado dentro de un tiempo. Ni nos *acordaremos* de que nos preocupaban. Dentro de exactamente trescientos sesenta y cinco días a partir de ahora, tu chaqueta de atletismo con las iniciales del instituto o tu anillo de clase te harán parecer un perdedor total.

Oliver pestañea.

—Joder, qué pesimista eres.

—No soy pesimista, soy realista. —Hablo en serio. No odio mi vida ni me siento desdichada, pero sé cómo funciona el mundo. No necesito fingir.

Seguimos en silencio unos minutos, hasta que, al pasar junto a un letrero que nos da la bienvenida al centro de Ann Arbor, decido tratar de aliviar la tensión. Al fin y al cabo, aunque no me apetezca pasar el rato con Oliver Flagg, todo indica que en un futuro previsible tendremos que compartir estas primeras horas del día cinco veces a la semana.

—No pretendo comportarme como una cretina —le digo—. Puedes divertirte en el instituto. Pero no creo que debamos fingir que significa más de lo que realmente significa.

Oliver no dice nada. Sigue conduciendo mientras aparecen unas casas de ladrillo, cada vez más arracimadas. Un kilómetro más allá del letrero, el paisaje empieza a adquirir realmente el aspecto del centro de la ciudad, con restaurantes, bancos, edificios de cuatro plantas y tiendas con toldos. Eso dura solo un puñado de manzanas, hasta que atravesamos Madison y empezamos a circular por la zona universitaria, donde las casas son más grandes, los céspedes, más verdes, y los coches, más relucientes. Oliver sigue sin despegar los labios cuando pasamos frente al estadio y un campo de golf. No es hasta que atravesamos la entrada principal de Robin High y entramos en el aparcamiento para los estudiantes del último año cuando dice:

—Para que lo sepas, no creo que seas una cretina.

—Gracias. —En realidad me importa un comino lo que piense de mí el Rey de Todo, pero mi madre me educó para saber que lo correcto es responder algo.

Oliver consigue maniobrar e introducir su gigantesca bestia en un espacio entre dos sedanes más antiguos antes de apagar el motor y volverse hacia mí.

—Pero me das lástima.

—Tenerme lástima es presuntuoso —le informo.

—Lo presuntuoso es llamarme presuntuoso —replica Oliver sonriendo, pero creo que lo dice en serio—. Mira, June…

Ah, mi nombre de pila. Debe de querer que preste atención.

—En el mundo de los institutos, el nuestro es uno de los mejores. Pero en lugar de apreciarlo, lo único que deseas es marcharte. Todo lo que finges pensar y sentir es estúpido. Claro que tiene importancia, todo lo que hacemos es *importante.*

Yo lo miro. Ese tono de reproche es irritante, pero ¿quién iba a imaginar que Oliver era capaz de un discurso tan intelectual, de mostrarse apasionado por algo que no tiene que ver con un balón o un marcador? No tengo que estar de acuerdo con su tesis sobre la importancia de la adolescencia, pero quizás estas mañanas resulten más interesantes de lo que había supuesto.

De pronto, cuando me dispongo a decírselo, un porrazo en el techo del coche me sobresalta. Theo Nizzola —el autoproclamado Imán de las Tías de Robin High (aunque él no dice «tías»)— aparece junto a la ventanilla del asiento del conductor.

—¡Coleguitículo! —exclama golpeando de nuevo el coche—. ¡Venga, sal!

—¿«Coleguitículo»? —repito la palabra con un tono que no oculta mi desdén.

Oliver me dirige una mirada que podría interpretarse como de disculpa.

—Es una ocurrencia de Theo. Es como colega y test…

—Ya, ya. Gracias por traerme. —Confiando en poder escabullirme, abro la puerta de mi lado y me bajo, pero como era de esperar, Theo se apresura a rodear el coche y me corta el paso.

—¿Qué pasa, Hafferty?

Sí, conoce mi nombre. No, nunca lo pronuncia correctamente.

—Poca cosa, Theo.

Se acerca y extiende sus fornidos brazos. De sus axilas emana un aroma a desodorante especiado.

—¿Por qué no me das un abrazo de buenos días? —dice con un movimiento de pelvis que alguien en alguna parte podría considerar como tremendamente sexi.

Yo lo miro a los ojos.

—Porque eres un borde y un estúpido.

Theo inclina la cabeza hacia atrás y suelta una carcajada. Es lo que hace siempre. Es ya una vieja tradición entre nosotros: él hace gestos groseros, yo le doy un corte y luego suelta una sonora risotada. Esa es otra de las razones por las que no idolatro a Oliver como hacen otras chicas. En última instancia, sigue siendo un tío que se rodea de patanes.

Quiero decir «coleguitículos».

Theo me dedica una última rotación pélvica mientras Oliver rodea el coche y lo golpea en el brazo.

—Déjalo ya, imbécil —dice. Luego se vuelve hacia mí—. Hasta mañana, Rafferty.

—Genial. —Me quedo rezagada para poner cierta distancia entre nosotros. No quiero empezar el año académico con estos cretinos.

• • •

El vestíbulo del instituto huele igual que al comienzo del último curso: a productos de belleza, deportivas nuevas y hormonas.

¡Dios, qué predecibles somos!

Me abro camino a través de la multitud —estableciendo contacto visual de vez en cuando o intercambiando sonrisas— y cuando casi he alcanzado la escalera de caracol, oigo a alguien que me llama por mi nombre a través del vestíbulo. Es Shaun, que echa a correr hacia mí como una gacela, agitando el brazo frenéticamente.

Ese chico me encanta.

Shaun me atrapa en un abrazo de oso tan torpe que las gafas se le tuercen y se clavan contra mi mejilla. Se apresura a ajustárselas mientras yo tomo nota de su atuendo de primer día de instituto: de niño pijo total, desde su polo a sus zapatos Oxford.

—¿Has ido de compras? —le pregunto.

—Ya sabes lo que pienso sobre los tíos *bananeros.*

Suspiro ante ese doble sentido, pero antes de que pueda responder con una frase ocurrente, Shaun me arrastra hacia un lado de la escalera y me acorrala en una zona en penumbra contra la pared. Es lo que haría un chico heterosexual si quisiera montárselo conmigo antes de clase.

—No, en serio —dice con tono superserio—. Cómo estás y te adoro y todo lo demás, pero primero escucha esto. —Hace una dramática pausa antes de decir—: He conocido a alguien.

—¿En la escuela de verano de empresariales?

—No te burles. Mira. —Shaun saca su móvil y empieza a deslizar el dedo sobre la pantalla. Lo inclina hacia mí y veo la foto de un tipo muy guapo, posando junto a una piscina. Luce unos *shorts* arremangados color caqui y nada más. Podría ser un…

—No será un modelo de Banana Republic, ¿verdad?[2]

---

2. Cadena de tiendas estadounidense especializada en accesorios y prendas de lujo, parte de la corporación de moda Gap. *(N. de la T.)*

Shaun niega con la cabeza, satisfecho.

—No, pero lo parece. Se llama Kirk. ¿No es alucinante?

Yo le golpeo el brazo.

—¡Lo alucinante es que acabo de enterarme de que existe!

Shaun me mira fingiendo sentirse ofendido.

—Las noticias importantes no se comparten en un mensaje de texto.

Trato de recordar qué me contó Shaun sobre el curso de verano de empresariales de la Rutgers al que asistió.

—¿No estuviste allí solo una semana?

—Seis días, pero escucha: después les dije a mis padres que iba a visitar a mi primo Wajidali en Siracusa, y Kirk dijo que iba a visitar a su hermana en Queens.

Noto que mis cejas se disparan hacia arriba y desaparecen debajo de mi tupido flequillo.

—¿Y adónde fuisteis?

—A un albergue gay en Manhattan. —Shaun baja la voz—. Técnicamente, en Chelsea, y técnicamente, más que albergue gay, es un hostal frecuentado por gais, pero... —Lanza un profundo suspiro—. Fue una experiencia transformadora, June. Estoy enamorado.

Le arrebato su teléfono móvil para examinar de nuevo la foto. No hay vuelta de hoja: el chico de Shaun es realmente impresionante.

—Hasta yo me enamoraría de él.

—¿A que sí? —Nos miramos sonriendo y acto seguido, Shaun me pregunta lo que ya sabía que me preguntaría—. ¿Has visto a Itch?

Niego con la cabeza.

—¿Le contaste lo de...? —Shaun pone cara de conspirador, refiriéndose a los veinte minutos que pasé detrás del 7-Eleven con la lengua de Ethan Erickson en mi boca. Niego de nuevo con la cabeza y Shaun hace un gesto de aprobación—. Bien hecho. Esa noticia no era lo bastante importante como para compartirla.

—Espero que tengas razón.

En ese momento suena el primer timbre y Shaun me toma del brazo.

—Ha llegado la hora de empezar nuestro último año.

Dejo que me conduzca escaleras arriba hasta la segunda planta, donde nos separamos para ir en busca de nuestras respectivas taquillas. La mía está a la mitad del pasillo y, al igual que el resto de las taquillas de estudiantes de último curso, está lacada con azul brillante. Nos han dicho que es el color exacto del huevo de un petirrojo, pero sospecho que el huevo tiene unas manchitas más monas que estos desconchones. Guardo mi mochila en ella, cierro la puerta, giro el disco, me vuelvo…

Y ahí está Itch.

Lo veo abrirse paso entre la multitud, como en la escena final de una película romántica. Su mata de pelo casi rizado es más larga que la última vez que lo vi, y tiene la piel tostada por el sol. Sus ojos castaños se mantienen fijos en los míos mientras se acerca, y durante un segundo siento mariposas en el estómago como cuando empezamos a salir el año pasado. Al llegar junto a mí, antes de que yo pueda reaccionar, me abraza, y yo inclino la cabeza hacia atrás. Su boca es suave, dúctil y familiar. Cuando nos separamos, me mira con una media sonrisa perezosa y dice:

—Te he echado de menos.

Opto por creerle.

• • •

Lily y Darbs ya han sacado los almuerzos de las mochilas y han empezado a comer cuando llego al extremo oeste de las gradas que solemos ocupar, a medio camino entre la parte superior y la inferior; no en el centro, porque eso indicaría preponderancia social, ni en la primera fila, porque eso indicaría que somos unas perdedoras. Nos sentamos en un lado, pero lo bastante lejos para dejar claro que pertenecemos a este lugar.

Al menos, nos pertenecemos unas a otras.

Lily se limita a decir hola cuando me dejo caer junto a ella —ya nos hemos visto en el aula principal, donde nos reunimos todos los días, y en clase de inglés—, pero Darbs suelta un gritito y se inclina por encima de la grada para abrazarme.

—¡June! ¡Joder, llevo buscándote *todo el día*!

Comparamos nuestros horarios para el trimestre y observamos que las tres tenemos Español III después de almorzar. Esto sume a Darbs en un eufórico delirio, durante el cual vuelve a abrazarme. No puedo resistir tocar su larga coleta, que ahora es de un intenso color violeta con reflejos rosas en la parte de abajo. Yo jamás me teñiría el pelo, pero a ella le sienta estupendamente.

Cuando nos separamos, Darbs nos habla sobre la nueva chica en su clase de inglés. Se llama Yana Pace, lleva un pequeño crucifijo de oro de confirmación y, no hay dudas sobre esto, le estaba *tirando los tejos* a Darbs. Lily y yo intercambiamos miradas por encima de nuestros sándwiches. A Darbs siempre le ocurre lo mismo. Grandes pasiones y grandes desencantos. Es complicado ser una cristiana bisexual. Los gais no quieren saber nada de ella, y la Cuadrilla de Nuestro Señor del instituto, tampoco.

Lily y Darbs me miran divertidas cuando les cuento que Oliver Flagg va a traerme al instituto todos los días.

—¿Cómo es el interior de su coche? —me pregunta Darbs—. ¿Está lleno de animadoras y latas de cerveza?

—Desde luego —respondo—. Las animadoras están apiladas en el asiento de atrás y tengo que apoyar los pies en un barril de cerveza.

Darbs asiente como si me creyera.

—Al menos el chico tiene una pinta razonable.

—*Más* que razonable —apostilla Lily—. Y ¿de qué habláis?

—Procuro no conversar demasiado —les digo.

—Haces bien —dice Darbs.

La cafetería debía de estar abarrotada, porque las tres casi hemos terminado de almorzar cuando Shaun, con Itch detrás, empieza a trepar por las gradas con su bandeja. Lily comenta con exagerados gestos el hecho de que Shaun se haya *dignado* a sentarse con nosotras el primer día de clase. Alza sus oscuros brazos —casi imposiblemente tonificados debido a las horas que pasa practicando el violín— hacia el cielo.

—¡Nos bendice con su presencia! Nos honra con su real... ¡Ay!

Shaun tira de una de sus rastas y le dice que corte el rollo.

—No tengo la culpa de ser tan guay. Todo el mundo me ama —afirma.

—¿Desde cuándo son guais los camaleones? —pregunta Itch. Él y yo compartimos la misma opinión sobre tratar de encajar en las jerarquías del instituto: es absurdo e inútil.

—Los camaleones *mudan* de color —replica Shaun, ajustándose el cuello de su polo de rayas—. Yo floto de un grupo a otro porque mis colores son constantes pero abundantes. Soy un arco iris.

—Tú lo que eres es un estereotipo —repongo mofándome de él. Shaun me propina un codazo, pero sabe que bromeo. Kshaunish «Shaun» Banerjee posiblemente sea la persona menos «tópica» de nuestro instituto.

Itch levanta la mano y Lily le da la palabra diciendo:

—Señor Markovich.

—A ver, en un, dos, tres: ¿cuál es la tradición más estúpida del instituto?

Yo no tengo que pensarlo dos veces.

—El baile de fin de curso.

Darbs me mira con gesto de reproche.

—El baile de fin de curso es *romántico* —afirma.

—El baile de fin de curso es una chorrada —dice Lily.

—Yo estoy impaciente por que se celebre —les informo a todos—. Pero solo porque entonces ya habrá pasado. Es la última estúpida tradición del instituto antes de que comience la vida real.

—Deberías asistir irónicamente —me dice Darbs.

—No pienso ir —contesto—. De ninguna manera. —De pronto me doy cuenta de que debí comprobar si mi novio opina lo mismo, pero Itch asiente con la cabeza.

—El baile de fin de curso es una estupidez, pero no es lo más estúpido —asevera—. Volved a intentarlo.

—¿La Semana de las Carreras Nudistas? —pregunta Shaun.

—Ya hace años que no se hace —responde Itch.

—Es verdad, pero era de lo más estúpido. Oí decir que un tío perdió el dedo pequeño del pie porque se le congeló.

—¡Qué asco! —Todos arrojamos nuestras servilletas contra Shaun.

—¡Ya lo tengo! —exclama Darbs, brincando de entusiasmo—. ¡La mascota que pone un huevo en el centro del campo durante la media parte!

Todos nos echamos a reír, porque es una de las cosas más ridículas de nuestro instituto, pero Itch no está de acuerdo.

—Todas esas cosas son una estupidez, pero no tanto como la estúpida broma de los estudiantes de último año.

Cada año, los estudiantes de último año hacen algo tan obvio como desagradable, como colgar del imponente arce la efigie de la directora o grabar con un chorro abrasivo su fecha de graduación en la acera de delante del instituto. Por lo general es algo ilegal y siempre destructivo.

Itch nos informa de que ya se está urdiendo un plan para este año.

—Ignoro los detalles, pero, según parece, tiene que ver con una vaca, la tercera planta y laxantes.

—¡Qué asco! —Darbs hace una mueca como si ya oliera los excrementos del animal.

—Lo sé —dice Itch—. Estamos en septiembre y esos perdedores ya están planeando esa gilipollez. No tienen nada mejor que hacer.

—Sigo pensando que lo peor es el baile de fin de curso —insisto.

—¿A quién se le ha ocurrido la broma? —pregunta Shaun.

—¿A quién imaginas? —responde Itch.

—A los atletas —contestan Lily y Shaun a coro.

Siento que me invade un hormigueo de irritación.

—Típico de ellos. —Al igual que a Theo le parece bien ponerse a menear su repugnante pelvis ante mí, a sus compinches les parece bien apropiarse de una ridícula tradición que, por estúpida que sea, se supone que representa a toda la comunidad. Se creen que el instituto es *suyo*—. Se creen más *veteranos* que nosotros —comento en voz alta.

—Menudos gilipollas —afirma Lily.

Itch se inclina hacia mí y me besa. Darbs hace un ruido como si le dieran arcadas.

—Id a un hotel.

—No necesitamos un hotel —le digo—. El mundo es nuestro hotel.

Esta vez, todos fingen que les dan arcadas.

• • •

Itch me deja donde empieza el sendero de acceso a mi casa. Lo invito a entrar, pero cuando ve el Volskwagen de mi madre, dice que no. No es aficionado a la conversación educada y superficial, lo máximo, según él, a que se puede aspirar con los padres de la novia de uno.

En este caso, con la madre.

Percibo el olor a ajo incluso antes de abrir la puerta con mosquitera. El aroma se hace más potente y fragante a medida que avanzo entre pilas de láminas y tablones de madera apoyados contra las paredes desnudas. Aunque hace un mes que vivimos en esta granja, parece como si acabáramos de mudarnos. Mi madre lleva casi un año renovándola, desde que mi abuelo murió y nos la dejó, pero aún no está terminada. Este verano decidió que no tenía sentido que pagáramos por dos viviendas, y como las obras de fontanería habían concluido, lo mejor era instalarnos aquí. Estoy segura de que fue una decisión acertada desde un punto de vista económico, pero ha complicado mi vida personal. Antes me subía a un autobús urbano y llegaba al instituto en diez minutos, o bien mi madre me acercaba de camino a la Universidad de Míchigan, donde trabaja como profesora adjunta de arte. Pero ahora sus clases empiezan antes y vivimos más lejos, lo que significa que tengo que fastidiarme y aguantar a Oliver Flagg cada mañana.

Encuentro a mi madre junto a los fogones, removiendo una salsa de tomate. Tiene las mejillas arreboladas debido al calor y lleva el pelo, liso y castaño, sujeto con una cinta bordada. Cuando entro, levanta la cabeza y dice:

—¡June! ¿Quieres probar?

Saca el cucharón de madera de la salsa y lo golpea un par de veces contra el borde de la cacerola antes de ofrecerme un poco. Como era de esperar, la salsa está deliciosa.

Todo lo que hace mi madre en la cocina está riquísimo, excepto los platos que preparaba durante el breve tiempo en que se puso a experimentar con cebolletas. Las echaba en todo, incluso en las galletas.

—Los tomates son de Quinny —me informa—. Su huerto produce muchas frutas y hortalizas, y como el nuestro no nos dará gran cosa hasta el verano que viene... ¿Cómo te ha ido en el instituto?

Así es como habla mi madre. Salta de un tema a otro sin parpadear. Creo que su cerebro debe de ser como una colcha de *patchwork* de ideas y preguntas y pensamientos. El mío es más lineal. Va del punto A al punto B. Una dirección clara, un foco claro. Mi madre dice que no sabe cómo ella y mi padre consiguieron engendrar una hija tan brillante y estudiosa, aunque está agradecida por ello.

Creo que es la única razón por la que mi madre se alegra de haber conocido a mi padre.

—Fue bien. Principalmente, hemos repasado el programa de estudios y escuchado las expectativas de los demás. Creo que las mates van a ser duras.

—No te preocupes. Las matemáticas siempre se te han dado bien y... ¿Cómo están tus amigos?

—Darbs está enamorada. Lily ha obtenido un permiso especial durante dos horas de estudio para practicar el violín. Shaun está en tres de mis clases.

—De modo que todo sigue igual —concluye mi madre sonriendo—. ¿Cómo está Itch?

—Bien, me ha traído a casa en coche.

—Eso es... Ah, por cierto, ¿cómo te ha ido con Oliver esta mañana? —Yo me detengo durante solo un segundo, pero mi madre lo capta enseguida—. ¿No te llevas bien con él?

—No pasa nada, mamá. Nos llevamos bien.

—Se me ha ocurrido una idea —dice mi madre como quien no quiere la cosa, lo cual me indica que no se le acaba de ocurrir. Lleva pensando en ello un buen rato. La observo bajar el fuego y remover la salsa un par de veces más—. El sábado por la tarde tengo clases, pero por la mañana estoy libre. Podríamos coger el coche para que te sientes al volante y practiques un poco.

El corazón me da un vuelco. Una sensación de alarma me oprime la garganta. Hago lo que hago siempre, respirar hondo y esperar, sumergiéndome debajo de las olas hasta que la sensación pasa y me trago el pánico.

—No puedo —respondo con un tono neutro como el de mi madre—. He quedado con Itch.

No es verdad, pero mi madre no lo sabe.

O quizá sí.

2

—¡Nada de vacas! —grito hacia Oliver desde mi lado del mastodonte mientras circulamos por la calle Mayor. Llevamos diez minutos discutiendo y no he conseguido nada. Además, el coche es tan enorme que no dejo de resbalar sobre el asiento. Decido cambiar de táctica, de modo que me enderezo y adopto un tono de voz más sosegado—. No quiero que os hagáis daño.

Oliver emite un resoplido de exasperación.

—No es un toro —dice—. Hablamos de una vaca lechera. Son grandes y estúpidas y dan leche.

—Como vosotros, salvo por lo de la leche. —Oliver no puede reprocharme que le devuelva la pelota cuando me la ofrece en bandeja.

—No le haremos daño —me asegura.

—¿Ah, no? ¿Drogarla con fármacos para consumo humano por pura diversión de una banda de tíos inflados no es hacerle *daño*?

Oliver levanta la mano derecha del volante y con lentitud, con mucha lentitud, flexiona su bíceps. Luego me mira de refilón.

—Por «inflados» deduzco que te refieres a mis músculos.

No es que *trate* de mirar su bíceps, pero está delante de mis narices, tensando la tela de la manga de su camiseta.

—No tiene gracia.

—Yo creo que sí.

Pongo los ojos en blanco, pero como Oliver tiene la vista fija en la carretera y no me ve, me inclino sobre el asiento central para colocarme en su visión periférica y vuelvo a ponerlos en blanco. Con gesto dramático.

Oliver se echa a reír.

—Tú sí que tienes gracia. No lo sabía. —Siento una pequeña punzada de satisfacción por haber sorprendido a Oliver del mismo modo que él me sorprendió ayer con su vocabulario—. Todavía no hay nada decidido. Ya se nos ocurrirá algo que no tenga que ver con fármacos o alimentación forzada.

—No sé por qué se os tiene que ocurrir algo.

—Y dale. —Oliver me dirige una rápida mirada antes de fijar de nuevo la vista en la carretera—. Tu falta de espíritu estudiantil es…

—Lo sé, lo sé. Es triste.

—*Muy* triste. Dime una cosa, Rafferty. ¿Qué tipo de broma te parecería aceptable?

—¡Ninguna! —Mis brazos se agitan en el aire como si tuvieran vida propia—. ¡No quiero estar involucrada en ninguna broma de los de último año! ¡Es una forma ridícula de dejar un legado! ¡Esto *no* es un legado!

—Porque el instituto no es donde se forjan legados —sentencia Oliver en una versión cursi de mi voz—. Porque nada de lo que hagamos ahora tiene importancia.

—Ríete, ríete. Solo estamos esperando a que comience la vida real.

—Pero ¡estos son los recuerdos que llevarás contigo a la vida real! Encuentros de motivación y fiestas y bailes…

—El baile de fin de curso es lo peor —contesto—. Es el símbolo de todo lo malo del instituto. Un baile muy costoso amenizado por una música pésima que coloca a las chicas en la humillante posición de confiar en que un chico les pida que lo acompañen.

—¿Qué piensas realmente al respecto?

—¡Lo odio! —estallo, y Oliver se ríe.

—Ya me lo parecía. De acuerdo, las tradiciones son estúpidas. Reconozco que tu opinión tiene mérito aunque no esté de acuerdo contigo. Pero ¿y tu novio? Supongo que él te importa, ¿no?

—¿Itch? Sí, pero no pienso *casarme* con él.

—¿Y si lo hicieras? —Pasamos frente al instituto y Oliver gira hacia el aparcamiento.

—¡No lo haré!

—Pero ¿y si lo hicieras? —insiste Oliver, un poco alterado—. ¿Y si fuera tu destino y eres incapaz de ver más allá de tu versión de lo que es importante? ¡Es muy triste!

Un estudiante de un curso inferior cargado con el estuche de un trombón baja de la acera frente a nosotros y Oliver pisa el freno de forma brusca.

—Cuidado —le digo.

—Ya voy con cuidado. —Oliver espera a que el estudiante cruce la calle—. Me fijo en todo. Me importa cada minuto porque sé que todo *aquí* tiene importancia. Tiene que tenerla, porque, de lo contrario, ¿qué sentido tendría todo, June?

Otra vez. Ha vuelto a decir mi nombre de pila.

Oliver acelera, entramos en el aparcamiento y mete el coche en un espacio. Yo me vuelvo hacia él.

—¿Sabes lo que es triste?: Fingir es triste. —Me bajo de un salto y cierro de un portazo.

Última palabra. Que te den, Oliver.

Pero Oliver es un atleta con unos reflejos rápidos como el rayo, lo que significa que me alcanza antes de que me haya alejado diez pasos.

—No he terminado…

Yo suelto un gruñido.

—¿Qué tengo que decir para poner fin a esta conversación?

Me agarra del brazo y me obliga a volverme hacia él. Esos ojos castaños sobrevalorados se clavan en los míos.

—¡Di que sabes que algo, lo que sea, será importante este año!

Lo miro fijamente y observo que los anillos que rodean sus iris son oscuros. De color gris, casi negros. Casi del color de sus pupilas. De nuevo soy consciente de que todas las chicas desearían que Oliver Flagg las agarrara con sus fuertes dedos para contemplar su bello rostro. Me dispongo a arrojarle un hueso, mostrarme mínimamente de acuerdo con él, cuando nos interrumpe la voz que más detesto en el mundo.

—¿Sabe Ainsley que por las mañanas pasas a recoger a la pequeña Rafferty? —Por supuesto, es Theo, y por supuesto, se acerca a nosotros con su sonrisa burlona.

—Ainsley sabe que traigo a June al instituto en coche —responde Oliver sin inmutarse.

—Ya, pero ¿por qué?

—Porque necesita que alguien la traiga.

—Eh, que estoy aquí —les recuerdo, tras lo cual echo a andar apresuradamente. No tengo ganas de caminar al lado de estos tíos. Ellos no tratan de alcanzarme, pero oigo la pregunta de Theo antes de alejarme.

—¿Por qué no viene en su propio coche?

Cretinos.

• • •

Aparte del aula principal donde nos reunimos todos los días, Itch y yo no tenemos ninguna clase juntos. Sin embargo, coincidimos en el mismo edificio durante la tercera hora, por lo que es fácil que nos encontremos en el recreo. Apenas tenemos tiempo entre las otras horas, pero entre la segunda y la tercera nos conceden diez gloriosos minutos para que podamos ir al lavabo o comer un tentempié saludable, aunque la mayoría aprovechamos para charlar. Al igual que hacíamos el año pasado, Itch y yo los pasamos acurrucados en el hueco de una escalera, besándonos.

—¿Cuándo puedo ir a tu casa? —pregunta.

—Pudiste venir ayer, pero no quisiste.

Él desliza la yema del dedo por debajo de mi camiseta serigrafiada, pero yo lo aparto.

—Nos encontramos en una institución académica. Estos jueguecitos están prohibidos en este venerable lugar.

—La educación está sobrevalorada —afirma Itch, besándome de nuevo.

Yo se lo permito brevemente y luego me aparto, incapaz de olvidar mi conversación matutina con Oliver.

—¿Crees que todo esto importa?

Él me mira extrañado.

—¿A qué te refieres?

—A esto —respondo haciendo un amplio gesto con el brazo—. El instituto. Las tradiciones. Nosotros.

Los labios de Itch se curvan hacia arriba y observo en el lado izquierdo de su boca unas motitas oscuras que se dejó al afeitarse.

—Te diré lo que vamos a hacer. Este fin de semana iré a tu casa y te *enseñaré* lo que importa.

Esta vez, cuando me besa, es con lengua.

• • •

De camino a mi clase de la tercera hora —Física— siento de repente un golpecito en el hombro. Es Oliver.

—¿Qué? ¿Impaciente por asimilar toda la estúpida información que recibiremos hoy?

—He venido para obtener un sobresaliente, nada más.

—¿Solo un sobresaliente? —Oliver me mira sonriendo y le doy un afectuoso codazo, puesto que al parecer no está enfadado por la discusión que tuvimos.

—Pongamos una matrícula de honor.

Oliver abre la boca para responder, pero Ainsley Powell se incrusta entre nosotros y pone fin a nuestra conversación. Se alza de puntillas para besarlo antes de dedicarme una radiante sonrisa.

—Hola, June.

Ainsley huele a melocotones estivales, y su pelo, espeso, rizado y rebelde, tiene el color de la arena de la playa. Sus grandes ojos color esmeralda se clavan en los míos, y aunque soy una heterosexual declarada, es tan condenadamente guapa que casi siento ganas de besarla yo. En lugar de eso, esbozo una sonrisa y respondo «hola» antes de dirigirme a una mesa de laboratorio en la primera fila.

Itch piensa que estoy loca por haberme apuntado a dos clases de ciencias en mi último año, cuando se supone que debería aflojar el ritmo, pero esta es la única que me exige cierto esfuerzo. Las ciencias medioambientales, que tuve antes del recreo, son superinteresantes. Además, debido a una colaboración con la Universidad de Míchigan, nuestro instituto participa en un programa de matrícula doble, por lo que contarán como créditos universitarios.

La Física es otra historia. Hoy, por ejemplo, me cuesta prestar atención a lo que la señora Nelson dice sobre las subdisciplinas de la mecánica porque no dejo de darle vueltas a lo que *debí* decirle a Oliver. Dirijo una mirada furtiva al fondo del aula, donde está sentado con Ainsley. Están haciendo manitas y Oliver tiene los ojos fijos en mí.

Me vuelvo apresuradamente y empiezo a tomar notas sobre el movimiento de traslación, el movimiento oscilatorio y el movimiento rotatorio hasta que me doy cuenta de que es como si yo misma, irónica y literalmente, estuviera sometida a estos movimientos.

¿Por qué se me ocurriría mirarlo?

3

A la mañana siguiente, me subo al coche de Oliver con una misión en mente.

—Tengo una idea —le informo, arrojando una botella de agua vacía del asiento del copiloto al asiento posterior mientras enfilamos la calle—: una manera de hacer que este trayecto sea mucho más tolerable.

—¿Veinte preguntas?

—No.

—¿El juego de las matrículas de los coches?

—Eso para niños pequeños.

—No te ofendas —replica Oliver—, pero eres más bien menuda.

Me enderezo más, aunque tengo una talla absolutamente normal. Es Oliver quien, debido a su altura, ve las cosas desde una perspectiva sesgada. Al igual que su novia.

—Lo hemos enfocado mal —digo. Giro mi mochila sobre mis rodillas para abrir la cremallera del bolsillo delantero—. Está claro que ambos tenemos unas convicciones muy firmes que sustentan nuestras filosofías vitales propias.

—¿Qué? —pregunta Oliver.

—Me refiero a que... —respondo, pero él me interrumpe.

—Es broma, ya sé a qué te refieres. —Oliver menea la cabeza y no logro descifrar si le hace gracia o está enfadado.

Vale.

—No creo que nuestros viajes matutinos tengan que ser... así.

—Así ¿cómo?

—Tensos y desagradables.

Oliver ladea la cabeza.

—Pensé que conversábamos con normalidad.

—Creo... —Hago una pausa, formulando exactamente lo que quiero decir—. Creo que somos muy distintos y que no entendemos el mundo de la misma forma, lo cual no tiene nada de extraño. Pero no es motivo para que empecemos el día de mal humor. —Oliver mantiene la vista en la carretera frente a nosotros—. Tengo una solución. —Saco mi teléfono móvil de la mochila—. Después de un breve intercambio de frases cordiales frente a mi casa, podemos dedicarnos a escuchar música.

—Música.

—Música muy fuerte.

—¿Muy fuerte?

—A todo volumen.

Oliver reflexiona unos segundos antes de asentir con la cabeza.

—Si eso es lo que quieres...

—Sí.

—De acuerdo.

—Bien.

—Genial.

Satisfecha, muevo el dedo sobre la pantalla de mi móvil, examinando la *playlist* que confeccioné anoche después de que se me ocurriera esta fantástica solución para mantener la paz. Creo que me apetece escuchar algo clásico —como The Clash o los Ramones—, pero entonces veo a Alesana y sé que lo he encontrado. Busco en el panel de control un cable de altavoz como el que tiene mi madre en su coche, pero no veo ninguno. Abro la tapa del compartimento del centro, pero está vacío.

—Oye, ¿dónde está tu…?

Por desgracia, el resto de la frase queda ahogada por un torrente de acordes de piano. Dejo caer el móvil y me tapo los oídos con las manos.

—¿De dónde sale esto? ¿Cómo es que tú…? —Me detengo cuando una voz masculina vibra a través de los altavoces del mastodonte. Es una voz profunda, apasionada, resonante y…—. ¿Qué es, Bon Jovi?

—¡Survivor! —grita Oliver para hacerse oír a través de la canción.

—¡Es horrible! —chillo, buscando frenéticamente en el salpicadero la manera de apagar la música.

Oliver me muestra su móvil.

—¡Conexión sin cable! —brama.

—¡Me está matando! ¡Baja el volumen ya! ¡Apágalo! ¡Haz que… —La canción se detiene bruscamente—… pare! —Me aclaro la garganta—. Gracias. No te ofendas, pero eso era un horror.

Oliver sonríe como si le pareciera de lo más divertido.

—Está claro que no entiendes de buena música.

—¿Qué eres, una niña de doce años?

—Es una balada, June. Eran muy populares.

Lo miro pasmada.

—¡Una niña de doce años de *los ochenta*!

Él se ríe, pero yo no le veo la gracia. Estoy horrorizada: a *Oliver Flagg* le gustan las espantosas baladas de los ochenta interpretadas por melenudos.

Él alarga la mano y me da una palmadita en mi rodilla desnuda.

—No te preocupes. No todo el mundo encaja en uno de tus ordenados compartimentos.

Yo lo miro boquiabierta.

—¿Qué quieres decir con eso?

Pero Oliver no se molesta en responder.

—¿Y tú? ¿Qué tipo de música escuchas? Comparte.

—No sé cómo conectarlo a tus altavoces —digo, todavía ofendida.

—Ponla desde tu teléfono móvil.

—De acuerdo —asiento, y toco mi pantalla. La música no suena tan fuerte porque no está conectada a los altavoces, pero mi teléfono es bastante potente. Los sonidos iniciales de la percusión reverberan en mis oídos, eliminando la pulsante banalidad de la horrenda música de Oliver.

Sí.

Esto está mejor.

La mano derecha de Oliver se aparta del volante y aterriza en el compartimento entre nosotros. Levanta la tapa y rebusca en el interior.

Sigue vacío.

Nos detenemos en un semáforo en rojo y Oliver alarga el brazo para abrir la guantera, que está llena de servilletas de papel y bolsitas de kétchup.

—¿Qué buscas? —pregunto a través de la música.

—¡Una aspirina! —grita él—. ¡Esto me está destrozando el cerebro!

Lo miro irritada antes de tocar la pantalla para detener la canción. El semáforo se pone verde y arrancamos.

—Ja, ja —digo—. Eres hilarante.

—No —replica él con otra de sus sonrisas—. Tú sí que eres hilarante. ¿Qué era eso, *screamo*[3]?

—¿*Screamo*? —Oliver no sabe nada, *absolutamente nada*, sobre buena música… ni sobre buenos amigos… ni sobre nada bueno—. Son Alesana. *Pop-metal* de Carolina del Norte, y son increíbles.

---

3. Un subgénero del *emo* y *hardcore punk*. *(N. de la T.)*

—Una increíble mierda —declara Oliver—. Me hiere los tímpanos. ¡Me hiere el *alma*!

—Tienen un sonido áspero, pero de eso se trata. Significa algo. Es *real*…

—Realmente horrible. ¿De dónde sacas esa música?

—Mi padre la escuchaba, y yo me aficioné.

Oliver me mira sorprendido.

—¿Tu padre escucha *screamo*?

Es lógico que le resulte raro a alguien que es como todo el mundo y vive como todo el mundo.

—Sí, él me enseñó a no limitarme a arañar la superficie —le explico—. Es muy fácil escuchar música vulgar y corriente. Ni siquiera tienes que buscarla. Está ahí, ante tus narices, en la radio y la televisión. No tiene nada de nuevo. No te descubre nada.

—Lo que dices no tiene sentido —me informa Oliver—. Intenta profundizar en mi música. Ahonda en ella, no seas tan obvia y verás lo que hay debajo.

—¿Debajo? —casi estallo—. Debajo no hay nada. ¡Tu música es demasiado elaborada y demasiado estereotipada! —Lo señalo con el dedo—. Pero tratándose de ti, es lógico.

—¿A qué te refieres? —Oliver no parece sentirse ofendido, solo divertido.

—A que te guste ese tipo de música. ¡Es un producto manufacturado y falso!

Oliver aprieta los labios. La expresión divertida se borra de su cara. Seguimos adelante y al cabo de unos minutos dice:

—Quizá sea mejor que no escuchemos música.

—De acuerdo —respondo—. Sufriremos en silencio.

• • •

A la mañana siguiente el resultado es como sigue:

Sufrir = 1. Silencio = 0.

Aún no hemos llegado a la autopista y Oliver ha emitido casi todos los sonidos que puede producir un cuerpo humano. Empezó canturreando y luego se puso a silbar. Al cabo de unos momentos empezó a chasquear la lengua. Eso continuó durante un minuto y ahora está cantando una de esas baladas en voz baja.

No sé por qué trata de torturarme, pero está claro que lo está pasando en grande. Yo cierro los ojos y respiro lentamente. Inspiro por la nariz y espiro por la boca.

De pronto oigo un chasquido y abro los ojos sobresaltada. Oliver está haciendo crujir sus nudillos uno tras otro. Después del último me mira. Yo tuerzo el gesto y él sonríe.

Una sonrisa de oreja a oreja.

Podría matarlo.

Cierro de nuevo los ojos y me reclino en el asiento, tratando de visualizarme en cualquier otro sitio que no sea este. Una montaña nevada. Un desierto por la noche. Una extensa y soleada playa.

Oigo un sonido como de masticar y no puedo evitar mirar a Oliver. Está mascando un chicle. Con la boca abierta.

Lo miro irritada y decido que ni siquiera necesito la montaña nevada o la playa. Me sentiría feliz en un pozo lleno de brasas encendidas siempre y cuando Oliver no estuviera a mi lado.

Oliver saca un segundo chicle del paquete y se lo mete en la boca. Se pone a mascar. Me mira antes de añadir otro. Y otro. Y otro.

Es agotador.

En el paquete queda un chicle. Oliver me lo ofrece con gesto de falsa generosidad. Yo se lo arrebato de la mano y lo guardo en mi mochila. No quiero su estúpido chicle, pero tampoco quiero oírlo dentro de su boca abierta.

Eso hace que su sonrisa se ensanche aún más antes de fijar de nuevo la vista en la carretera.

Oliver emite un chasquido con su chicle. Hace un globo. Cuando estalla se limpia el labio superior y vuelve a metérselo en la boca.

Yo me giro para mirar por la ventanilla.

Gracias a Dios, ya es viernes.

• • •

Aunque ya sé que nuestro planeta es único en el sistema solar, que es casi mágico que dispongamos de agua y oxígeno y de criaturas que evolucionaron a partir de diminutos organismos unicelulares, no deja de impresionarme cuando el señor Hollis, el profe de ciencias medioambientales, nos explica el proceso de la creación. Dado que solo somos doce, la clase discurre con agilidad y disponemos de tiempo suficiente para el debate y las preguntas. Recorremos todo el Proterozoico antes de que suene el timbre del recreo.

Justo cuando echo a andar hacia la escalera donde me espera Itch, oigo que alguien grita el nombre de Oliver desde el aula de ciencias familiares. Supongo que si una clase contiene la palabra «ciencias» o utiliza quemadores de laboratorio, el instituto la ubicará aquí.

Me detengo para dejar que los chicos salgan por la puerta abierta. Oliver está en pie ante la mesa de la señora Alhambra, que lo mira mientras sacude el dedo.

—Los chicos a los que solo os interesa el deporte sois todos iguales —dice. Oliver baja la cabeza. Restriega los pies en el suelo. No dice nada—. Creéis que no tenéis que esforzaros en nada. Creéis que podéis conseguirlo todo en la vida solo por vuestro físico —continúa la señora Alhambra—. Pero aquí no. Necesitas un *cerebro* para aprobar ciencias familiares. ¡Tienes que *utilizarlo*!

—Por eso estoy…

—La sal no es el sabor. Es lo que *realza* el sabor. —La señora Alhambra toma un bol de plástico rojo, como el que compras para un pícnic, y lo sacude—. ¡Vas a provocarle un infarto a alguien con esto! —El bol y su contenido caen en la papelera con un sonoro impacto.

—Sí, señora —dice Oliver. Suspira y se vuelve hacia donde me encuentro. Desvío la mirada y echo a andar apresuradamente hacia el vestíbulo, dejando atrás el aula.

Si hoy fuera el primer día de instituto, probablemente me pondría del lado de la señora Alhambra. Pero no la apoyo. Sí, Oliver se rodea de cascos y músculos, pero eso no significa que sea uno de esos neandertales. Parece diferente.

Al menos, *un poco* diferente.

Tres minutos más tarde me reúno en el hueco de la escalera con Itch, cuyas manos tratan de deslizarse de nuevo debajo del borde de mi camiseta. Lo beso antes de apartarme.

—Tengo que ir a clase.

Él arruga el ceño.

—Aún hay tiempo, ¿no?

—No quiero llegar tarde a Física.

—Tú y tus modales de buena chica —murmura.

Me incorporo y le revuelvo su greñuda melena.

—No me comporto como una buena chica en *todo*. ¿Vendrás a casa mañana por la tarde?

—¿Tu madre va a salir?

—Creo que sí.

—Entonces cuenta con ello. —Itch me besa por última vez en la boca antes de dirigirse hacia los escalones—. Nos vemos a la hora del almuerzo —me dice mientras se aleja.

• • •

Ya estoy sentada cuando suena el timbre y Oliver entra en el último instante. Aunque miro al frente, con la vista fija en la pizarra blanca y las manos apoyadas una sobre la otra ante mí, lo veo atravesar mi visión periférica. La señora Nelson se levanta de su mesa y nos pide que saquemos nuestros libros de texto. Se oye el crujido de papel y el chirrido de sillas al obedecerla.

Esta vez no necesito arriesgarme a mirar hacia atrás para confirmar que Oliver me está observando. A fin de cuentas, sé que cuando llegó a su mesa de laboratorio, se encontró con algo en el centro de esta.

Algo que yo misma puse allí.

Una ofrenda de paz.

Mejor dicho, un *chicle* de la paz.

El último chicle que le quedaba. El que me dio esta mañana.

• • •

—Me equivoqué con lo de la broma —dice Itch. Todos, excepto Shaun, que está comiendo en el escenario con los chicos de teatro, estamos sentados en nuestro lugar en las gradas, observando lo que ocurre en el campo—. *Esta* es la tradición más estúpida de nuestro instituto. —No puedo evitar mostrarme de acuerdo con él.

—Es la tradición más estúpida de cualquier instituto —dice Lily.

Darbs y yo asentimos con vehemencia al tiempo que un centenar de estudiantes de penúltimo y último curso vitorean y agitan los puños en el aire desde el centro de las gradas. Los futbolistas que van a graduarse conducen a paso de oca a cinco chicos más jóvenes hacia el centro del campo para lo que denominan afectuosamente «el esquileo», en el que los primeros cortan el pelo a los nuevos miembros del equipo, quienes, este año, son estudiantes de segundo.

Han instalado una hilera de sillas, y las animadoras muestran sus habilidades superútiles colocando unos cubos de agua jabonosa junto a cada una de ellas. Ainsley sienta a uno de los estudiantes de segundo en una silla antes de estrujar una esponja sobre su cabeza. El agua le cae sobre el pelo y humedece su camiseta. Oímos la risa de Ainsley desde donde estamos sentados. Es un sonido agudo, dulce y claro. El estudiante empapado incluso se ríe con ella.

—Dios, odio esto —dice Lily.

—ECPV —añade Darbs.

—¿Qué? —pregunta Lily.

—Es una cosa que estoy probando —le explica Darbs.

Yo no aparto la vista de los estudiantes de segundo.

—Fijaos cómo hacen la pelota a sus torturadores mientras estos los humillan.

—Tienen que tomárselo con deportividad —tercia Itch.

—Para que la cosa no empeore —digo.

Oliver, como es natural, está en el campo. Observa cómo Theo conduce al estudiante más pequeño de segundo curso a paso de oca hacia una silla y lo obliga a sentarse. Cuando Theo le indica que se acerque, Oliver obedece y mete la mano en el cubo más cercano para coger una esponja.

—Ni siquiera utilizan agua tibia —observa Darbs—. Está helada.

—La buena noticia —dice Itch—, es que hoy hace calor.

—Nada en este espectáculo es una buena noticia. —Veo a Theo extender la mano hacia Oliver, quien le entrega un bote de crema de afeitar. Theo se coloca con las piernas separadas detrás de su víctima. Agita el bote frente a su entrepierna de forma obscena.

—No —dice Lily.

—Por favor, no —apostilla Darbs.

Theo suelta un melodramático gemido y rocía la cabeza del estudiante de segundo con crema de afeitar. Itch, sentado junto a mí, emite un sonido como si le dieran arcadas.

—Es repugnante —digo. Me indigna la forma en que todo el mundo acepta como si nada esta humillación pública. Me entran ganas de bajar al campo, arrebatarle el bote a Theo y propinarle un puñetazo en la boca, pero soy lo bastante lista para saber que eso no cambiaría nada. No salvaría al estudiante de segundo y no acabaría con la tradición. Solo conseguiría que él y yo hiciéramos el ridículo.

¿No habíamos quedado en que Oliver era diferente?

Oliver entrega a Theo un artilugio para que le rape la cabeza al desdichado estudiante. Theo empieza encima de las orejas y, gracias a Dios, al menos lo hace lo bastante despacio como para no lesionar al estudiante de segundo, a diferencia de todos los demás, que se ponen a cortarles el pelo a sus víctimas de cualquier manera. Sin embargo, Theo parece tener un plan.

—Es un artista —afirma Itch—. Es Picasso.

—*Gili*pollasso —lo rectifico.

—Salva*lerdo* Dalí —dice Lily.

—Es Leonardo da… —Darbs se detiene—. Maldita sea. Se me había ocurrido uno y lo he olvidado.

El público estalla en carcajadas cuando Theo se aproxima al centro de la cabeza del estudiante. Lily y yo nos percatamos al mismo tiempo de lo que está sucediendo.

—¡Uf! —grita Lily mientras yo suelto una exclamación de protesta.

Itch menea la cabeza.

—No me lo puedo creer.

—¿Qué? *¿Qué?*—Darbs escudriña el campo más abajo.

Itch le da un codazo.

—El mejor nombre se le ha ocurrido a June.

—¿Qué…? —Darbs observa a la víctima de Theo y al fin lo pilla—. Ahhh…

En efecto, tenía un plan. Cada vez está más claro que, sobre la cabeza del desdichado estudiante, Theo se dispone a trazar con la cuchilla de afeitar la silueta de un pene y unos testículos.

No lo resisto más. Guardo la segunda mitad de mi sándwich en el envase reutilizable y me levanto.

—Me voy a la biblioteca.

Supongo que mi repentino movimiento capta la atención de Oliver, porque de pronto me mira desde donde se halla, junto a Theo. Estamos lo bastante alejados para que no vea claramente su expresión, pero es evidente que me mira mientras yo lo observo a él.

Imagino que mi postura le basta para indicarle lo cabreada que estoy.

Me inclino para besar a Itch.

—Te llevaré a casa —dice.

—Diré a mi madre que no es necesario que venga a recogerme. —Me enderezo y me cuelgo la mochila a la espalda. A pesar mío, miro de nuevo el campo.

Oliver ha ocupado el lugar de Theo detrás del estudiante de segundo.

Voy a irme. Quiero irme. Necesito irme.

Pero no lo hago.

Me quedo y observo cómo Oliver esgrime la cuchilla de afeitar sobre la cabeza del estudiante. Es una exhibición de fuerza. El acto de un gilipollas. El público enloquece, aplaudiendo y golpeando el suelo con los pies mientras Oliver mueve la mano hacia un lado y luego hacia el otro. Un ejercicio de calentamiento. Actúa para sus fans.

Siento náuseas.

Oliver apoya la cuchilla de afeitar en un lado de la cabeza del estudiante y traza una línea recta de delante hacia atrás. Observo la expresión en el rostro de Theo cuando Oliver cambia rápidamente de lado y repite la operación.

Las comisuras de mi boca se curvan hacia arriba.

Oliver ha transformado la silueta de unos genitales masculinos en… un corte de pelo mohicano. Ha castrado el diseño original.

Ha neutralizado a Theo.

El rugido de indignación que este lanza llega hasta donde estamos sentados. Mi sonrisa se ensancha. Oliver devuelve la cuchilla de afeitar a Theo antes de chocar los cinco con el estudiante de segundo curso.

La mirada que me dirige desde el campo podría ser una ofrenda de paz, como mi chicle, o un gesto de disculpa.

Sea lo que sea, lo acepto.

4

Itch sufre durante toda la conversación con mi madre. Podría haberle dicho que viniera más tarde, pero ha pasado todo un verano en Florida sin hablar con la madre de su novia. Diez minutos de educada charla no lo matarán.

—Seguro que tus abuelos estuvieron encantados de tenerte por allí —le dice mi madre.

—Sí.

—¿Les ayudas en el jardín o en la casa o...? ¿Sabes cocinar? —Mi madre lo mira ladeando la cabeza como un inquisitivo gorrión.

Yo respondo por él.

—Hace pasteles. ¿Cómo se llaman esas cosas, Itch? ¿Esos pastelitos que preparas?

—*Kiflice* —contesta, mirando a mi madre—. Básicamente, son unos cruasanes serbios.

—¡Eso es estupendo! —exclama mi madre—. Podríamos intercambiar recetas... June, ¿has visto dónde he dejado las muestras de pintura?

Salta de un tema a otro con tal rapidez que tardo un segundo en darme cuenta de que alguien está llamando a la puerta.

—Creo que están en el aparador.

—Ya está aquí Cash —dice mi madre.

Itch me mira pronunciando en silencio «*¿Cash?*».

—Su contratista —contesto en voz alta.

—Mi *amigo*—añade mi madre, tras lo cual dice alzando la voz—: ¡Adelante, pasa!

Al cabo de unos minutos, Cash, el contratista, nos saluda, encuentra las muestras de pintura y deposita a mi madre en el asiento del copiloto de su vieja camioneta de color pardo («¡Fabricada aquí en Míchigan!», me informó Cash el día que lo conocí). Itch y yo nos despedimos de ellos agitando la mano desde el porche y los vemos partir envueltos en una nube de polvo rojizo. En cuanto se disipa, Itch me agarra y me da un beso.

Sé que algunos padres no dejarían a su hija adolescente sola en casa con su novio por miedo a que contraiga una enfermedad de transmisión sexual o a que se quede embarazada, pero mi madre tiene otra estrategia. Su arma preferida es la conversación. Me habla sobre el sexo a cada oportunidad que se le presenta.

A. Cada. Oportunidad.

Dice que soy responsable de mi cuerpo y que lo que haga es cosa mía. Me dio «la charla» mucho antes de que la recibieran mis amigas y depositó una caja de condones en mi mesilla de noche antes de que yo hubiera besado a un chico (aparte de Oliver en el parvulario). Cree que más vale familiarizarse con ellos pronto que demasiado tarde. Pero a veces puede ser *demasiado* pronto, porque cuando llegó el momento en que necesité esos condones, a finales del año pasado, ya habían caducado.

Por suerte, Itch llevaba.

Dicho esto, no es que mi madre me deje pasar la noche con Itch ni nada por el estilo. A lo máximo que puedo aspirar es a unas cuantas horas durante el día en una casa desierta. Mi madre no es una *hippy* total.

Itch y yo colocamos un par de edredones y un montón de cojines en el suelo del cuarto de estar para crear un nido en el que darnos el lote, tras lo cual él se pone a zapear con el mando a distancia hasta que encuentra una película de terror. Los dos sabemos que no vamos a verla, pero así es como prologamos siempre nuestras interacciones físicas: fingiendo que vamos a hacer algo menos íntimo.

—¿Qué te parece la casa? —pregunto mientras la película se reproduce en silencio en la pantalla.

—Está bien. Es mucho más grande que la otra.

—Sí, aquí incluso tengo mi propio cuarto de baño.

—Pero es una mierda que esté tan lejos.

—Está solo a veinte minutos del instituto.

—Y a *treinta* minutos de mí —dice Itch, y recuerdo que me quiere cerca de él, que mi proximidad le resulta deseable. Sus ganas de tenerme cerca hacen que me sienta deseada. Que yo lo desee a él. Empiezo a tirar de él hacia mí cuando añade—: Y ahora tienes que ir cada mañana al instituto en el coche de ese imbécil.

Siento un fugaz impulso de proteger a Oliver, el deseo de defenderlo. A fin de cuentas, le hizo un corte de pelo mohicano al estudiante de segundo.

—No es mal chico. —Itch suelta un bufido que significa que no está de acuerdo—. En serio, no creo que sea como los otros tíos obsesionados con sus músculos. Es más inteligente de lo que yo creía.

—En serio. —Itch lo dice de tal forma que está claro que no es una pregunta—. Porque no lo he visto en ninguna clase de nivel avanzado.

—Yo no te he visto a *ti* en ninguna clase de nivel avanzado. —Lo beso en el cuello para que comprenda que es una broma. Él no responde. Está más interesado en colocarse sobre mí y *no* mirar la película.

Por esto los adolescentes tenemos mala fama.

5

Esta vez es a Oliver a quien se le ha ocurrido una idea cuando me subo en el coche.

—No estamos de acuerdo en el tema de la música.

—Cierto.

—Ni sobre lo que constituye un *sentido* en nuestra vida en el instituto.

—¿Sabe Theo que utilizas esas palabras altisonantes cuando él no está presente? —Oliver me tira el envoltorio de un chicle y me aparto con un chillido—. En serio, ¿qué ves en ese imbécil?

—Somos amigos desde secundaria —me explica Oliver—. Tenemos una historia.

—Nuestro país tiene una historia de negación de los derechos a las mujeres, de permitir que se fume en los aviones y que los primos se casen entre sí. Eso no significa que sigamos aprobando esas cosas.

—¿Quieres admirar mi genial idea o no? —Oliver desbloquea su teléfono móvil y me lo pasa.

Lo tomo con cierta reticencia y, al tocar la pantalla, compruebo que su *app* de música está abierta. En el centro aparece el icono de una *playlist* con el título *Sunrise Songs.*[4]

4. Canciones del amanecer. *(N. de la T.)*

—Lo único que admiro es un nombre de lo más cursi.

—Ábrela.

Lo hago, pero está vacía, lo que no tiene ningún sentido.

—Una explicación, por favor.

—Es la solución a todos nuestros problemas. Es el premio gordo para la persona que demuestre que su filosofía vital es acertada.

—Es una *playlist*—afirmo.

—Exacto.

—¿Estás colocado?

Oliver niega con la cabeza.

—Mantengo mi cuerpo puro para el campo de fútbol.

—Por favor, no vuelvas a flexionar los músculos.

Pero él lo hace.

—Es nuestra *playlist* matutina —me explica—. La escucharemos de camino al instituto.

—Pero ¡si no contiene ninguna canción! —objeto—. ¡Está vacía!

—Y ahí es donde se demuestra que soy un genio.

—Esto es lo que me resulta más difícil de creer.

—Escucha —dice—, y aprenderás.

—Es patético —replico, pero espero a que se explique.

—Tú crees que el instituto no importa. Yo sé que sí importa. —Oliver me da un pequeño codazo—. Cada vez que tú o yo encontremos una razón para apoyar nuestro argumento en la conversación…

—Discusión.

—Lo que sea. Añadiremos una canción a esta *playlist.* Luego dejaremos que se reproduzca de forma aleatoria y se repita por las mañanas. Cuantas más veces ganes, más canciones *screamo* habrá en la lista.

Yo no estoy muy convencida.

—Pero la discusión…

—Conversación.

—Es subjetiva. No hay una respuesta definitiva. Yo, como es natural, utilizaré brillantes argumentos para demostrarte que tengo razón… —Oliver suelta un bufido—, pero eso no significa necesariamente que tú te mostrarás de acuerdo.

—Llegaremos a un acuerdo entre caballeros.

Esta vez soy yo quien suelta un bufido.

—Eres amigo de tipos que dibujan con una cuchilla de afeitar los genitales masculinos en la cabeza de otros. No tienes nada de caballero.

Él me mira fingiendo sentirse ofendido.

—Todo en mí es caballeroso. Pero de acuerdo. Buscaremos a alguien que pueda ser objetivo.

—Propongo a Itch.

—Propongo a Ainsley.

Yo suspiro.

—Como es lógico, mi respuesta es no.

—Y como es lógico, la mía también.

Miro de nuevo su teléfono móvil, que sostengo en la mano. Reconozco que es una idea divertida. Añade un poco de competición a nuestros viajes matutinos. Analizo los detalles.

—Quiero añadir unas reglas adicionales.

—Dispara.

—No me tientes. —Sostengo un dedo en alto—. Solo podremos aportar las pruebas en el instituto y en horas de clase. A partir del primer timbre hasta el último. No quiero que me envíes mensajes de texto medio borracho en medio de la noche.

—¿Y durante los partidos de fútbol? —pregunta Oliver—. ¿Y los bailes de instituto? ¿Y las reuniones de motivación?

—De acuerdo. —No me cuesta acceder, puesto que no pienso asistir a ninguno de esos eventos—. Si ambos estamos presentes en un evento organizado por el instituto, será considerado terreno legítimo para aportar una prueba.

—Quiero añadir una regla más —dice Oliver—. Un intento al día. No quiero que me agobies con tu música *screamo.* —Yo sonrío—. ¿Qué?

—Crees que voy a ganar.

—Ni en sueños, Rafferty.

• • •

Estoy esperando fuera del aula de ciencias familiares cuando sale Oliver. Parece sorprendido de verme.

—¿Qué pasa?

—Nada —contesto—. Excepto esto: la universidad.

Él pestañea.

—La universidad.

—La universidad. Las clases son más difíciles. Las relaciones son más importantes.

—Eso es subjetivo.

—Además, puedes beber abiertamente en un bar. Me refiero a que todo lo que ocurre ahora ocurrirá de nuevo en la universidad, pero será más importante y mejor. ¿No lo entiendes? La universidad en sí misma anula la importancia del instituto... ¿Qué?

Oliver menea la cabeza.

—¿En serio? ¿Este es tu pistoletazo de salida?

—¡Es legítimo!

—Es muy débil.

Yo lo miro irritada.

—Dijiste que te comportarías como un caballero.

—Necesitamos un juez.

—Un juez *imparcial* —le recuerdo.

—Preguntaré entre la gente. Considera tu primera prueba como no confirmada.

Oliver echa a andar por el pasillo.

—¡Ni se te ocurra proponérselo a Theo! —grito, y él se vuelve y se despide con la mano.

• • •

Mientras almorzamos, Darbs nos entretiene con una descripción de cómo Yana, la Nueva, está intentando ligar con ella.

—Es su pelo —nos explica a Itch, a Lily y a mí.

Estoy segura de que la expresión de perplejidad de todos los demás es análoga a la mía. Yo rebusco en mi memoria.

—Rubio, ¿verdad?

—Rubio *miel* —responde Darbs con tono arrobado—. Rubio *dorado*. Largo y liso pero no excesivamente liso. Un poco alborotado, como si hubiera estado en la playa, tumbada al sol... —Hace una pausa. Lily y yo nos miramos. Darbs sacude la cabeza para salir de su ensueño—. Pero escuchad: hoy ha entrado en clase de inglés y ha elegido otro asiento. Hay un montón de sillas disponibles, pero no se ha dirigido hacia la tercera fila junto a la ventana, donde se ha sentado todos los días. No, ha girado a la izquierda, ha pasado junto a la estantería y se ha sentado justamente delante de mí.

—¿No crees —plantea Itch mientras mastica un trozo de pizza— que quizá quería cambiar de vistas? —Yo le doy un codazo—. ¿Qué? Es una pregunta perfectamente legítima.

—Y tú eres un legítimo idiota —le suelta Darbs—. Eligió esa silla para estarcerca de mí. Lo vi con toda claridad.

Todos pensamos lo mismo, pero soy yo quien pregunta:

—¿Cómo?

—Me alegro mucho de que me lo preguntes —responde Darbs—. No establecimos contacto visual…

—Aha… —dice Itch.

—Calla —le espeta Lily—. Sigue, Darbs.

—… pero en cuanto se sentó, movió un poco la cabeza para agitar su melena, como, ya sabéis, para captar mi atención.

Darbs está definitivamente un poco loca, pero es mi amiga. Merece que la respete.

—Y luego ¿qué?

—Lleva cinco cintas elásticas alrededor de la muñeca. Se quita la de color púrpura… —Darbs señala su cabeza de color añil—. Púrpura.

—Un momento —interviene Itch—. Si está sentada delante de ti y mirando al frente, ¿cómo viste todo eso?

Darbs lo mira con expresión solemne.

—Estaba medio inclinada en su asiento, un poco en diagonal.

Todos guardamos silencio un momento, hasta que Lily hace una observación:

—Tú estabas inclinada hacia delante, ¿no? Estiraste el cuello.

—Vale. —Darbs se encoge de hombros—. Estiré el cuello, sí. El caso es que ella se lleva de nuevo las manos al pelo, muy despacio y de forma muy sexi, se lo recoge en una coleta y…, ¿a que no lo adivináis? —Darbs hace una dramática pausa.

—¿Qué?

Esta vez, Lily y yo lo preguntamos a coro. Itch se limita a menear la cabeza.

—Lleva unos cuatro o cinco mechones de pelo teñidos debajo de la coleta.

—¿De color púrpura? —pregunto.

—Bueno… más bien azul —responde Darbs—. Pero azul *oscuro*. Azul *marino*. En el arco iris, es el color que está junto al púrpura. —Se reclina en su silla y cruza los brazos—. Me enviaba unas vibraciones clarísimas.

—Unas vibraciones clarísimas —repetimos Lily y yo al unísono.

—¡Qué narices! —dice Itch.

Me vuelvo para regañarle, porque eso es una grosería, pero observo que no está hablando con nosotras. Está mirando algo.

Es Shaun, que sube por las gradas hacia nosotros, lo cual sería absolutamente normal si no fuera porque lo sigue Oliver.

Sosteniendo una bandeja.

De repente y sin razón, un calorcillo me sube por el cuello y las mejillas. Bajo la cabeza y tomo un bocado de mi sándwich para camuflar mi (ridícula) reacción.

Incluso los perdedores de la primera fila observan con curiosidad cómo Shaun y Oliver se sientan junto a nosotros. Shaun se dirige a todo el grupo con un gesto general, pero Oliver nos saluda uno a uno por nuestro nombre, excepto a Darbs, a quien le tiende la mano.

—Me llamo Oliver. Creo que no nos conocemos.

Darbs no se la estrecha.

—Ya sé quién eres.

Oliver baja el brazo. El tenso momento se alarga, sin que ninguno de los dos se mueva, mirándose el uno al otro. Me pregunto si Darbs se ha fijado también en la parte gris de los ojos de Oliver.

—¿Te gusta mi pelo? —le pregunta señalando su cabeza.

Él la observa detenidamente.

—Es guay. El año pasado era verde, ¿no?

—Turquesa —responde Darbs, ofreciéndole una bolsita—. ¿Te apetecen unas patatas fritas?

—Gracias. —Oliver toma una y la tensión del momento desaparece.

Shaun se aclara la garganta.

—¿Todo el mundo ha terminado de hacer pis en las gradas?

—Yo sí —responde Darbs.

—Yo también —dice Oliver.

—Yo no tengo que hacer pis —anuncia Lily.

Itch y yo no decimos nada.

Shaun me señala.

—Oliver me ha pedido que resuelva una apuesta entre él y June.

Noto dos cosas: la mirada de Itch y mis mejillas, que vuelven a arder.

—June —pregunta Oliver—, ¿aceptas a Shaun como nuestro juez imparcial?

—No es más que un juego —respondo—. Y por supuesto, acepto a Shaun.

Shaun recuerda a todos que Oliver me trae por las mañanas en su coche. Lily sacude la cabeza.

—No, en serio. ¿De qué habláis durante el trayecto?

—No hablan —tercia Shaun—. Por eso han ideado un juego. —Se vuelve hacia mí—. ¿Cuándo vas a sacarte el permiso de conducir?

No estoy preparada para responder a su pregunta, de modo que digo lo primero que se me ocurre.

—Ya lo haré.

—¿Cuándo? —pregunta Itch.

—Cuando esté preparada —le contesto, irritada—. Ni siquiera tengo coche.

—Estuviste todo el verano trabajando en el centro de la naturaleza —expone Lily—. Debes de tener ahorrado algún dinero.

—Se lo ha gastado en putas —comenta Oliver.

—Y en hierba —apunto.

Lily y Darbs y Shaun sueltan una carcajada. Itch no se ríe.

—Deberías ponerte a ello —dice.

—Bueno. —Oliver se encoge de hombros—. No es más que un permiso de conducir.

Shaun da una sonora palmada y todos nos callamos para prestar atención. Explica en qué consiste el juego y expone mi primera prueba, como hice esta mañana junto al aula de ciencias familiares.

Shaun reflexiona unos momentos. Analiza la cuestión. Se acaricia el mentón y dice «hummm» hasta que le asesto una patada en la espinilla.

—¡Ay!

—Venga, que casi hemos terminado de almorzar.

Shaun respira hondo.

—De acuerdo. He completado mis deliberaciones.

—¡Dinos qué has decidido, oh Maestro! —pide Lily.

—Estás de guasa, ¿no? —le pregunto ante ese calificativo.

—Lo siento. —Lily me sonríe—. Esto es divertidísimo.

Shaun se aclara de nuevo la garganta.

—Es preciso aceptar que todas las decisiones del juez son definitivas. No podrán exponerse más argumentos una vez que el veredicto haya sido emitido.

—De acuerdo —conviene Oliver.

—De acuerdo —ratifico.

—En el caso de June Rafferty contra Oliver Flagg, me pronuncio a favor de... —Todos aguardamos mientras Shaun se aclara una vez más la garganta y mueve la cabeza de un lado a otro—. Oliver Flagg.

—¿Quéeee? —La palabra brota con tono áspero de mi boca—. ¡Creía que eras *mi* amigo!

—Se me ha contratado como juez imparcial —me recuerda Shaun—. Y en opinión de este venerable magistrado, es una locura pensar que algo que se repite en el futuro anula lo que sucede en el presente. Mañana almorzaré, lo cual no significa que hoy no haya almorzado.

—No anda equivocado —observa Lily.

Comprendo que tiene razón, pero es superirritante. No obstante, trato de defenderme.

—Pero el almuerzo de mañana puede ser mejor que el de hoy —digo a Shaun—. Yo quizá tenga más dinero y pueda permitirme consumir mejores ingredientes.

—O puede que no —replica Shaun—. Quizás estés de nuevo en la cafetería comiendo una ensalada mustia y unos espaguetis pasados.

—Eso no pasará.

—Pero es *posible.* Y en otro orden de cosas —continúa Shaun—, creo que Oliver tiene una prueba que desea compartir.

Entrecierro los ojos. Vuelvo la cabeza para mirar cabreada a Oliver.

—¿En serio?

—Pues sí. Y te doy las gracias por ello. —Oliver me dirige una sonrisa encantadora—. Lo que dijiste sobre la universidad me impresionó. Llevas razón. Todas esas cosas guais sucederán en la universidad. Sin embargo —se inclina hacia mí—, ¿sabes qué determina a qué universidad asistirás?

Encojo los hombros con gesto de resignación, reconociendo mi derrota.

—El instituto.

Oliver no dice nada. Alza ambas manos en el aire y se pone a chasquear los dedos y a mover los hombros al compás de una música imaginaria.

—No tienes ningún sentido del ritmo —le sentencio.

—No lo hace mal —arguye Lily, chasqueando los dedos junto con él. Darbs sonríe y se une a ellos, al igual que Shaun.

—Sois lo peor —les suelto mientras a lo lejos suena el timbre.

Oliver se levanta sin dejar de chasquear los dedos.

—Foreigner —dice mientras baja saltando por las gradas—. Poison. —Salta sobre otra—. Warrant.

—¿Qué haces? —pregunto, exasperada.

—Torturarte —me explica Itch—. Son los nombres de grupos cutres.

Más abajo, Oliver salta varias gradas seguidas al tiempo que pronuncia más palabras inescrutables.

—¡Whitesnake! ¡Starship! ¡Night Ranger! —Cuando llega abajo se vuelve para mirarme—. ¡Bad English! —grita antes de echar a correr hacia el instituto.

Yo meneo la cabeza y me vuelvo hacia Shaun.

—Odio mi vida.

—Es normal —contesta.

6

Cuando salgo a mi porche de madera, el mastodonte está aparcado frente a mi casa y Oliver, en pie junto a él. Nada más verme, se apresura a abrir la puerta del copiloto con gran ceremonia.

—Tu carroza aguarda —dice—. Tu dulce carroza musical.

Echo a andar hacia él, procurando no sonreír ante lo ridículo de la situación.

—Basta —exclamo cuando él hace una profunda reverencia señalando mi asiento.

Lanzo mi mochila dentro del coche y me dispongo a montarme en él con cierta dificultad, como siempre, cuando siento la mano de Oliver sujetándome el codo. Su tacto cálido se transmite a mi piel. Sé que nos hemos tocado antes —aparte de ese beso en el parvulario— porque seguramente habremos chocado en los pasillos del instituto o habremos pasado rozándonos en la cafetería.

Pero parece como si esta fuera la primera vez.

Esperamos junto a la señal de STOP de Plymouth cuando Oliver se vuelve hacia mí con una sonrisa de oreja a oreja.

—Este es el momento, ¿verdad? —le pregunto.

—Sí —responde—. Este es el momento.

Y de repente, una música —si a esto se le puede llamar música— empieza a sonar a todo volumen a través de los altavoces. No exagero al decir que es la peor balada de rock que he tenido la desgracia de oír en mi vida, ridículamente romántica, con ese sentimentalismo atroz y cargada de acordes de quinta. Por si fuera poco, de inmediato compruebo que Oliver conoce la letra.

De principio a fin.

Que se apresura a corear.

Con mucho sentimiento.

Cuando la canción llega por fin al puente —lo cual constituye una leve mejora debido a la ausencia de las empalagosas letras— grito a Oliver a través de los acordes de la guitarra eléctrica:

—¡Cualquier parte de mí que ha conseguido alcanzar cierta sofisticación, cualquier retazo de mi ser que ha comprendido algo más grande y ha logrado elevarse sobre las masas…!

—¿Sí? —contesta Oliver alzando también la voz.

—¡En este momento, esa brillante parte de mí se siente asfixiada por este implacable torrente de sentimentalismo!

Oliver levanta un dedo y ordena:

—¡Espera!

—¿Qué?

El solo de guitarra alcanza un melodramático *crescendo.*

—¡Esto! —chilla. Tras lo cual sigue coreando la canción, agitando un brazo en el aire y mirándome con cara de inocente cada vez que nos detenemos.

La canción —que encima, para más inri, se titula *Cuando sí importa*— se reproduce un total de seis veces y media antes de que lleguemos al instituto.

Oliver no se equivoca en la letra ni una sola vez.

• • •

Sé que tengo que esperar a que suene el primer timbre antes de poder presentar una prueba, pero aunque salimos juntos hacia el instituto, le pierdo el rastro antes de dirigirme al aula..., o quizá sea él quien me pierde el rastro a mí. Más tarde trato de localizarlo, y vuelvo a intentarlo antes de la segunda hora, pero se muestra tan escurridizo como Itch cuando mi madre está en casa.

Sin embargo, no puede seguir escondiéndose porque vamos a la misma clase de Física.

Oliver entra con rapidez al mismo tiempo que suena el timbre. Yo trato de agarrarlo del brazo cuando pasa junto a mi mesa, pero ni siquiera se digna a mirarme.

Vaya. Maldita sea. No.

Me giro y espero a que se siente y saque sus materiales. Cuando levanta la vista y comprueba que lo estoy mirando, tuerce el gesto. Sonrío y sostengo en alto un papel. No puede evitarme eternamente.

Al cabo de unos minutos, la señora Nelson se dispone a explicarnos los principios de la termodinámica y mi nota empieza a pasar de mano en mano hacia el fondo del aula, hacia Oliver Flagg.

Estimado Oliver:

1. Mis padres se conocieron en la universidad.
2. Los tuyos se conocieron en la universidad.

Un saludo cordial,

June

Es bien sencilla. Fácil. Doy por sentado que nuestros cuatro padres tuvieron relaciones con otras personas en el instituto —aunque fueran meros enamoramientos o flirteos—, y que, al cabo de un tiempo, los cuatro pasaron página. Sí, supongo que podría decirse que es un *ejemplo* más que una prueba, pero a efectos de nuestro juego, no deja de ser pertinente.

Cualquier cosa con tal de reducir el número de veces que tengo que escuchar esa espantosa canción titulada *Cuando sí importa.*

Cuento con que Oliver refutará su validez, puesto que mis padres terminaron divorciándose, pero me propongo rebatir su argumento con el hecho de que permanecieron juntos el tiempo suficiente para procrear, y que esa es una de las cosas más importantes y transformadoras que pueden hacer dos personas.

Con la clase a punto de concluir y la señora Nelson dibujando una serie de símbolos en la pizarra blanca, un papelito doblado, que me resulta familiar, aterriza en mi mesa.

Estimado Oliver:

1. Mis padres se conocieron en la universidad.
2. Los tuyos se conocieron en la universidad.

Aprobado

Un saludo cordial,

+ 1 canción ← June

Estimada June:

1. Tu letra es de una perfección espeluznante. Como la de un asesino en serie.
2. Mi tío Matthew conoció a su esposa, Ellie, en el instituto. Nuestros vecinos Anna y Brian se conocieron también en el instituto. Algunas personas sí conocen a su media naranja de jóvenes, un hecho que no puedes dejar de tener en cuenta.

Un saludo más que cordial,
Oliver

Vaya.

Supongo que eso no puedo rebatirlo. Me refiero a la segunda parte.

Dado que Oliver acepta con deportividad el resultado y no recurre a Shaun para que resuelva algo que claramente no necesita ser juzgado, tomo el lápiz y escribo una respuesta (con mi letra de una perfección espeluznante).

Estimado Oliver:

1. Mis padres se conocieron en la universidad.
2. Los tuyos se conocieron en la universidad.

Aprobado

Un saludo cordial,

+ 1 canción ← June

Estimada June:

1. Tu letra es de una perfección espeluznante. Como la de un asesino en serie. Cretino!!
2. Mi tío Matthew conoció a su esposa, Ellie, en el instituto. Nuestros vecinos Anna y Brian se conocieron también en el instituto. Algunas personas sí conocen a su media naranja de jóvenes, un hecho que no puedes dejar de tener en cuenta.

Un saludo más que cordial,

+ 1 canción ← Oliver

Cuando suena el timbre, me vuelvo para ver si Oliver reconoce la validez de mis últimos comentarios, pero se ha levantado y se dirige hacia la puerta. Sin embargo, compruebo que Ainsley me está mirando fijamente. Por alguna razón que no tiene el menor sentido, de pronto me siento culpable, como si estuviera haciendo algo malo.

Pero no es así.

• • •

Lily ha ido a reunirse con su profesor de música particular, Darbs está persiguiendo a Yana, la Nueva, y Shaun está en la sala del anuario del instituto, de manera que Itch y yo disfrutamos de un raro almuerzo a solas. Y por «almuerzo» me refiero a una sesión de besos y caricias.

Itch está sentado con los pies sobre la grada inferior, y yo estoy medio tumbada sobre sus rodillas, así que lo único que tiene que hacer es inclinarse un poco para alcanzar mi rostro. Hace demasiada humedad y calor para besuquearnos sobre las gradas metálicas, pero es lo que estamos haciendo. Siento las piernas de Itch calientes y pegajosas debajo de mi espalda, y mis pies, calzados con unas Converse negras, se abrasan al sol, pero todo esto me resulta familiar, público y fácil. Como nuestra relación. Siento una punzada de remordimientos al evocar al chico que besé este verano, pero me apresuro a borrar ese recuerdo de mi mente. Itch no me ha preguntado nada, por lo que no se lo he contado. A fin de cuentas, no le he mentido.

Oigo unos sonidos secos y siento las vibraciones debajo de mí. Itch retira su boca de la mía y lanza unos resoplidos de enojo.

—¿Vamos a tener que soportar esto cada dos por tres?

Yo lo aparto y me enderezo. Los sonidos son de unos tacones que ascienden por las gradas, y la persona que los lleva es Ainsley Powell. Está claro que se dirige hacia nosotros, porque no hay nadie más cerca, aparte de que tiene sus ojos de un verde intenso clavados en nosotros.

—Yo me largo —dice Itch. Empieza a levantarse, pero lo agarro de la muñeca y lo obligo a sentarse de nuevo.

—No seas grosero —murmuro.

Itch se acomoda de nuevo cuando Ainsley alcanza nuestra grada.

—Hola, pareja —saluda con una voz hecha para gritar frases de ánimo en estadios abarrotados y susurrar poemas al oído de chicos rendidamente enamorados de ella.

Yo me tenso. ¿Ha venido para pelearse conmigo? Estoy segura de que no le costaría vencerme físicamente —es más alta que yo y, probablemente, más fuerte debido al ejercicio que hace como animadora—, pero lleva unos taconazos. Quizá podría pillarla desprevenida.

—¿Qué hay, Ainsley? —le pregunto con tono despreocupado.

Ella señala la grada delante de nosotros.

—¿Puedo?

—Por supuesto —respondo con amabilidad.

—Estamos en un país libre —agrega Itch, y le doy un codazo.

Ainsley se sienta con un grácil movimiento, como si fuera la pluma de un pavo real descendiendo hacia el suelo.

—¿Vais a asistir al primer partido?

—¿Al partido de *fútbol*? —La pregunta surge de mi boca con tono de incredulidad. ¿Acaso trata de calcular dónde situar a su banda de malvadas secuaces adornadas con pompones para propinarme una paliza? ¿O pretende advertirme de que me mantenga alejada de cualquier cosa relacionada con el deporte…, de cualquier cosa relacionada con Oliver?

Itch responde por mí.

—No apoyamos esos torneos de brutalidad.

Ainsley fija en él sus ojos enmarcados por unas oscuras pestañas.

—El instituto es un torneo de brutalidad.

Itch la mira sorprendido por su respuesta.

—Tienes razón.

Ainsley me da una palmadita en la rodilla.

—Deberías asistir.

—¿Por qué?

—Es el primer partido de la temporada. Queremos que el estadio se llene de gente que apoye al equipo.

Tengo la sensación de que esta invitación esconde algo más que un espíritu solidario con el instituto, pero por más que lo intento, no consigo descifrar qué se trae entre manos.

—Quizá —le digo.

—Luego encenderemos una fogata para celebrarlo —nos explica Ainsley—. Podéis venir en coche con nosotros.

—*¿Nosotros?* —repite Itch.

—Con Oliver y conmigo.

—¿Como una doble cita? —pregunto, observando que la sonrisa de Ainsley se ensancha.

—Exacto.

• • •

Supongo que Itch y yo teníamos que tener nuestra primera pelea un día u otro. No pensé que ocurriría en medio de una farmacia Rite Aid. Yo estoy en jarras, observando cómo examina un expositor de triángulos de maíz.

—No te matará —le digo—. No hará que el corazón te deje de latir y tu sangre deje de bombear.

—Puede que sí. Nunca se sabe.

—Un partido. Una fiesta.

Itch se ríe, un sonido áspero y endeble, como si fuera a romperse si cayera al suelo.

—Así es como empieza —contesta—. Un partido, una fiesta, unas copas. De pronto pasas a formar parte de su círculo de gilipollas y tienes que hacer lo que te manden.

—¡Nadie dice que tengamos que hacer lo que nos manden! Se trata de un partido de fútbol, no de convertirnos en esclavos.

—No te engañes. —Itch toma una bolsita de color naranja del expositor—. Hay un motivo por el que no nos unimos a ellos, June. No es porque seamos unos bichos raros o porque apoyemos una anticuada jerarquía de popularidad.

—Yo no he dicho…

—Es porque somos mejores que ellos. —Itch se acerca y me echa el brazo alrededor de los hombros, que están más tensos de lo normal—. *Tú* eres mejor.

Me besa y yo se lo permito.

Siempre se lo permito.

7

Apenas ha amanecido y ya hay dos operarios montando un banco con cajones en el recibidor. Los saludo con la cabeza cuando paso junto a ellos y me dirijo hacia la cocina, sorteando un montón de tablas y herramientas esparcidas por el suelo.

Encuentro a mi madre y a Cash sentados en unos taburetes, tomándose un café. Cash se levanta cuando entro.

—Lamento el ruido y el desorden.

—Tranquilo —respondo—. Los pasamanos quedan genial.

—Gracias. —Cash se vuelve hacia mi madre—. ¿Nos vemos esta noche?

—¡Sí! —contesta mi madre con demasiado ímpetu. Luego me mira y pregunta—: ¿Tortilla?

Vaya, vaya.

Yo asiento y la observo mientras prepara los ingredientes.

—¿Cuánto falta para que esta casa esté terminada? —pregunto.

—Esta semana terminarán el recibidor. La que viene, mi estudio. Cash va a rehacer las placas de yeso laminado y los suelos. Además… Lamento este caos, cariño. A veces, todo parece un caos hasta que las cosas se ponen en su sitio.

—Qué frase tan profunda —comento, y mi madre se ríe. Me doy cuenta de que ella no tiene un aspecto caótico. De hecho, se ha pintado los labios con un *gloss* color coral y luce unos pendientes de aro, por lo que le hago la pregunta obvia:

—¿Estás saliendo con Cash?

Mi madre se sonroja.

—¡No! —Yo arqueo una ceja y ella deposita la espátula en la encimera—. Somos amigos.

—Ya, amigos —digo.

—Y para celebrar nuestra amistad, esta noche viene a cenar.

Esta vez exclamo en voz alta:

—Vaya, vaya.

—Siéntate —me pide mi madre. Pero vuelve a sonrojarse y esta vez sus ojos brillan.

• • •

Las clases han terminado hace tres horas y aún estoy en el vestíbulo principal. He organizado mi taquilla y he repasado la lectura de inglés que me toca este fin de semana. En estos momentos, estoy sentada en el escalón inferior trenzándome el pelo. Y esperando.

Cuando mi móvil se pone a vibrar —¡por fin!—, leo el mensaje de texto de mi madre:

al menos 45 minutos más
lo siento
la reunión no ha terminado
el jefe del departamento sigue quejándose del presupuesto
ojalá fueras mayor de edad para poder comprar una botella de vino
te quiero

Maldita sea.

De haberlo sabido, habría pedido a Itch que me llevara en coche y le habría tentado con la promesa de una casa vacía. O quizá me habría acercado Shaun. O Lily o Darbs. Cualquiera de ellos. Si al menos fuera lunes, no me importaría tanto, pero es viernes. Cuando llega el fin de semana, solo pienso en largarme de aquí.

Me pregunto si Shaun se habrá marchado ya. No responde a mis mensajes de texto, pero es muy típico de él no comprobar los mensajes de texto. Siempre tiene el móvil en silencio, incluso cuando no está en clase.

Echo a andar hacia el aparcamiento de los estudiantes. Aún quedan bastantes coches, pero no veo el de Shaun. Atravieso el aparcamiento para ver si está al otro lado, en el centro, donde lo deja siempre, quizás oculto detrás de uno de esos monstruos chupagasolinas como el de Oliver.

¡Oliver! Qué buena idea. No se me había ocurrido mirar si está y pedirle que me acerque a casa. Oliver no es el tipo de chico que se larga en cuanto suena el timbre. Siempre se queda un rato después de clase para lanzar, dar patadas o driblar el balón. Me dirijo hacia el gigantesco chupagasolinas mientras saco mi teléfono móvil para enviarle un mensaje de texto cuando me topo con él.

Oliver me sujeta por los brazos.

—Eh, no es prudente caminar y escribir al mismo tiempo.

—Te estaba enviando un mensaje a ti —le informo.

—¿De veras? —Me da un repaso con la vista, y de pronto recuerdo que llevo unas ridículas trencitas por toda la cabeza.

—¿Te vas a casa? —le pregunto.

—Sí. ¿Quieres que te lleve?

—Me harías un favor.

Él señala el coche y al cabo de un minuto estoy sentada en el asiento del copiloto, tratando en vano de alisarme el pelo, que está tieso debido a la electricidad estática.

—¿Cómo es que aún estás aquí?

—Tenía que hablar con nuestro entrenador, Rand, después del entrenamiento.

Lo observo detenidamente. Oliver no muestra su habitual actitud desenvuelta, seguro de sí. Está sentado al volante con la espalda un poco encorvada y una expresión triste.

—¿Estás bien?

—Sí. —Pero sigo observándolo y no *parece* estar bien. Bien pensado, ahora que caigo, esta mañana también ha estado muy callado. Él se da cuenta de que lo estoy mirando—. Nuestro entrenador está cabreado porque la semana que viene no podré asistir a dos entrenamientos.

—¿No puedes saltarte *nunca* un entrenamiento? —Me parece una exageración.

—No. Y menos al comienzo de la temporada. Tenemos que estar centrados.

—Pero no es más que un partido. —En cuanto las palabras salen de mi boca, me arrepiento de haberlas dicho.

—Pareces mi padre.

Circulamos en silencio unos minutos antes de que le pregunte:

—¿Por qué tienes que saltarte unos entrenamientos?

—Esto te encantará —responde—. Voy a hacer prácticas con mi tío Alex en una sucursal bancaria. Va a enseñarme las delicias del mundo financiero.

—Eso es *horrible.* —De nuevo me arrepiento de haber dicho eso. Oliver se ríe.

—Gracias. Tienes razón, es horrible. —La sonrisa se borra de su cara—. Mis padres ni siquiera asistirán al partido el viernes. Mi padre tiene una cena con sus socios.

—¿Y tu madre?

—Nunca se pierde una cena de trabajo de mi padre. Forman un equipo.

Trato de pensar en algo que decir para consolarlo.

—El año que viene no tendrás que saltarte un entrenamiento si no quieres.

Oliver se vuelve para mirarme.

—No te ofendas, pero está claro que no sabes nada sobre fútbol. —Nos detenemos en una intersección de cuatro vías y me mira a los ojos—. Soy un buen jugador a nivel de instituto, June, no de universidad.

Yo emito un bufido de incredulidad.

—Venga, hombre. Seguro que sabes manejarte entre pelotas. —Me ruborizo al darme cuenta de mi patinazo—. Me refiero a balones de fútbol.

Oliver sonríe, pero es una sonrisa triste.

—No pasa nada. No soy como tú. Algunas personas despuntan ya desde pequeñas.

Yo lo miro, sin saber qué contestar. Es lo más doloroso que le he oído decir, y tengo la sensación de que debería responder algo franco y sincero.

Pero no soy tan valiente.

A nuestras espaldas suena un bocinazo y ambos nos sobresaltamos.

—¡Ups! —dice Oliver, y pisa el acelerador.

El resto del trayecto lo hacemos en silencio. Oliver no pone en marcha nuestra *playlist* y yo no le pido que lo haga. Al entrar en el camino de grava de acceso a mi casa, veo la camioneta de Cash aparcada frente a nosotros y a Cash bajando los escalones de la entrada. Agita un brazo y deduzco que es un gesto de saludo, pero cuando vuelve a hacerlo, comprendo que quiere que nos acerquemos.

—¿Quién es ese? —pregunta Oliver.

—El contratista y no novio de mi madre.

Los presento y Cash pregunta a Oliver si puede echarle una mano.

—Supuse que mis hombres aún estarían aquí, pero se han marchado y no volverán hasta el lunes. —Cash señala la camioneta con el dedo—. Se necesitan dos personas para descargar un generador.

—Como mínimo —comenta Oliver, siguiéndolo hacia la camioneta y quitándose la chaqueta.

Reconozco que, en este escenario, mi papel consiste en asegurarme de que no haya guijarros sueltos en el camino que los hagan tropezar y sostener la puerta abierta, pero al mismo tiempo me doy cuenta de que Oliver va a contemplar de primera mano el caótico interior de mi casa, que está aún sin terminar.

—A lo mejor podríais dejarlo en el porche —sugiero.

—No, lo entraremos. —Cash se sube en la plataforma de la camioneta. Desliza una voluminosa caja hacia el borde antes de saltar al suelo y colocarse junto a Oliver—. ¿Listo?

—Listo —responde Oliver, y ambos levantan la caja.

Yo corro hacia el porche y abro la puerta, observando cómo se dirigen hacia mí. Aunque sé que es un tópico, aunque sé que es superficial y ridículo, mis ojos se sienten atraídos como un imán por los brazos de Oliver. No soy de esas chicas que se derriten al contemplar unos músculos, pero cuando los músculos se flexionan y tensan contra una ajustada camiseta, una no puede evitar fijarse.

Soy cerebral. No estoy muerta.

Cash y Oliver pasan junto a mí y entran en casa, emitiendo de vez en cuando un gruñido y diciendo cosas como «cuidado» y «ya falta poco». Yo confío en que depositen la caja en la entrada y salgan, pero Cash quiere dejarla en el estudio de mi madre, de modo que tienen que atravesar el pasillo, pasando junto a una pila de apliques de pared y sorteando diversas herramientas diseminadas por el suelo.

—Siempre advierto a mis chicos que lo dejen todo limpio antes de abandonar la vivienda —dice Cash, y de nuevo me horroriza que se refiera al desorden de *mi* casa, *mi* vivienda, y que Oliver sea testigo de la mugrienta gloria de mi vida. A fin de cuentas, es un chico que vive en una de las impolutas mansiones de Flaggstone Lakes, que tiene un padre y una madre que duermen en la misma cama todas las noches.

Mi madre, por otra parte, canjea cuadros por hortalizas y cerámica por trabajos de carpintería. Mi padre es un actor-barra-camarero en Nueva York. Yo soy una estudiante de último año que no sabe conducir, y vivimos en una casa que, hoy por hoy, constituye un gigantesco proyecto artístico. No es precisamente un bastión de normalidad y no me mola que Oliver esté en medio de este caos.

Pero aquí es justamente donde está. Después de que él y Cash hayan colocado el generador en la unidad empotrada donde permanecerá, Oliver regresa a la entrada y echa otro vistazo a su alrededor. Lo único que yo veo es desorden, y lo único que huelo son virutas, de modo que le dedico mi sonrisa más radiante.

—¡Muchas gracias! —exclamo con tono jovial, imitando a Aisnley—. ¡Buen finde!

Abro la puerta, pero Oliver no se mueve. Ni siquiera sé si me ha oído. Pasa la mano sobre el banco con cajones, y luego toca los pesados ganchos de hierro instalados sobre él para colgar nuestras bolsas y bolsos.

—¿Lo ha construido usted? —pregunta a Cash.

—Sí. Es bonito, ¿verdad?

—Precioso. ¿Esos paneles de madera contrachapada son antiguos?

Suena más elegante decir «antiguos» que «viejos» o «unas antiguallas que alguien tiró a la basura».

—Rescatados de un edificio que iban a demoler en el centro de Clinton.

«Rescatados.» Mejor que «sacados de la basura».

—Son fantásticos —dice Oliver.

—Gracias —responde Cash, claramente complacido. Yo, sin embargo, no me siento nada complacida, y menos cuando Cash señala la puerta que da acceso al resto de la casa.

—¿Quieres ver lo que hemos hecho con los pasamanos?

—Seguro que Oliver tiene que irse a casa —me apresuro a decir, pero de nuevo es demasiado tarde, porque Oliver echa a andar detrás de Cash y dobla la esquina.

Mierda.

Cuando mi madre llega a casa, media hora más tarde, Cash y Oliver se han embarcado en una relación fraternal profunda, intensa y auténtica basada en la afición que comparten por las obras de renovación de una casa. Han alabado los méritos visuales de las baldosas de gres porcelánico frente a las de cerámica. Se han expresado poéticamente sobre los trabajos de ebanistería y las molduras de corona. Han hecho todo menos elegir juntos nombres de bebés, y ya no estoy segura de si son conscientes de mi presencia.

Eso quizá sea una buena cosa, porque cuando veo mi imagen reflejada en el espejo del pasillo, parece que llevo una peluca espantosa. Ni Cash ni Oliver reparan en mí cuando subo corriendo la escalera para recogerme el pelo en una coleta y ponerme un jersey ajustado de color gris con puños azules. Más vale que ofrezca un aspecto presentable si vamos a recibir visitas en casa.

Mi madre se alegra de ver a Oliver. Le dice que está muy alto —lo que parece que a él le complace— y de paso le recuerda que ella solía cambiarle los pañales, lo cual es evidente que a él *no* le complace. Toda la escena es de lo más rara, y se hace aún más extraña cuando yo lo conduzco sutilmente hacia la puerta principal y él se detiene para examinar una hilera de libros de mi madre colocados en el cuarto de estar.

—Sandburg —dice Oliver—. Neruda. Rilke. Tu madre tiene buen gusto.

Yo lo miro pasmada.

—¿Entiendes de poesía?

Él se lleva una mano al corazón.

—En el fondo, mis baladas ochenteras son poesía.

—En el fondo, tus baladas ochenteras son una mierda.

—No tienes alma —contesta Oliver con tono afable—. Soy un admirador de la palabra bien utilizada.

—Pues yo tengo varias palabras que estoy pensando en utilizar —replico.

Oliver se echa a reír y de pronto me doy cuenta de lo mucho que me gusta el sonido de su risa.

—Voy a despedirme de tu madre y de su no novio.

Lo sigo hasta la cocina, donde Cash se dispone a descorchar una botella de vino y mi madre está picando un manojo de rúcula. Cuando entramos sonríen. Confío en que Oliver se despida educadamente con un encantado-de-haberlo-conocido y haga rápidamente mutis por el foro, pero en vez de ello, se para en seco y señala una cosa sobre la encimera.

—¿Eso es lo que creo que es?

Me vuelvo y compruebo que se trata —¡genial!— de un sucio y viejo pedazo de hongo. El día no podía ser más humillante.

Pero sí…, podría serlo, porque Cash toma el hongo y se lo ofrece a Oliver.

—¿Quieres olerla?

Para mi inenarrable horror, Oliver asiente y se acerca para olisquear el objeto que el no novio de mi madre sostiene en la mano.

Dios.

Mío.

Abro la boca para protestar o disculparme o quizá cantar un aria de ópera, porque eso al menos distraería a todo el mundo del horripilante hongo que está ante nosotros, pero Oliver me mira con expresión de puro gozo.

—Tienes que oler esta trufa, June.

Una trufa.

Sé que es algo culinario y exótico, pero es lo único que sé. Estoy segura de que nunca he probado (ni olido) una trufa en mi vida. Puesto que todos esperan a que haga algo, me acerco y huelo la dichosa trufa. Tiene un aroma terroso e intenso, no del todo desapacible.

—Es agradable —digo, aunque todo lo referente a esta situación es decididamente lo contrario.

—Me la han dado en Abruzzo's —nos explica Cash.

—¿El restaurante? —pregunta Oliver.

—Sí. He construido un nuevo atril para la directora de sala y les he arreglado la terraza.

De repente, todo tiene sentido. Cash lleva el mismo estilo de vida basado en el trueque que mi madre. Oliver debe de pensar que somos unos *hippies.*

—Es de lo más guay que he visto nunca —afirma, y yo trato de no imaginarme cómo va a describir más tarde esta experiencia a Ainsley o a Theo—. Sois de lo más…

Estrafalarios.

Bohemios.

Raros.

—… auténticos —concluye Oliver—. Me encanta.

Parece que lo dice en serio.

Cash mira a mi madre y ambos sostienen una conversación silenciosa con sus cejas. A continuación, invita a Oliver a cenar.

—Tenemos *risotto* —tercia mi madre.

—Con láminas de trufa —añade Cash.

—Acepto encantado —responde Oliver.

Yo lo miro y luego, a mi madre y a Cash. Al parecer, soy la única que está flipando.

• • •

Contra todo pronóstico, la cena es un éxito rotundo. El *risotto* con trufa está riquísimo, al igual que la tarta de manzana y ruibarbo que tomamos de postre (preparada, por supuesto, por Quinny, la amiga de mi madre, después de un complicado canje en el que han participado mi madre, Quinny y Morgan, la amiga de ambas). Oliver y yo charlamos sobre nuestros exámenes de fin de curso y a qué universidad iremos (yo quizás a Nueva York; él no tiene ni idea), y mi madre explica a Cash que ella y la madre de Oliver fueron compañeras de cuarto hace mucho tiempo. Les hablo sobre mi trabajo de voluntariado en el centro de la naturaleza y mi madre nos cuenta divertidas anécdotas sobre los extremos a los que sus alumnos están dispuestos a llegar para saltarse sus tareas. Todo resulta muy fácil, y no puedo evitar compararlo con cómo habría discurrido la velada si nuestro invitado hubiera sido Itch en lugar de Oliver.

De haber estado Itch aquí, él y yo habríamos llevado nuestros platos al cuarto de estar. Habríamos cenado en silencio mientras veíamos una peli. Más tarde, habríamos inventado alguna disculpa para subir a mi habitación o ir a dar una vuelta en coche para estar solos. Luego, una vez solos, tampoco habríamos conversado.

Después del postre, mi madre y Cash suben para hablar sobre el zócalo en el cuarto de invitados. En cuanto salen, Oliver me mira arqueando las cejas.

—Eso del zócalo no se lo cree nadie —dice, y yo le doy un golpe en el brazo—. Sabes que Cash quiere eliminar la palabra «no» de su estatus de no novio de tu madre, ¿verdad?

—Sí. Eso creo.

—¿Te parece bien? —me pregunta Oliver cuando lo acompaño a la puerta.

—¿A qué te refieres?

—Que tu madre salga con alguien. ¿Te parece bien?

Supongo que su curiosidad tiene razón de ser. Los padres de Oliver llevan juntos toda la vida, desde la universidad, desde una alocada fiesta en que nuestras madres flirtearon con el padre de Oliver —Bryant— y este acabó pidiendo el número de teléfono a la futura señora Flagg. Según cuenta mi madre, no había vuelta de hoja. Marley y Bryant estaban hechos el uno para el otro. Eran la pareja perfecta.

«¿Y tú y papá?», pregunté en cierta ocasión a mi madre.

«Él apareció más tarde —respondió—. Y lo único que tuvo sentido entre nosotros fuiste tú.»

—Me parece bien —digo a Oliver, observándolo introducir sus largos brazos a través de las mangas de su chaqueta.

—Mejor —dice—, porque creo que están enamorados.

En parte me sorprende que me haya preguntado qué me parece.

—Acabas de preguntarme sobre mis sentimientos.

—Es lo que hacen los amigos —contesta—. Nos vemos el lunes.

¿Amigos?

• • •

El lunes me siento en el coche, cierro la puerta del copiloto y me vuelvo de inmediato hacia Oliver.

—¿Somos amigos?

Él me mira extrañado.

—¿A qué viene eso?

A su afán de congraciarse con mi madre y con su no novio. A su forma de comportarse como si yo le importara. A que noto que él también me importa.

—Contesta.

—Bueno... sí. —Oliver muestra una expresión entre divertida y confundida—. Somos amigos.

—Vale. —Me abrocho el cinturón de seguridad.

Oliver asiente la cabeza y hace marcha atrás en el sendero de acceso a mi casa.

—Eres un poco rara.

—El caso es que no tengo amigos masculinos heterosexuales y... —me detengo para no pronunciar el término «guaperas» en mi letanía —... populares. No me gustan las tradiciones del instituto y no tengo amigas entre las animadoras, y para colmo, mi último año está resultando muy distinto de lo que supuse, sobre todo por el hecho de que tú y yo...

—Seamos amigos.

—Exacto. Eso es. —Coloco una pierna debajo de mí para instalarme cómodamente en el amplio asiento—. Eres un chico razonablemente simpático. Tratas a mi madre con amabilidad. Tu novia también parece una chica simpática.

—Suena a amistad.

—Eres como un novio extra gay, salvo que eres hetero.

Oliver arruga el entrecejo.

—Puedo ser tu amigo heterosexual..., puesto que es lo que soy.

—Rara vez funciona.

—¿Por qué?

—Porque casi nunca es una relación equilibrada. Siempre hay una persona que quiere acostarse con la otra. La única forma en que puede funcionar es cuando una de las dos personas no es nada atractiva, lo cual significa que la persona que no es nada atractiva se siente atraída por la otra, que es atractiva, pero la persona atractiva está tan por encima de la que no lo es que todo el mundo sabe que nunca llegarán a nada. —De pronto me doy cuenta de las implicaciones de lo que acabo de decir. Por suerte, Oliver me salva.

—Tú, June Rafferty, no corres ningún peligro de resultar poco atractiva.

Lo dice con tono despreocupado, pero me deja de piedra. Luego, como no sé qué hacer, le devuelvo el cumplido.

—Tú tampoco —afirmo, respondiendo con la obviedad más grande del mundo.

—¿Así que somos unos fuera de serie?

—Sí, somos unos fuera de serie —respondo—. Y el caso es que…

—Eso ya lo has dicho.

Yo lo miro fingiendo enojo.

—Me refiero a otra cosa. Puedo apreciar de forma objetiva que eres un tipo atractivo y… —Oliver tensa y flexiona sus bíceps como un autómata—. No hagas eso.

—Lo siento.

—Tu pelo y tus ojos y tus músculos y todo. Me refiero a que lo entiendo. Entiendo el «rollo Oliver Flagg».

Oliver parece sorprendido.

—¿Existe un «rollo Oliver Flagg»?

—Calla, déjame terminar. De modo que eres atractivo y ambos podemos reconocerlo, pero dado que no me siento personalmente atraída por ti, hace que esta amistad entre nosotros sea posible. Más que posible, *deseable*, porque puedes representar un papel que nadie representa en mi vida. Puedes darme una opinión masculina, directa y sincera, sobre las cosas. —Oliver espera a que agite los dedos hacia él y diga—: Vale, ahora te toca a ti.

Me mira con cara solemne.

—Debes saber que hay una cosa que no haré y una cuestión en la que no me involucraré.

—¿Qué? —Me preocupa un poco lo que va a decir.

—Si alguna vez, siquiera una, me preguntas si una determinada ropa hace que parezcas gorda, se acabó nuestra amistad.

Yo me río y él sonríe.

—De acuerdo. Prometo no preguntarte eso nunca. Tenemos que trazar el límite en alguna parte.

—A ver qué te parece esto —dice Oliver—. ¿Qué te parece si trazamos el límite en la verdad en general? Si tienes una pelea estúpida con Itch, si te cae un trocito de pizza sobre tu camiseta, si tienes un poco de espinacas entre los dientes o si se te ha metido un trozo de papel higiénico en el zapato, no dudaré en decírtelo.

—¿Por qué me pintas como un absoluto desastre?

Oliver alza un dedo.

—Sigue siendo mi turno.

—Lo siento.

—Si alguna vez me paso y me comporto como un gilipollas de vestuario con demasiada testosterona, debes decírmelo.

—¿Te refieres a si te comportas como Theo?

Oliver sonríe.

—Eso. Si me comporto como Theo.

—La sinceridad ante todo, siempre. Me gusta. —Le tiendo mi mano—. Sellemos el pacto con un apretón de manos. Cuando nos paremos ante un STOP en una intersección, claro está.

Oliver menea la cabeza.

—Es demasiado corporativo. Choquemos los puños.

—Empiezas a acercarte al gilipollas de vestuario con demasiada testosterona —contesto, pero le ofrezco el puño y él lo golpea ligeramente con el suyo.

—Amigos sinceros —dice.

—Amigos sinceros —respondo, preguntándome cómo reaccionarán nuestros círculos sociales cuando se enteren de este nuevo pacto.

Él me mira de refilón.

—Cuéntame más sobre el «rollo Oliver Flagg».

—Cállate.

Pero cuando entramos en el aparcamiento, me doy cuenta de que hay un pensamiento que lucha por ascender a la superficie de mi cerebro, un pensamiento que trato de empujar hacia las sombras del subconsciente. Cuando me abrocho la chaqueta y me bajo del coche, no puedo evitar reconocerlo, porque está *ahí*, tratando de escapar a la superficie.

Es un fragmento de la conversación que acabamos de tener. Un fragmento que sigue repitiéndose una y otra vez en la *playlist* de mi mente.

Es la parte cuando Oliver me dijo con toda claridad que no le parezco poco atractiva.

Lo sé, lo sé.

Eso es un cumplido en toda regla.

• • •

—Francamente, me dejas de piedra —dice Shaun mientras nos abrimos paso a través del vestíbulo principal.

—Basta. No es tan sorprendente.

—Los llamaste «inanes». —Aguanta una de las hojas de la puerta para que yo pase—. «Ridículos.» «Gratuitos.»

—Vale, vale, no siempre me dedico a cantar sus alabanzas. No me fastidies.

—«Una exhibición de inseguridad hormonal envuelta en violencia e innecesaria ceremonia.» —Shaun recita la frase señalando las comillas con los dedos.

—Una puede cambiar de parecer, ¿no? —le digo—. Especialmente sobre algo tan insustancial como el fútbol. ¿Me acompañarás el viernes al partido?

Shaun finge reflexionar sobre ello, pero como es natural accede.

—Solo porque Kirk no está aquí.

—Por cierto, ¿cómo te va con él? —Doblamos la esquina del instituto y nos dirigimos hacia el aparcamiento—. ¿Has hablado con él?

—Todos los días —responde Shaun—. No tonteo con otros cuando estoy enamorado.

Después de eso, me callo.

8

Tengo una nueva táctica para aliviar la agonía que me produce la horrenda música que pone Oliver: la conversación. He comprobado que si charlamos de camino al instituto, él baja el volumen de la música de forma que apenas oigo esas atrocidades (dos canciones contra la única mía incluida actualmente en la *playlist*).

—¿De veras estás nervioso? —pregunto en respuesta a su comentario—. Pensé que el punto culminante de la semana para vosotros eran las noches del viernes.

—Es lo que *nos* mola —contesta, haciendo hincapié en el «nos» para mostrarme lo que piensa del hecho de que yo incluya a todos los atletas en el mismo saco.

Pero seamos sinceros, en ese saco caben todos.

—Es una presión tremenda —me explica Oliver—. Si metes la pata, hay centenares de personas observándote.

—Ya, pero si hacéis un *home run*…

—Un *touchdown*.

—… todo el mundo os aclama.

—Esa parte no es tan mala. —Oliver cambia de tema—. ¿Sabes que nuestras madres han quedado para salir mañana?

—Sí. Quieren probar un nuevo restaurante.

—¿Crees que hablarán de nosotros?

Su ocurrencia me hace reír.

—Hombre, ¿de qué quieres que hablen?

—Estoy seguro de que tu madre es una fuente de fascinantes debates. La mía, en cambio…, no sé. ¿Recetas de empanadas? ¿El Kinkade original que le regaló mi padre?

—¿Tu padre le regaló un robot de cocina?

—Eso es una KitchenAid. Kinkade es un pintor.

—¡Ah! —Me avergüenzo un poco de mi respuesta. A fin de cuentas, mi madre es también artista. Yo debería saber esas cosas. Además, Oliver tiene una sonrisa de oreja a oreja pintada en la cara porque le divierte mi falta de conocimientos sobre su Elegante Estilo de Vida.

Al observar mi expresión, me da una palmadita en la pierna.

—No te preocupes. Molas más por no saber quién es Kinkade. Los centros comerciales venden sus obras al por mayor. El arte de tu madre es auténtico. No se trata de una producción en masa, de una campaña de marketing. Me gusta su trabajo.

—¿Qué sabes tú de las obras de mi madre?

—¿Te das cuenta de que nos conocemos desde que nacimos?

—Ya. Es que… —Me detengo para pensar en ello. Supongo que conozco muchas cosas sobre la familia de Oliver. Su madre, Marley, es la mejor amiga de mi madre. Su padre, Bryant, es un promotor inmobiliario de numerosas zonas residenciales seguras, incluyendo la superelegante Flaggstone Lakes, donde vive toda la familia. Su hermano mayor, Owen, actualmente está estudiando en una universidad de Carolina del Norte.

—¿Qué? —pregunta Oliver.

—Nada. Me sorprendre que te gusten las pinturas de mi madre —le digo—. Sobre todo teniendo en cuenta tu pésimo gusto en materia de música.

• • •

Shaun maniobra su coche de tres puertas a través de la multitud de estudiantes que esgrimen gigantescos dedos de gomaespuma y padres que sostienen letreros pintados a mano. Por fin encontramos un espacio para aparcar y se vuelve hacia mí con rostro serio.

—Me quieres, ¿verdad?

—Pues claro.

—Verás, en los partidos de fútbol me comporto de forma distinta a cuando estoy contigo, con Darbs y con Lily.

—Lo sé, lo sé. Eres un arco iris.

—Un arco iris *total*. —Shaun se quita el sombrero para mostrar una gigantesca pelambrera de color rojo y azul.

Yo lo miro pasmada. Es increíblemente horrenda.

—Por favor, dime que es una peluca.

—Es una peluca. ¿No es fantástica?

Tardo unos segundos en dar con las palabras adecuadas.

—Sin duda, demuestra tu apoyo incondicional al instituto.

—Exacto —dice Shaun—. Los viernes por la noche, apoyo incondicionalmente al instituto.

Bajo la vista y observo mi atuendo: una túnica negra sobre unos *leggings* y unas Converse abotinadas. Decididamente, no refleja un apoyo incondicional al instituto.

—Puedo soportarlo.

Al llegar a la puerta, un guardia de veintipocos años registra mi bolsa de mensajero.

—¿Qué buscas? —le pregunto.

—Drogas. Alcohol.

—No llevo nada de eso.

—Vale —responde, indicándome que puedo pasar.

Shaun y yo tenemos que caminar por la pista para alcanzar las gradas. El ambiente es más bullicioso y el estadio está más abarrotado de lo que imaginé. La banda de música ya está en su sitio, tocando lo que supongo que es un himno deportivo. Ainsley y las otras animadoras están colocadas en primera línea, saludando con la mano, agitando las piernas y brincando. Shaun y yo nos abrimos paso entre grupos de jóvenes que comen perritos calientes y padres que cargan con cojines de vinilo para sentarse y estudiantes que vibran con vitalidad y excitación. Todo huele a palomitas de maíz.

Dejo que Shaun me conduzca a un asiento en el centro de las gradas.

—Vaya, de modo que este es el aspecto que presenta el mundo desde aquí —le digo, y él me da un codazo en las costillas.

—Vuélvete hacia mí —me ordena. Yo obedezco y él escruta mi rostro durante unos segundos con expresión intensa—. Veo corazones.

—¿Qué? —Si Shaun se está volviendo heterosexual o algo por el estilo, tendremos que redefinir nuestra amistad.

—Veo globos. Veo un delicado pájaro desplegando las alas para saltar de su nido.

—Yo veo a un zumbado. ¿De qué estás hablando?

—De la obra de arte que voy a pintar en tu rostro. —Shaun saca un paquete de ceras de maquillaje gruesas y aceitosas—. Estás aquí, así que prepárate.

Abro la boca para decir «no» —mejor dicho, para decir «ni hablar»—, pero me detengo. Hay algo en las trompetas y las faldas de las animadoras y el olor rancio a palomitas de maíz que me hace recapacitar. Oliver, que ya está en el campo, se dispone a enfrentarse delante de todo el mundo a lo que será su triunfo o su derrota. No me moriré por mostrarle un poco de apoyo.

—Nada de corazones —advierto a Shaun—. Nada de globos, y nada de delicados pájaros. —Señalo mi mejilla derecha—. *Vamos.* —Señalo mi mejilla izquierda—. *Petirrojos.*

En el rostro de Shaun florece una sonrisa.
—Así me gusta. ¿En azul o en rojo?
—Sorpréndeme.

• • •

A la mitad del tercer cuarto, estamos empatando contra el instituto Lake Erie. He logrado adivinar quién es Oliver (principalmente porque me dijo que llevaría el número 2 escrito en la espalda) y lo he observado hacer numerosas carreras y atrapar el balón un montón de veces. Dos de nuestros cuatro *touchdowns* han sido obra suya, con los consiguientes gritos y adulación de nuestro lado del campo. El espectáculo de la banda de música en el intermedio («descanso», me corrige Shaun) ha sido estrepitoso, preciso y digno de aplauso, y ha sido sorprendentemente interesante observar a las animadoras brincar y gritar y lanzarse unas a otras en el aire. Llevo la chaqueta con la letra del equipo de tenis de Shaun porque ha refrescado, e incluso eso hace que me sienta como si estuviera en una extraña pero divertida fiesta de disfraces.

No puedo negarlo: lo estoy pasando en grande.

Dado que no comprendo realmente lo que sucede en el campo, no se me ocurre esperar al final de una jugada para reconocérselo a Shaun. Le tiro de la camiseta y él se inclina hacia mí, sin apartar los ojos del partido. Todas las personas que ocupan las gradas cantan y golpean el suelo con los pies y aplauden, así que acerco mi boca al oído de Shaun.

—¡Es la bomba! —grito, apartándome para observar su reacción.

Sin embargo, Shaun no se vuelve para dirigirme una de sus amplias y alegres sonrisas, sino que respira entrecortadamente y se lleva la mano al pecho, crispada en un puño.

En ese momento me doy cuenta de que a nuestro alrededor, en las gradas, todos los estudiantes y familias han enmudecido, conmocionados. Dirijo la vista hacia el centro del campo, donde uno de los jugadores yace desmadejado mientras unas personas echan a correr hacia él desde todas las direcciones.

Oliver.

En ese instante lanzo un grito ahogado en medio del silencio, segundos después de todos los demás espectadores. Me llevo ambas manos a la boca y me pongo en pie. No sé muy bien cuál es mi plan —bajar corriendo al campo o llamar al 911—, pero antes de que pueda hacerlo, alguien me agarra con fuerza por el codo izquierdo. Shaun me obliga a sentarme de nuevo y me rodea la cintura con el brazo.

—Tranquila —murmura, haciendo un rápido y sutil gesto con un nudillo.

Dirijo la vista hacia donde mira él y veo a Ainsley en pie, rodeada por un círculo protector de animadoras. Está tensa, abrazándose el torso, observando a las personas que están apiñadas en torno a Oliver. Una de sus amigas le frota la espalda, trazando pequeños círculos con la mano.

—Vale —digo a Shaun.

—Vale —responde él.

El momento de angustia pasa, porque Oliver levanta la cabeza y se incorpora lentamente; rechaza la ayuda que le ofrecen las personas a su alrededor, se levanta y agita la mano hacia nuestro lado del campo, donde el graderío estalla en una explosión de alegría golpeando el suelo con los pies y gritando. Tengo ganas de llorar, pero no lo hago porque Ainsley, abajo en el campo, ya lo está haciendo. Así pues, sonrío y aplaudo y dejo que mis lágrimas broten de sus ojos.

Como debe ser.

• • •

—No me había dado cuenta —dice Shaun cuando nos detenemos junto a la entrada sur del campo para esperar a Oliver y a Ainsley.

—¿A qué te refieres?

Shaun me mira y se inclina para besarme en la cabeza.

—Déjalo estar.

• • •

La fiesta se celebra en una granja cerca de Dexter. Ainsley dijo que pertenece al primo de Theo, pero luego oí a Zoe explicar a alguien que la parcela es de la familia de Cal Turman, quien se graduó el año pasado, de modo que cualquiera sabe. El trayecto hasta aquí lo hice en el asiento trasero del mastodonte, cuyo suelo estaba tan repleto de botellas de agua vacías y trastos como cabe imaginar. Después del partido, a Ainsley le preocupaba que Oliver condujera, pero al parecer ya se ha tranquilizado, porque en estos momentos ella y su cuadrilla están bebiéndose unas cervezas junto a una enorme fogata en el quinto pino.

Shaun y yo nos sentamos sobre un ancho tocón, compartiendo una cerveza de barril y observando a varias docenas de nuestros compañeros flirtear y beber y desaparecer en las sombras para montárselo con alguien.

—¿Siempre asistes a estas fiestas? —pregunto a Shaun.

—Las fogatas solo se hacen después del primer partido de la temporada —me explica—. Asistí el año pasado, pero era en otra granja.

Guardamos silencio un rato, bebiendo nuestra cerveza a pequeños sorbos de un vaso de cartón. Shaun sabe que tendrá que conducir de vuelta a casa una vez Oliver nos deje en el instituto, y yo no quiero tener que hacer pis en un trigal. De ahí nuestra moderación.

Shaun me da un pequeño codazo.

—Eh, ¿estás bien?

—Sí. ¿Y tú?

—Echo de menos a Kirk —responde con un profundo suspiro.

Acto seguido apoya la cabeza en mi hombro y yo acaricio su espeso pelo negro.

—Lo sé —digo, aunque no es cierto. Cuando Itch pasó el verano fuera, eché de menos su compañía, pero no lo eché de menos a él, aunque no sé si tiene sentido. Es desolador que una persona en concreto pueda destrozarte el corazón. Si la otra parte te engaña, si no siente lo mismo que tú, si lleva una vida demasiado ajetreada o complicada o vive demasiado lejos para incluirte en ella, algo dentro de ti se rompe. Y aunque con el tiempo lo superes, siempre quedan cicatrices.

Siempre quedan cicatrices.

No, gracias.

Alguien aparece con un altavoz portátil y una música pop empieza sonar en el ambiente nocturno cargado de humo. De pronto se produce una estampida de animadoras hacia una zona de tierra que hace las veces de pista de baile.

Miro a Oliver y a Theo, que permanecen al margen observando cómo las chicas bailan desenfrenadamente. Theo señala a la primera y luego a otra, haciendo unos comentarios que no alcanzo a oír. Oliver sonríe.

Puedo imaginar lo que dicen.

Hago que Shaun levante la cabeza de mi hombro para preguntarle si podemos pedir a alguien que nos lleve a casa temprano, pero no llego a hacerle la pregunta, porque me mira con una sonrisa amplia y bobalicona.

—¿Qué?

—No me digas que no echarás esto de menos —comenta, señalando con la mano la fiesta—. Esto es lo que recordaremos con nostalgia cuando seamos unos viejos aburridos y sedentarios.

Abro la boca para decir algo sobre la percepción que tenemos de las cosas *a posteriori*, pero oigo que alguien grita mi nombre desde la zona de baile. Es Ainsley, que me señala con el dedo.

—Supongo que no puedo negarme, ¿verdad? —pregunto a Shaun.

—No —responde, obligándome a que me levante de nuestro tocón—. La vida es más fácil cuando consientes.

Ainsley me llama de nuevo. Me quito la chaqueta de Shaun y la dejo caer sobre sus rodillas antes de esbozar una alegre sonrisa y dirigirme hacia las bailarinas con un paso tan ágil como soy capaz. Cuando llego junto a Ainsley, ella extiende una mano hacia mí.

—El móvil.

—No hay cobertura —le informo, y ella se echa a reír.

—No, tonta. Vamos a bailar a la siguiente canción que suene desde tu móvil.

Nadie me dijo nada sobre esta encantadora tradición. Me vuelvo para mirar a Shaun, pero muestra una expresión melancólica mientras desliza un dedo por el borde de nuestro vaso de cartón, sin duda pensando en Kirk.

Mierda.

—Venga —dice Ainsley, con la mano aún extendida.

—Mi música no te gustará —le advierto, sacando el móvil del bolsillo y entregándoselo.

—¿A quién escuchas? ¿A Justin Bieber? —me interroga con tono guasón.

Ojalá.

Observo a Ainsley —al tiempo que maldigo mi existencia— que echa a andar hacia el altavoz. La canción que suena en estos momentos se interrumpe bruscamente. Las animadoras se detienen entre exclamaciones de protesta. La noche adquiere de pronto un aire denso y sombrío.

Ainsley alza un brazo para silenciar a la multitud.

—¡Vamos a jugar a la ruleta musical con June Rafferty! —grita. Se produce un silencio expectante mientras conecta mi móvil al altavoz y toca la pantalla. Yo repaso las canciones mentalmente, tratando de imaginar el peor escenario. ¿Dead Kennedys? ¿The Sisters of Mercy? Tendré suerte si Ainsley da con una canción de The Cure que todo el mundo conozca.

Estoy atrapada en una actitud entre desafiante y aterrorizada cuando observo un movimiento junto a la pista de baile. Es Oliver, que se dirige hacia Ainsley con la determinación pintada en el rostro. Pero antes de que la alcance, el sonido de la percusión llena el aire, seguido por unos acordes de guitarra, exuberantes y ligeros, como las animadoras.

El grupo dirige la vista, perplejo, hacia su líder. Ainsley frunce sus oscuras cejas y echa a andar hacia mí.

—¿Qué es esto? —me pregunta.

Se me ocurre decirle que es Bieber, para ver si se lo traga, pero no quiero pasarme de lista cuando me encuentro desamparada en este nido de consumados atletas.

—Pansy Division.

—Nunca había oído hablar de ellos.

—*Queercore punk* de San Francisco.

Se produce una pausa durante la cual el resultado es incierto, pero entonces los buenos de P. D. llegan al estribillo, concretamente a la estrofa de «¡Sexo! ¡Sexo! ¡Sexo! ¡Sexo!», y los labios de Ainsley se curvan hacia arriba en una sonrisa de gozo.

—¡Me encanta! —chilla, y me agarra de la muñeca para arrastrarme hacia el centro del grupo.

Percibo una imagen fugaz de Oliver junto a la pista, con los brazos cruzados, observando. Pero antes de que pueda descifrar qué está haciendo o pensando, me veo inmersa en la locura. Los giros y saltos se vuelven más desenfrenados, los gritos se intensifican, y contra todo pronóstico... me incorporo a la juerga.

De repente, formo parte del grupo.

• • •

Oliver hace que Ainsley cambie de asiento con Shaun durante el trayecto a casa para que yo le sostenga el pelo hacia atrás si se pone a vomitar.

—Es tarea de chicas —comenta Shaun desde el asiento del copiloto.

—No tiene por qué serlo —replico automáticamente.

Por suerte para mí (y para la carrocería del mastodonte), Ainsley no se pone a vomitar. De hecho, muestra una pasmosa compostura.

—¡No sabía que fueras tan guay! —me dice al oído rodeándome el torso con los brazos—. ¡Te quiero! ¡Oliver, esta chica me encanta!

—Genial. —Los ojos de Oliver se cruzan con los míos en el retrovisor. Me sonríe y asiente con la cabeza. Yo sonrío también antes de devolverle el abrazo a Ainsley.

—Yo también te quiero —le aseguro.

—Vamos a ser *muy buenas amigas.*

Le doy una palmadita en el brazo.

—Seguro.

Una parte de mí incluso lo dice convencida.

EL DÍA DEL BAILE DE FIN DE CURSO

El mastodonte se aleja, y aunque sé que es inútil tratar de alcanzarlo, lo intento de todos modos. Bajo corriendo por el camino de acceso a mi casa y salgo a la calle, agitando los brazos y gritando.

Es la única forma de que pueda averiguar la verdad.

Lo sigo por la carretera dejando atrás un par de casas antes de aminorar el paso y detenerme, jadeando. No sé si es sudor o lágrimas lo que chorrea por mi rostro.

Y, milagrosamente, el mastodonte también se para. Apoyo las manos en las rodillas, tratando de recobrar el resuello mientras el enorme vehículo da un giro de ciento ochenta grados y vuelve para recogerme.

Regresa con las respuestas. Unas respuestas que sé que me partirán el corazón.

INVIERNO

9

Cuando suena la alarma de mi móvil, abro los ojos y veo a mi madre inclinada sobre mi cama. Lanzo un chillido, lo cual la sobresalta hasta el punto de que ella grita también. Al cabo de un minuto, me incorporo en la cama y me froto los ojos antes de descifrar qué ocurre. Mi madre —que ya está vestida para ir a dar clase— sostiene un plato de tortitas. Están adornadas con unas fresas frescas que conforman el número diecisiete y en el centro hay una vela encendida.

—Gracias. —Apago la vela de un soplo—. ¿Qué probabilidades hay de que hayas preparado también café?

—Bastantes —responde mi madre, abrazándome.

• • •

—Espera, ¿qué? —pregunta Oliver cuando hace marcha atrás frente a mi casa hacia la calle—. ¿No tienes dieciocho años?

—¿Te das cuenta de que tengo que explicarle esto a alguien al menos una vez al año?

—Instrúyeme.

—Cuando mi padre se marchó a Nueva York y mi madre tuvo que ponerse a trabajar de nuevo, de pronto todo el mundo se percató de que la guardería cuesta dinero mientras que el parvulario es gratuito. Me hicieron unas pruebas para valorar mi coeficiente y supongo que las pasé, porque me permitieron empezar a una edad temprana.

—¿De modo que tenías solo cuatro años cuando nos casamos en el patio de recreo?

Yo me estremezco.

—¿Te acuerdas de eso?

—¡Dios, soy un pedófilo! —se lamenta Oliver con tono melodramático, llevándose la palma de una mano a la frente. Trata de ser gracioso, pero me siento avergonzada. Por lo que a mí respecta, nuestra boda en el parvulario siempre ha sido un recuerdo algo embarazoso, un tema que siempre procuro soslayar. Creo que se debe, técnicamente hablando, a que fue mi primer beso, y no recibí otro hasta segundo de secundaria, cuando Will Michaels y yo nos lo montamos en el cobertizo deportivo a raíz de una apuesta. Fue un beso dulce pero lleno de babas, y aunque sigo recordando a Will con nostalgia, no me apeteció volver a besar a un chico hasta un año más tarde.

Oliver, por el contrario, a juzgar por los rumores, empezó a besarse con niñas en penúltimo de primaria.

—¡Qué bruto! —protesto, y entonces me doy cuenta de que ha arrugado el ceño—. ¿Qué pasa?

—Si tu cumpleaños cae en noviembre, ¿por qué te llamas June?

—Porque mis padres se conocieron en el mes de junio.

—¡Ohhhhh! —exclama.

—Basta.

—¿Por qué? Es muy tierno.

—En serio, cállate.

—Me gusta. Tienes un nombre bonito, dulce y con un significado *importante.*

—Bla, bla, bla —digo alzando la voz y tapándome los oídos con las manos—. ¡No te oigo!

Vale, soy joven para el curso en el que estoy y soy lista. Nadie dijo que fuera una chica madura.

Oliver da un volantazo…

—¡¿Qué haces?! —chillo.

… y salimos de la carretera, asustando a un ciervo al detenernos junto a un prado. El animal echa a correr hacia el bosque, con la cola en alto y aterrorizado. Oliver pone el coche en punto muerto y extiende los brazos hacia mí. Yo chillo (el segundo chillido del día) y reculo, pero tiene los brazos muy largos y me sujeta por las muñecas. Aparta suavemente mis manos, que tengo pegadas a la cabeza, y me mira. Es lo más juntos que hemos estado, y esa proximidad hace que deje de moverme y guarde silencio. Oliver esboza esa sonrisa blanca y alegre y me mira a los ojos.

—Feliz cumpleaños, June.

Acto seguido me suelta y tomamos de nuevo la carretera.

• • •

Al principio, cuando me acerco por el pasillo, deduzco que debe de ser la taquilla de otra persona. La que está junto a la mía. A fin de cuentas, el instituto es muy grande; no es imposible que alguien comparta el mismo día de cumpleaños conmigo. Lily y Darbs no son aficionadas a los globos y las serpentinas, por lo que es evidente que esto no es obra de ellas…

¿Eso es *barra de labios*?

Alguien ha escrito «¡Feliz cumpleaños, June!» en mi taquilla con letras de color escarlata. Quienquiera que lo haya hecho ha pegado también un montón de serpentinas por todas partes y ha colocado unos globos inflados con gas helio bailando contra el techo. Al abrir la puerta metálica compruebo que deben de haber soplado purpurina a través de la abertura oblicua: mis libros de texto están cubiertos de brillantes partículas.

Voy a pasarlo en grande limpiándolo.

Me quedo mirando este disparate, tratando de descifrar cómo me siento. Es una costumbre bastante corriente en otros grupos, pero mis amigos y yo siempre hemos huido de lo ostentoso. Sin embargo, ahora que lo miro… Puede que sea agradable.

Tomo una foto y se la envío a mi madre y a mi padre. Los tranquiliza ver pruebas de que llevo una vida emocionalmente sana. Mi madre está en clase, pero mi padre responde a mi mensaje de inmediato.

¡FC cariño!

También envío una foto —junto con un mensaje de gratitud— a la única persona que puede ser el responsable de haber decorado mi taquilla.

• • •

—Te aseguro que no he sido yo —murmura Shaun a través del pasillo en clase de inglés avanzado.

—Entonces, ¿ha sido Lily? ¿O Darbs?

—Espero que no. Ninguna de esas zorronas se ha tomado nunca la molestia de decorar mi taquilla para *mi* cumpleaños.

Solo queda una persona. Un acto sorprendentemente romántico de alguien que no suele ser romántico.

Este pensamiento me hace sonreír.

• • •

—No. —Itch hace resbalar sus manos sobre mis costillas hasta la cintura—. No es mi estilo.

—¿Cuál es tu estilo?

Itch se mudó aquí al comienzo del primer curso, por lo que no nos conocimos hasta después de mi último cumpleaños.

Mete los dedos en las trabillas de mis vaqueros y me atrae hacia él.

—Te lo enseñaré el sábado.

• • •

—¡Feliz cumpleaños! —canturrea Ainsley cuando entro en clase de Física. De golpe, lo comprendo todo.

—¿Has sido tú la que ha decorado mi taquilla?

Ella se levanta de un salto y me abraza, y soy consciente de que cualquiera de los chicos heterosexuales en el aula querría estar en mi lugar. Turbada, doy a Ainsley una palmada en la espalda.

—Gracias.

Es lo que sueles decir cuando alguien a quien apenas conoces dedica un montón de tiempo a darte una sorpresa por tu cumpleaños. Así debe de ser la vida cuando te haces amiga de una animadora.

—¡De nada! —responde sonriendo—. ¿Te sorprendiste? Ven a sentarte con nosotras a la hora de almorzar.

Esto resulta cada vez más raro.

—¿En el reloj de sol? —Ainsley me mira asintiendo. Yo meneo la cabeza—. Voy a almorzar con Itch.

Ella no vacila un segundo.

—¡Tráelo!

—¿Y a Lily? ¿Y a Darbs y Shaun?

Las cejas de Ainsley se unen en el centro, como durante la fiesta de la fogata, cuando trataba de adivinar qué grupo interpretaba la canción de mi *playlist.*

—No creo que haya tantos asientos disponibles.

Está claro.

—Almorzaré contigo mañana —le digo, preguntándome cómo voy a explicárselo a los demás.

—Mañana. —Ainsley me da otro apresurado abrazo antes de regresar a su mesa de laboratorio, en la que Oliver ya está sentado.

Observándonos con interés.

O algo parecido.

• • •

Espero a mi madre en la esquina. En cuanto me instalo en el asiento del copiloto, me entrega un jarrón con flores. Pongo la mochila entre mis rodillas y la guantera para tomarlo, y justo voy a darle las gracias cuando…

—Son de tu padre —anuncia mi madre—. No se le ocurrió llamar para averiguar la dirección de nuestra nueva casa.

—Ya la tiene —le digo.

—Debió de traspapelarla, porque ha enviado estas flores a mi despacho.

Las flores, hortensias de color violeta intenso mezcladas con azucenas y rosas blancas en un jarrón turquesa, huelen de maravilla. Aspiro su perfume.

—Me encantan.

—Tu padre tiene muy buen gusto —comenta mi madre—. Debo reconocerlo.

Encuentro un pequeño sobre sepultado entre las flores y lo abro. Contiene un mensaje, dictado por mi padre telefónicamente y escrito por la florista con una bonita letra inclinada:

Pequeña mía:
Eres hermosa, brillante, especial.
Espero que tu cumpleaños sea tan maravilloso
como te mereces.
Te quiero. Te echo de menos,

Papá.

Las palabras de mi padre florecen alegres y cálidas dentro de mí. Algo a lo que puedo aferrarme. Algo que recordar.

Cuando envío a mi padre un mensaje dándole las gracias, de nuevo me responde enseguida.

De nada, cariño, TQ

Cuando llegamos a casa, nos encontramos con Cash. Ha venido a supervisar a un grupo de fontaneros y pintores que están rematando las obras en el baño de la planta baja.

—Feliz cumpleaños. —Sonríe y señala a mi madre con el pulgar—. Me lo ha dicho ella.

Mi madre se dirige apresuradamente a la cocina y regresa con una hogaza de pan envuelta en papel de aluminio.

—Romero —informa a Cash—. Con semillas de lino.

—Gracias. —Cash desliza por el suelo una bolsa de papel marrón llena de retales hacia ella—. Te he traído unos restos de tapicería.

Me alegro de que, esta vez, no haya nadie presente para asistir al extraño mundo de trueque en que vivimos.

• • •

Itch me lleva al centro, a un restaurante de tapas, donde compartimos un pan plano de langostinos, champiñones salteados con ajo y una tabla de quesos. Luego pasamos por el 7-Eleven para comprar pastillas de menta (debido al ajo) y siento otra punzada de remordimiento al recordar el beso con Ethan Erickson detrás del edificio. De nuevo, me pregunto si debería contárselo a Itch. De nuevo, rechazo esa idea.

Tras la parada en busca de aliento fresco, volvemos a montarnos en el coche de Itch y nos dirigimos a mi casa, pero en lugar de doblar por el giro indicado, Itch pasa de largo. Lo miro extrañada, pero él se limita a acariciarme la pierna. Atravesamos diversos barrios y, al fin, llegamos a un lugar donde ya no se ven árboles ni farolas. Itch toma un camino de tierra, por el que avanzamos lentamente hasta llegar frente a una colección de buldóceres. Giramos de nuevo y continuamos aún con mayor lentitud durante algo más de sesenta metros. Por fin aparcamos en el centro de un claro, donde Itch apaga el motor y los faros.

—¿Dónde estamos? —le pregunto.

—En un solar. Están construyendo uno de esos edificios residenciales pijos, pero ahora mismo —señala la oscuridad que nos rodea con un gesto amplio—, solo estamos nosotros. Podemos quedarnos el rato que queramos.

—O hasta que tenga que volver a casa. —Nunca hemos tenido montones de oportunidades de realizar el Acto, pero no me importa. Hace poco que he iniciado una vida sexual. Me conformo con que nos los montemos de vez en cuando.

Itch, por el contrario, preferiría que ocurriera más a menudo.

Se inclina sobre el freno de mano para besarme. Yo me inclino hacia delante en el asiento porque es lo que se supone que debo hacer, porque es lo que hacemos. Su beso es cálido, lento y familiar. Empiezo a animarme cuando él se aparta bruscamente.

—Un momento. Casi lo había olvidado. —Abre la guantera y saca una pequeña bolsa de papel marrón. La deposita en mi regazo para que pueda abrir la parte superior. Contiene unos auriculares decorados con un lazo—. Feliz cumpleaños.

—Gracias. —Paso el dedo por la superficie de los auriculares. Son mucho más grandes que los auriculares de botón que venían con mi teléfono móvil.

—Nivel profesional. —Itch debe de haberse percatado de mi confusión, porque se apresura a añadir—: Para que no tengas que soportar la horrible música de Oliver de camino al instituto. —Señala el extremo del cable—. Puedes conectarlos a tu móvil como cualquier par de auriculares. Ahora podrás pasar de Oliver y escuchar la música que te apetezca.

Noto que arrugo el entrecejo y me acuerdo brevemente de Ainsley.

—Eso me parece…

—¿Qué?

—Grosero. Desconectarme de él de esa forma.

—El grosero es él —replica Itch—. Además de cursi. ¿No me dijiste que ha incluido a Air Supply en la *playlist*?

Reconozco que esa canción ni siquiera tiene sentido. Sin embargo…

—Oliver me hace un favor llevándome al instituto —le recuerdo—. No está obligado a hacerlo.

—Por favor. —Itch suelta un bufido—. No pasa a recogerte por pura bondad. Su madre lo obliga a hacerlo.

Medito sobre ello, sin saber qué contestar a mi novio. Pese a lo que Itch piense de Oliver —un sentimiento que yo compartía con él—, ahora sé que es un tipo decente. Por fin digo:

—Accedí a la solución que él propuso. Me refiero a lo de la *playlist*. Ponerme unos auriculares para escuchar mi música sería hacer trampa.

Hacer trampa. Como lo que hice este verano.

Borro ese pensamiento de mi mente.

—No es hacer trampa cuando se trata de una estúpida apuesta —arguye Itch.

—No es una apuesta. Ya te lo he dicho. —Levanto la voz y no trato de contenerme. Estamos en un maldito solar. Nadie puede oírnos—. Es una competición. Un juego.

—Es una gilipollez.

—Es divertido —repongo levantando más la voz. De pronto, al decir eso, me doy cuenta de que es verdad.

Itch menea la cabeza.

—Tienes un concepto muy jodido de lo que es la diversión.

Me apoyo contra la puerta, con los brazos cruzados.

—¿Y cuál es tu definición? Porque no tengo ni la más remota idea de qué te parece divertido. Nunca te veo divertirte.

Itch calla un momento antes de inclinarse hacia delante y girar la llave en el contacto.

—Se hace tarde.

—Te agradezco el regalo.

Ninguno de los dos dice la verdad.

10

—He pensado en algo que dijiste —dice Oliver mientras su canción de Air Supply suena suavemente por segunda vez esta mañana.

—¿Que deberíamos tener más en cuenta el cambio climático? —pregunto.

—No.

—¿Que la gente debería repensar la opción de alimentarse de insectos en lugar de carne porque sería más beneficioso para el medio ambiente?

Oliver se ríe.

—No, pero pagaría por ver cómo te comes un gusano.

—He dicho que deberíamos planteárnoslo —le recuerdo—. No que vaya a pedir bocadillos de gusanos.

—Hipócrita.

—Paso a paso —le digo—. ¿Qué es lo que has pensado?

—Lo de la broma de los de último año. —Oliver espera pacientemente mientras pongo los ojos en blanco varias veces y lanzo exagerados suspiros—. ¿Has acabado?

—Uno más. —Emito un último y profundo gemido—. Vale, ya está. Adelante.

—Se acabaron los laxantes.

—¿Se supone que debo aplaudir?

—No. —Oliver me da un codazo en las costillas.

—¡Eh!

—Pero se supone que debes callar y escuchar.

Yo me callo y lo escucho.

—Theo dice que Jimmy McKay le ha dicho que pueden prestarle una vaca mansa en la granja de su tío.

—«Prestarle» —digo con marcado tono de escepticismo.

—No le daremos laxantes y la trataremos bien.

—¿Cómo?

—¿A qué te refieres?

—¿Cómo pensáis tratar bien a la vaca mansa del tío de Jimmy McKay?

Oliver medita en ello.

—Le daremos golosinas.

—Golosinas.

—Heno o alfalfa o… ¡terrones de azúcar! ¿A las vacas nos les gustan los terrones de azúcar?

—Los terrones de azúcar les gustan a los *caballos.* —Frunzo los labios—. Sigue.

—Según pruebas científicas, las vacas pueden subir escaleras pero no bajarlas. De modo que lo único que tenemos que hacer es subirla al tercer piso. Es mejor que administrarle laxantes. Se quedará atrapada allí, mugiendo. Seguro que cancelan las clases. Al menos durante la mañana.

—Eh, Oliver.

—¿Qué?

—*¿Por qué* crees que las vacas no bajan escaleras?

Oliver arruga el ceño.

—¿Por algo relacionado con la evolución?

Lo golpeo en los bíceps (¡Dios, qué duros están!) y suelto un bufido parecido a los de Itch.

—Porque tienen *miedo.*

—¿No debemos asustar a la vaca?

—Es cruel asustar a los animales —afirmo—. Ni siquiera para honrar una tradición. Ni siquiera por un *legado.*

—Es cruel destruir mis sueños y esperanzas. —Oliver baja la cabeza con un gesto tan melodramático que me echo a reír.

Ambos guardamos silencio un rato mientras *Violent Femmes* (mi única canción, por supuesto) suena por los altavoces del mastodonte.

—Esta música es una porquería —comenta Oliver con tono afable.

—Ya me lo habías comentado.

Miro por la ventanilla y veo cómo los escaparates de las tiendas sustituyen a los árboles. Preferiría que nos dedicáramos a nuestro deporte favorito de criticar canciones o seguir discutiendo sobre la broma que gastarán los de último año, pero no dejo de dar vueltas a mi conversación con Itch. Mejor dicho, mi *falta* de conversación con Itch.

—Tengo una pregunta —digo a Oliver.

—Dispara.

—Digamos, hipotéticamente, que una persona y su novio deciden concederse la libertad de salir con otras personas durante cierto tiempo. Por ejemplo, un verano.

—Por ejemplo —repite Oliver.

—Digamos que esta persona hipotética no ha salido con nadie en concreto, pero ha hecho, una sola vez y con una sola persona… —Me detengo, sin saber cómo continuar—. Que ha hecho ciertas cosas.

—¿*Cosas* físicas? ¿Como las *cosas* que suelen hacer las personas que salen juntas?

—Exacto. —Asiento con la cabeza y me apresuro a añadir—: Pero no *todas* las cosas. Ni siquiera la *mayoría* de las cosas.

—¿Cuántas cosas, para ser precisos?

—Una cosa. Pongamos una y *media*.

—¿Qué tipo de cosas? —pregunta Oliver—. Concreta. Dame detalles.

—Te estás adentrando en Tierra de Theo —le advierto. Si eso me lo preguntaran Darbs, Lily o Shaun, probablemente les daría más información. Eso sería normal. Pero la idea de contar esas cosas a Oliver no me parece en absoluto normal. Me parece…

No sé lo que me parece. Básicamente, me parece que no quiero decírselo.

—Soy un detective emocional —dice Oliver—. Un terapeuta. Soy casi como un sacerdote… ¿Va a darte otro ataque de esos en que pones los ojos en blanco?

—Es probable. —Observo su hermoso perfil y decido lanzarme. Quiero la opinión de un chico heterosexual sobre mi situación con Itch, y en este momento la única persona en mi vida capaz de darme esa opinión es Oliver—. Fue una vez, con un chico, y no tuvo importancia. Nos besuqueamos, eso es todo.

—Dijiste una cosa y media.

—Vale, unas caricias por encima de la camiseta. Es lo único que voy a decirte.

—Es suficiente —responde Oliver—. Sigue.

—No dejo de pensar en ello —confieso—. No en el chico, sino en lo que hice. Aunque técnicamente estaba en mi derecho, me siento…

—Culpable. —La palabra surge rápidamente de la boca de Oliver. Y con autoridad.

Tiene razón.

—Sí, supongo que sí. Me siento totalmente culpable. No se lo he contado nunca a Itch, pero ahora me pregunto si debí explicárselo en su momento. O si debo hacerlo ahora. ¿Qué harías si Ainsley besara a otro chico?

Oliver aprieta los labios.

—No lo sé —contesta al cabo de unos segundos—. Porque, para empezar, no me imagino acordando esa libertad en un principio. No tendría sentido.

De nuevo tiene razón, de modo que me callo.

Oliver me da una palmadita en la rodilla.

—Debes decírselo.

—Supongo que sí. Quizá. Probablemente.

—Tienes que ser sincera con la persona con la que estás, ¿no?

—Lo sé —contesto, aunque ya no estoy segura de nada.

Cuando llegamos al instituto, me detengo antes de abrir mi puerta.

—Eh, Oliver.

—¿Qué?

—Gracias por traerme en coche.

—A tu disposición, Rafferty.

—Y por darme tu opinión.

Oliver me sonríe.

—De nada.

Nos apeamos del coche y casi hemos alcanzado la puerta del vestíbulo cuando Oliver me da un codazo.

—A propósito…

—¿A propósito de qué?

—A propósito, unos estudios indican que la popularidad en el instituto es un factor que determina la seguridad económica durante la madurez. Puedes mirarlo tú misma en Internet.

—*¿Qué?* —Esa amistosa charla no era más que una táctica de Oliver para inducir en mí una falsa sensación de autocomplacencia.

—Fastídiate, *screamo* —dice. Pero luego sonríe y me da otro afectuoso codazo—. Que tengas un buen día.

Oliver desaparece entre la multitud y, aunque estoy enfadada con él por lo de la canción, lamento que se vaya.

• • •

Itch y yo estamos sentados en los columpios en el parque de Cherry Hill, no muy lejos de mi casa. Le pregunté si podía llevarme a casa en coche y accedió, aunque las cosas han estado algo tensas entre nosotros desde el fin de semana. Ambos guardamos silencio durante todo el trayecto hasta aquí, yo pensando en cómo decírselo, y sobre lo que significaría, e incluso lo que *quería* que significara. No dejaba de pensar en lo que Oliver había dicho, en cómo tienen que ser las cosas. ¿Cómo quiero que sean las cosas con Itch?

Esta tarde ha granizado y todo está gris y húmedo. Unas gotas de agua cubrían el asiento del columpio cuando me senté en él, pero estaba tan deprimida que no me importó. Ahora me arrepiento de esa decisión porque la temperatura ha bajado y no dejo de tiritar.

—¿Cómo va todo? —me pregunta Itch.

Estoy tan nerviosa que siento un nudo en la boca del estómago. Hace un rato se me ocurrieron varias formas de abordar el tema, pero ahora mismo no recuerdo ninguna.

—Tengo que decirte algo.

—Adelante. —Su tono es más serio que de costumbre.

Giro el columpio para mirarlo.

—¿Recuerdas que dijimos que este verano deberíamos salir con otras personas?

—Sí.

De pronto me da un ataque de nervios tan fuerte que salto del columpio y me quedo erguida. Doblo los pulgares dentro de mis manoplas, respiro hondo y suelto:

—Besé a un chico.

Espero. Itch hunde las puntas de los pies en la grava para que el columpio se detenga. Me mira un momento, un largo momento durante el cual trato de descifrar su expresión, pero no veo nada en ella. Ni ira ni tristeza ni celos. O no sé cómo interpretarlo, o esas emociones no están presentes. No lo sé.

Entonces los labios de Itch se curvan en una media sonrisa.

—¿Eso es todo? —Asiento con la cabeza y él se levanta del columpio. Apoya las manos en mis hombros—. Yo también besé a una chica, June. No pasa nada.

Me quedo clavada en el sitio —*¿qué?*— antes de retroceder. No estoy celosa, pero me siento… No sé cómo me siento. Sorprendida. O algo por el estilo.

—¿Quién era?

Itch arruga el entrecejo.

—Tan solo un par de chicas de Florida.

—¿Un *par*?

—Quizá tres. Ninguna de ellas significó mucho.

—¿Te acostaste con ellas? —pregunto, y él niega con la cabeza con energía.

—Ni de lejos. Te aseguro que no fue importante.

Y yo tengo que creerlo. Tengo que comprenderlo, porque eso es lo que sentí cuando besé a Ethan en el aparcamiento del 7-Eleven. No sentí nada, pudo haber sido la boca de cualquier otro chico y las manos de cualquier otro chico. Lo hice para pasar el rato. Para llenar un vacío. No estuvo bien y no me siento orgullosa, pero eso es lo que fue.

Itch me toma de nuevo por los hombros y esta vez le dejo que me atraiga hacia él, que me envuelva entre sus brazos y me acaricie el pelo.

—No estábamos juntos —me murmura al oído—. Ahora estamos juntos. Todo va bien.

Yo asiento apoyada contra él, aliviada.

Y, en cierto modo, decepcionada.

• • •

Oliver ni siquiera pone en marcha la *playlist* cuando me subo al coche. Da marcha atrás hacia la calle antes de mirarme de refilón.

—¿Lo has hecho?

—Sí.

—¿Se lo has dicho?

—Sí.

Silencio durante al menos un minuto. Sé que Oliver espera que yo diga algo, pero no tengo nada que decir. Por fin, no puede contenerse y me pregunta:

—¿Cómo fue?

—Bien. —Me hundo en el asiento y miro por la ventanilla—. Fue bien.

11

Itch ha debido de esgrimir alguna patraña para escaquearse unos minutos antes de la clase de segunda hora porque, cuando salgo de ciencias medioambientales, me lo encuentro esperándome en el pasillo.

—Mis padres se van fuera este fin de semana —anuncia.

—¿El día de Acción de Gracias?

—No, justo después. El viernes. ¿Puedes decirle a tu madre que pasarás la noche en casa de Lily?

Me dispongo a responder cuando aparece un gigantesco san bernardo que casi nos atropella trotando por el pasillo. Es Oliver, luciendo un delantal y sosteniendo un bol.

—¡Ha funcionado! ¡No se ha desinflado! —Saca una cuchara y toma una porción de algo de color marrón y blando—. Suflé de chocolate. ¡Probadlo!

Soy hiperconsciente de que Itch está a mi lado, sin decir palabra. Aun así abro la boca para que Oliver me dé una cucharada y…

Es dulce, aterciopelado, divino.

—Caramba —digo después de tragar la cucharada de suflé—. Está increíble.

—Lo sé. —Oliver se vuelve hacia Itch—. ¿Quieres un poco? —Pero Itch niega con la cabeza.

Oliver no parece ofenderse. Sus ojos se posan en alguien que está detrás de nosotros, en el pasillo, y grita:

—¡Lisa, Yana! ¡Esperadme!

Y echa a correr hacia ellas agitando la cuchara.

—¡Llevas puesto el delantal! —le grito, pero no me oye. Así es Oliver. Exuberante, apasionado y generoso.

—Eh. —Itch me da un codazo y de repente me doy cuenta de que tengo una sonrisa bobalicona pintada en la cara. Me apresuro a borrarla.

—Entonces, ¿le dirás a tu madre que te quedas a dormir en casa de Lily?

—Quizá —respondo, sin apartar los ojos de Oliver.

• • •

Itch tiene que comprar unas cosas, de modo que dejo que me lleve al centro comercial después de clase. Estamos tomando unos batidos de frutas y termino sosteniendo su vaso de cartón mientras él examina la selección de calzoncillos tipo *boxers* en JCPenney. Lo observo, preguntándome cuándo hemos alcanzado el punto en nuestra relación en que compramos juntos ropa interior. Quizá no tendría nada de particular que yo la eligiera por él si nos comportáramos de forma sexi o romántica, o si se tratara de una broma, o si a él le gustaran los de corazoncitos estampados, o... o...

O cualquier cosa menos esto. En estos momentos, mi papel consiste en hacer las veces de estante-aguanta-bebidas mientras él trata de decidirse entre unos calzoncillos estampados a cuadros grandes y otros a cuadros pequeños.

Menudo agobio.

De pronto recuerdo el Pensamiento Profundo de mi madre, cuando dijo que a veces tiene que reinar el caos antes de que las cosas se arreglen. Quizá sea eso lo que necesitamos Itch y yo. Llegar a un punto caótico.

—Fue muy amable por parte de Oliver, ¿no crees? —pregunto con tono despreocupado.

—¿El qué? —Itch sostiene unos calzoncillos de cuadros rojos y azules (pequeños) sobre su brazo izquierdo mientras se acerca a otro expositor.

—Que te ofreciera un poco del suflé que había preparado. A fin de cuentas, no os conocéis muy bien ni sois amigos.

—Ya.

—Estaba muy rico.

—Me alegro.

—*Sorprendentemente* rico. —Itch examina unos calzoncillos tipo *slip* y decido cambiar de táctica—. ¿Sabes lo que me gusta de Oliver?

—Ni idea.

—La simpatía con que trata a todo el mundo, a cualquier grupo de personas en el instituto. Atletas, artistas, empollones, drogatas... Nunca lo he visto comportarse de forma borde con nadie, ¿sabes?

—Ya. —Itch elige un *pack* de cuatro calzoncillos de algodón azul marino.

Decido dar una vuelta más de tuerca.

—Me gusta tenerlo como amigo.

—Genial. —Itch extiende la mano y tardo un segundo en comprender que quiere que le pase su batido. Se lo doy y lo sigo hasta la caja, analizando de paso la situación.

A mi novio no le molesta que trabe amistad con el chico más guapo del instituto. No está celoso. No está preocupado.

Ese es el problema. De repente, caigo en la cuenta de que Itch no se muestra celoso ni preocupado ni apasionado ni...

Ni nada.

Es un encefalograma plano.

Lo observo mientras paga los calzoncillos, sintiéndome tan fría como él. No, peor que fría.

No siento nada.

• • •

—Quizá sea gay.

Han pasado cuatro días y Shaun está intentando arrancar un endrino particularmente resistente con unas tijeras de poda de mango rojo.

—Itch no es gay —respondo—. Tengo pruebas puras y duras.

—Ja, ja. Has dicho «duras».

—Te comportas como un crío. Dame esas tijeras —digo, arrebatándoselas de la mano y utilizándolas para asir la base leñosa del endrino—. Tienes que agarrar y retorcer las raíces si quieres sacarlas de la tierra.

Shaun se incorpora con un gemido.

—Creo que lo único que voy a conseguir es descoyuntarme la espalda. —Se frota las manos—. Y se me han congelado los dedos.

—No gimotees como un bebé. Estás ayudando a la madre naturaleza.

—La odio.

—Calla —le ordeno—. Busca tu zen.

Estamos en la Ives Road Fen Preserve, situada a cincuenta kilómetros al sur de Ann Arbor. Es una inmensa reserva con una zona pantanosa, lo cual es muy raro en esta parte de Míchigan. Me fascina por su belleza salvaje y porque parece un sitio que nunca haya sido transformado por el hombre. Grandes arces plateados se yerguen sobre pastos de la familia de las *Sporobolus;* hay ranas arbóreas, ranas grillo y tímidas y coloridas aves. Todo es auténtico aquí.

Desde que este verano trabajé en el centro de la naturaleza, he deseado colaborar como voluntaria en la reserva de Ives Road, pero esta es la primera vez que he logrado convencer a alguien para que me acompañe (y me lleve en su coche). Para ser sincera, es un trabajo duro. Llevamos casi tres horas aquí y a mí también me duele la espalda.

Traté de convencer a Itch para que viniera, pero declinó la invitación aunque sus padres se han marchado y no tiene nada importante que hacer. Con toda probabilidad está enojado porque me negué a mentir a mi madre.

¡Ups!, lo había olvidado: Itch no se enoja. Itch no hace nada.

—Parece como que no le importa —explico a Shaun.

—¿No le importas tú?

—No le importa nada.

Shaun señala una pequeña extensión de terreno verde.

—Eso no será hiedra venenosa, ¿verdad?

—Es césped, Shaun.

Con un suspiro, se deja caer y se tumba de espaldas, con los brazos extendidos.

—¿Qué es lo peor que podría pasar si me quedo dormido aquí?

—Podrías morir devorado.

—¿Por un glotón? —pregunta con tono casi esperanzado.

—Por los mosquitos. —Arranco otro reluciente endrino de la tierra antes de tumbarme a su lado.

—Hace demasiado frío para los mosquitos —me informa Shaun—. Lo que significa que hace demasiado frío para los humanos. Acurrúcate a mi lado.

Me agarra por la parte posterior de la chaqueta y me obliga a tenderme junto a él. Apoyo la cabeza en su pecho y lo rodeo con un brazo.

—Como un chico de verdad —dice.

—Eres un chico de verdad —replico.

—¿Qué vas a hacer con respecto a Itch?

—Nada. —Shaun calla, de modo que prosigo—: No quiero romper con él. Me gusta ser su novia.

—Puede que *solo* te guste ser *novia.*

Lo cierto es que me *gusta* ser la novia de alguien. Me gusta pertenecer a alguien de manera oficial. Me gusta decir «mi novio». Me gusta saber que si quiero salir con un chico, tengo uno.

Puesto que ninguna de esas cosas es tan importante como para comentarla, cambio de tema.

—¿Cómo está Kirk?

—Demasiado lejos.

—Puedes ir a Chicago en coche.

—Mis padres no están de acuerdo —responde Shaun—. Pero aunque lo estuvieran, no sé si iría. Kirk aún no ha salido del armario con su padre. Sería raro.

—Lo siento. —Mis relaciones son ya bastante complicadas sin esos problemas adicionales a los que se enfrenta Shaun—. ¿Vas a romper con él?

—Ni siquiera sé si tengo que hacerlo —contesta—. Creo que nuestra relación ya no existe.

—Te comprendo.

—¡Eh, tortolitos! —Una voz grave con marcado acento neoyorquino nos sobresalta y nos incorporamos apresurados. Es un hombre mayor, voluntario, por los guantes y las botas de trabajo que lleva—. ¿Acaso creéis que estáis en el risco de Inspiration Point? ¡Levantaos enseguida y poneos a trabajar!

Shaun y yo nos miramos y en nuestros rostros se pintan lentamente unas sonrisas.

—Te quiero —dice Shaun en voz alta para que el hombre lo oiga.

—Yo también te quiero —contesto. El hombre masculla algo entre dientes y se aleja. Me levanto y ayudo a Shaun a incorporarse—. Arrancamos unos cuantos endrinos más y nos vamos a casa.

—¿Prometido?

—Prometido.

12

Itch me localiza entre Español III y clase de cálculo. Alzo la cabeza para besarlo, pero él se aparta.

—¿Dónde estabas a la hora de almorzar? —pregunta—. Espera, deja que lo adivine: en el Edificio Norte.

—Allí hace calor.

—En la cafetería también hace calor. Y no está plagada de animadoras.

Qué pelmazo.

—No son cucarachas, Itch. Son personas. ¿Desde cuándo te has vuelto tan criticón? —Él me mira irritado y yo levanto un dedo antes de que diga una palabra más—. Además, te envié un mensaje de texto. Te dije que Ainsley quería que almorzáramos juntas. —No es totalmente cierto, pero tampoco es mentira, puesto que me *invitó* a reunirme con ella.

—Qué plasta —exclama Itch.

—Tú también estás invitado, Itch. Siempre estás invitado.

—Qué suerte tengo.

Pelmazo *y* grosero.

—¿Cómo crees que me sienta tener que disculpar siempre tu ausencia? —le pregunto—. Por una vez, podrías esforzarte en salir de tu círculo social y relacionarte con otras personas.

—Me *gusta* mi círculo social. Tú formas parte de mi círculo social y, por si no lo sabías, me gustas.

—¿De veras? —Mi voz sube una octava y un pequeño grupo de estudiantes de un curso inferior se vuelve para observarnos—. Pues no lo parece.

—¿Que no lo parece? —Itch sacude la cabeza—. Esto es increíble.

El pulso se me acelera y me pongo roja de rabia. Hemos tenido pequeñas disputas, como la discusión en Rite Aid, pero esta vez siento que es diferente. Yo misma me siento diferente.

Como si quisiera pelearme con él.

—¿Sabes qué tengo que decirles a mis amigos, Itch? «Lo siento, mi novio es poco sociable.» Está claro que es mentira. Todos saben que en realidad quiere decir «no le caéis bien».

—Son unos esnobs —dice Itch—. Unos presuntuosos.

—¡El presuntuoso eres tú por decir que son presuntuosos! —le espeto, y recuerdo que fue Oliver quien me dijo eso—. Son divertidos, Itch. Se ríen y lo pasan bien.

—Sí, ya sé cómo «lo pasan bien».

—¿Qué quieres decir con eso? —Estoy furiosa, dispuesta a pelearme con él. Itch cruza los brazos y me mira irritado. Un segundo antes de que suene el timbre, me doy cuenta de que no hay nadie en el pasillo.

Llegamos tarde a clase.

—Mierda —suelta Itch. Da media vuelta y se marcha. Me quedo observándolo hasta que llega al final del pasillo y dobla el recodo.

Sin volverse una sola vez.

• • •

Lily estará tres horas practicando el violín, Darbs ha tenido que llevar a su hermano pequeño a Chuck E. Cheese's y

Shaun no responde a mis mensajes de texto, de modo que no tengo a nadie a quien llamar para quejarme de Itch. Estoy tumbada en mi cama, escuchando a los Dead Kennedys y lanzando unos clips sujetapapeles a mi papelera de metal. Solo acierto uno de cada tres tiros.

De pronto me paro. Los pequeños clips metálicos no son el único sonido *stacatto* que se escucha en la habitación. Tras unos segundos lo oigo de nuevo: un pequeño ruido corto y seco contra la ventana. Me levanto apresuradamente y cuando me asomo, veo a Itch abajo, frente a la casa. Mientras lo observo, arroja otro puñado de guijarros contra el cristal. Yo agito la mano para que se detenga y señalo la parte delantera de la casa.

Cuando abro la puerta, Itch ya pisa el felpudo.

—Déjame entrar —dice—. Hace un frío polar.

Me aparto para dejarlo pasar y cuando cierro la puerta, mi madre pregunta desde la cocina:

—¿Quién hay, June?

—Es Itch —contesto—. Se marcha enseguida.

—¡Hola, Itch! —saluda mi madre.

—Hola —responde Itch.

Ahora que ya se han saludado, me coloco en jarras y lo miro.

—¿Piedrecitas contra la ventana? ¿En serio?

—Es un gesto elegante y romántico. Supuse que te gustaría.

Estoy cabreada y no quiero ceder un centímetro.

—Podrías haber llamado a la puerta.

—Ese no sería un gesto elegante y romántico —me informa, tomando mi mano. Yo la aparto bruscamente y él suspira y retrocede un paso, pasándose la mano por el pelo—. Lo siento, June.

Sé que lo elegante sería aceptar sus disculpas, pero me siento implacable y cabreada y no estoy dispuesta a perdonarlo.

—No sé si lo sientes lo suficiente. No sé si algo es suficiente.

—Yo era muy sociable —dice—. En mi antiguo instituto.

Esa información es nueva.

—¿A qué te refieres?

—Hacía todas las cosas que hacen Oliver y Ainsley y los demás.

Pestañeo.

—¿Practicabas deportes?

—No, pero salía con los chicos aficionados a ellos. Los que eran populares y siempre iban de fiesta.

—¿Tú ibas... de fiesta? —Itch sabe a qué me refiero con esa frase.

—Tenía que hacerlo. Allí era la única forma de destacar. No teníamos a un Shaun brincando de grupo en grupo. Ni siquiera teníamos a un Oliver con un pase de acceso a todos los eventos en virtud de hallarse en la parte superior de la cadena alimenticia. En mi viejo instituto, o estabas arriba o estabas abajo. No había término medio.

Lo miro pasmada, tratando de imaginarme a Itch participando en todo tipo de actividades, formando parte de la tribu.

—Pero tú odias eso.

—Era lo normal. —Se detiene, mordiéndose el labio.

Nunca lo había visto hacer eso, y no sé por qué, la parte más intensa de mi ira se desvanece.

—¿Qué sucedió? —pregunto, porque debió de suceder algo.

—Fue mi amigo Xavier. —Itch respira hondo—. Lo llamábamos X. Era un tipo muy divertido. E inteligente. Tocaba la guitarra. Todas las chicas estaban enamoradas de él.

—Suena como tu peor pesadilla —comento para aliviar la tensión, pero mi comentario solo suscita un pequeño tic en el labio de Itch.

—Fuimos a una fiesta después de un partido de fútbol. Una de esas fiestas como todas, salvo que esta vez X tomó algo del botiquín de su tía. No sé qué era, pero, June... —Me mira a los ojos—. Cualquier otra noche, yo probablemente también lo habría tomado, porque era lo que hacías. Si te lo ofrecía X, lo tomabas sin más. Pero tenía que levantarme temprano al día siguiente para llevar a mis padres en coche al aeropuerto. No quería perder el conocimiento y olvidarme de presentarme o algo así, de modo que dije que no.

—¿Qué ocurrió? —pregunto con un hilo de voz.

—Lo de siempre —responde Itch—. Todos bebimos e hicimos el burro y nos divertimos. Aunque esta vez, en plena fiesta, X sufrió unas convulsiones y cayó encima de una mesita de café con la superficie de cristal.

Se me escapa un grito de horror.

—Todo el mundo se puso a chillar. Había mucha sangre y X seguía sufriendo convulsiones, pero todos estábamos borrachos. Y asustados. Creo. Temíamos que nuestros padres se enteraran y que la policía nos detuviera. Yo traté de detener la hemorragia, pero también estaba bebido y alguien llamó por fin al 911. Fue... —Itch se detiene un segundo y tomo sus manos. Las sostengo entre las mías—. Fue la peor noche de mi vida.

Yo espero, compadeciéndome de esa parte de Itch que nunca ha compartido conmigo.

—X no murió. Regresó al instituto, pero... —Itch traga saliva—. Ya no toca la guitarra. Dice que le da dolor de cabeza, aunque yo creo que no recuerda cómo. Creo que ya no sabe tocarla. —Itch retira las manos de las mías y hace crujir los nudillos—. Estoy seguro de que tus amigos son diferentes. Ainsley parece muy agradable. Al igual que Oliver. El problema soy yo. No quiero salir con los chicos que están en lo alto de la cresta porque la última vez que lo hice, me gustó. —Se detiene y suspira—. Me gustó demasiado.

Yo no tenía ni idea de que Itch sintiera algo más que mero desprecio. Que sintiera *temor.*

—Lo siento —digo.

—Yo también lo siento. —Me permite rodearlo con mis brazos por debajo de su chaqueta para sentir su caja torácica. Lo abrazo con fuerza y al cabo de unos segundos, él me devuelve el abrazo—. Lo intentaré, ¿vale? Lo intentaré.

—De acuerdo. —Escucho los latidos de su corazón debajo de mi oreja—. Yo también lo intentaré.

• • •

Llegar hasta el Edificio Norte es un rollo, porque tenemos que bajar por un pasillo exterior donde sopla un viento gélido, pero cuando por fin logramos abrir la pesada puerta de doble hoja, nos recibe una cálida ráfaga de calefacción. Elijo una sección desierta de pared para apoyar la espalda contra ella y me dejo caer hacia abajo hasta sentarme en el suelo con la bandeja sobre las rodillas. Ainsley, que está sentada cerca, me sonríe.

—¡Qué suerte tenemos! ¡Dos días seguidos almorzando juntas!

Oliver me da un golpecito con el pie.

—Hola, gente.

—Hola —respondo.

—Hola —dice Itch, deslizándose hacia abajo contra la pared junto a mí.

Nos comemos nuestros almuerzos.

13

Cuando abro la puerta del copiloto veo un paquete en forma de cilindro envuelto con papel de regalo sobre mi asiento. Se lo paso a Oliver, pero él niega con la cabeza.

—Ábrelo.

Estoy sorprendida… y me siento inexplicablemente turbada. La semana antes de las vacaciones de invierno es el momento tradicional en nuestro instituto para que intercambiemos regalos, pero no se me ocurrió que Oliver me daría algo. Y no tengo ningún regalo para él.

—¿En serio? —pregunto—. Porque yo no…

Oliver me sonríe.

—Venga, ábrelo.

Paso el dedo por debajo de la cinta adhesiva entre los dos bordes de papel verde y rojo y me imagino a Oliver inclinado sobre el regalo, tratando de envolverlo con esmero. Al abrirlo veo…

—¿Una botella de agua?

—De metal —dice, concretando—. En realidad no es para ti. —Lo miro ladeando la cabeza, y él aclara—: Por si te habías hecho ilusiones. Soy consciente de que te disgusta que tenga siempre el coche lleno de botellas de agua de plástico…

Como de costumbre me divierte (y, curiosamente, me halaga) la forma en que se expresa Oliver cuando está conmigo. Sé que no utiliza esas palabras con Theo. Y quizá tampoco con Ainsley.

—Esa botella es para mí —continúa—, pero la tranquilidad de espíritu es para ti.

—Es un símbolo.

Él me mira poniendo ojitos.

—Un símbolo de mi deseo de a) contribuir a la salvación del medio ambiente, y b) reducir las veces que me diriges una mirada asesina por las mañanas.

Como es natural, le dirijo una mirada asesina.

Pero luego sonrío.

• • •

Está nevando y hace demasiado frío para sentarnos en las gradas, de modo que Itch y yo comemos en una mesa en un rincón de la cafetería. Hemos colgado nuestras chaquetas sobre dos sillas, reservándolas para Darbs y Lily, y hemos colocado nuestras mochilas en una tercera por si Shaun se reúne hoy con nosotros.

Itch pasea su lasaña por el plato.

—Qué porquería.

Yo le muestro mi bolsa de tela.

—Si trajeras tu propio almuerzo, no estarías sujeto a los perversos caprichos de los demonios de la cafetería.

—Si trajera mi propio almuerzo, perdería aproximadamente quince minutos de sueño. —Itch se dispone a partir su lasaña con el tenedor—. Ya que me marcho el sábado, si quieres que salgamos…

—Espera, ¿qué has dicho? —Me detengo sin terminar de desenvolver mi sándwich—. ¿Adónde vas?

—A Florida. ¿Recuerdas mis abuelos? ¿Las Navidades y el Año Nuevo serbio? —pregunta con exagerada paciencia, como si estuviera explicándoselo a una niña de corta edad—. Ya te lo dije.

—No me dijiste nada.

—¿Qué es lo que no te ha dicho? —inquiere Lily, sentándose en la silla junto a la mía.

—Que iba a marcharse durante las vacaciones de invierno.

—Se lo dije —insiste Itch, y sigue destrozando la lasaña con el tenedor.

Lily lo observa y tuerce el gesto.

—ECPV.

—¿Qué diantres significa eso? —digo.

—«Es como para vomitar» —responde—. Darbs quiere ponerlo de moda.

—¿Dónde está?

—Rezando.

—Ah, vale. —Siempre olvido que los martes los chicos de la Cuadrilla de Nuestro Señor del instituto asisten al círculo de oraciones a la hora del almuerzo.

—¿Así que ahora eres un arco iris o qué? —me comenta Lily. Cuando la miro sin comprender, me aclara—: Últimamente es como si tuvieras doble nacionalidad.

Yo sigo sin comprender hasta que Itch me da un codazo.

—Porque a veces almorzamos en otro sitio, June.

Ah.

Siento la necesidad de defenderme ante Lily, aunque lo que ha dicho no constituía un ataque.

—¿Te parece raro? —le pregunto.

—Pues claro —contesta—. Es decir, está bien. Pero es raro. —Menea la cabeza y añade—: Y también vas a ver los partidos de fútbol.

—*Algunos* partidos de fútbol —la corrijo.

—Ya, mi novia ha desarrollado un espíritu estudiantil —tercia Itch. Sé que trata de ser gracioso, pero me irrita.

—Hay cosas peores —le informo.

—No —niega Lily—. Eso es lo peor. —Itch choca su lata de refresco contra la de ella. Yo pongo los ojos en blanco.

Itch se vuelve hacia mí.

—¿Quieres que salgamos esta noche? Puedo ir a tu casa.

—Creo que Cash va a venir también a casa.

Observo a Itch rebuscar en su memoria.

—¿Cash, el contratista?

—Sí. —Otra punzada de irritación. Itch ha visto a Cash al menos media docena de veces.

—¿Sale con tu madre?

—Creo que sí.

—¡Qué interesante! —exclama Lily—. ¿Está bueno?

—¡No seas ordinaria! —Le doy un pequeño pescozón—. Está con mi *madre.*

—Estaba pensando —dice Lily—, que no estaría mal tener a un bomboncito adulto paseándose por casa.

Yo le propino otro pequeño pescozón.

Itch, como es natural, no dice nada sobre Cash.

—Vale. Me pasaré después de cenar. Podemos ir a dar una vuelta en coche.

Lily y yo nos miramos.

—Vaya con los eufemismos —exclama.

• • •

No sé qué me pasa, pero busco todas las excusas del mundo para *no* quedarme a solas con mi novio. Mi madre y Cash se han instalado en el cuarto de estar para ver un documental sobre agricultura ecológica, de modo que Itch y yo estamos bebiendo sidra de manzana en la cocina.

—¿Por qué no bajamos al sótano? —sugiere Itch.

—Está recién pintado y hay gases tóxicos. Además, todo está cubierto con sábanas. No podemos sentarnos en ningún sitio.

—Podríamos ir a dar una vuelta en coche por el parque.

—No creo que mi madre me deje salir a estas horas…

—Son las ocho y media, June.

—... y con este frío. Le preocupa que las carreteras estén heladas. De hecho, ¿no crees que deberías regresar a casa antes de que sean impracticables?

Itch niega con la cabeza.

—No pasa nada. Me gustaría que *hiciéramos* algo antes de que me vaya.

—Ya hacemos algo. Estamos hablando. —Ninguno de los dos menciona que ese no es nuestro punto fuerte como pareja.

Seguimos bebiendo nuestras sidras a sorbitos.

Más tarde, cuando mi madre y Cash terminan de ver el documental, bajan para echar un vistazo a las paredes del sótano.

—A ellos no les molestan los gases —comenta Itch, levantándose y colocándose detrás de la silla que ocupo. Apoya las manos en mis hombros y mueve los pulgares en círculos sobre la base de mi cuello. Sé, lo *sé*, que debería gustarme. Siempre me ha gustado, pero esta noche... no me gusta. Esta noche lo odio.

Me levanto de un salto, casi derribando mi vaso vacío encima de la encimera.

—Salgamos al porche.

—Hace mucho frío.

—Lo sé, pero al menos estaremos solos.

La palabra «solos» lo ha motivado, porque cinco minutos más tarde estamos enfundados en nuestros abrigos e Itch me tiene apretujada contra uno de los soportes de madera. Cierro los ojos e inclino la cabeza hacia atrás para que su boca alcance la mía. Sé que sus manos se están deslizando arriba y abajo por mis costados, pero apenas las noto. Todos nuestros gestos resultan torpes y apenas sentimos nada debido a nuestras prendas de abrigo.

No puedo seguir ignorando la verdad: odio esto. Odio todo lo relacionado con esto. No odio a *Itch,* pero odio la forma en que me siento. Mejor dicho, no sentir lo que *debería* sentir.

De hecho —y no deja de ser irónico—, besar a Itch me produce picor. Me produce picor en el *alma*, como si fuera una niña esperando mientras mi madre se prueba unas prendas en el centro comercial y no *soporto* seguir allí; como si el hecho de librarme de los brazos de Itch y salir corriendo en la oscuridad para esconderme quizá detrás de un árbol o algo… como si eso fuera lo más razonable que pudiera hacer.

Esto no va nada bien.

El besuqueo se me hace eterno, pero no sé cómo detenerlo sin decirle a Itch la verdad, sin embarcarme en una interminable discusión que será mucho más dolorosa que sentir su lengua en mi boca.

De manera que me aguanto.

Finjo corresponderle hasta que por fin —*por fin*— Itch parte en su coche y me despido de él desde el porche con una inmensa sensación de alivio. Sé que debo saborearla, gozar de esta sensación de alivio, porque me consta que desaparecerá y en su lugar experimentaré unos espantosos, intensos y abrumadores remordimientos.

Sin embargo, ahora mismo, en este preciso segundo, mi novio se ha marchado y yo no podría sentirme más feliz.

14

Mi madre está en la universidad, terminando de revisar unos papeles. Yo me he duchado, he desayunado (ha sido más bien un desayuno-almuerzo) y he vaciado el lavavajillas. Meto la colada en la lavadora y miro a mi alrededor por si tengo que hacer algo más, pero la casa está limpia. No tengo deberes y no hay nada en la tele que me apetezca ver.

Envío un mensaje de texto a Lily para preguntarle si quiere ir al centro comercial, pero está ensayando para el recital de invierno de su academia. Envío otro a Shaun, aunque, como era de esperar, no responde. Llamo a Darbs, pero su madre la ha obligado a quedarse para vigilar a los gemelos mientras ella hace sus compras navideñas. Darbs me invita a ir a su casa, pero declino educadamente la invitación. La última vez que la ayudé con los gemelos, los dejamos solos diez minutos y quitaron todas las sábanas y mantas de la cama de sus padres. Cuando nos dimos cuenta de lo que pasaba, las habían anudado para formar una larga cuerda y uno de los gemelos la sostenía mientras el otro se introducía por la ventana del dormitorio del piso inferior. Esos chavales me estresan. Además, no tengo medio de transporte para ir a su casa.

Mierda. El primer día de vacaciones y estoy aburrida.

Sé que debería pararme a reflexionar sobre lo que voy a hacer con respecto a Itch, pero tengo dos semanas enteras hasta que regrese de Florida. Quizá vea las cosas de otro modo cuando llevemos un tiempo separados. Quizá lo eche de menos.

Mi móvil empieza a sonar y me apresuro a cogerlo con la rapidez de un ninja. Sin embargo, mis reflejos mentales son algo más lentos. Tardo un momento en mirarlo y comprender de quién es el mensaje de texto.

De Oliver.

Por lo visto le ha hablado a Marley —su madre— sobre nuestra *playlist* compartida y no sabe cómo explicarle una cosa.

¿qué diferencia hay entre *pop punk* y rock alternativo?

Me tumbo en mi cama para responder a su mensaje, pero antes de llegar a la mitad me doy cuenta de que es lo bastante complicado como para requerir una llamada telefónica. Oliver contesta de inmediato.

—Debes de echarme de menos.

—Ni mucho menos —respondo—. Pero no puedo teclear la historia de la música en un móvil. Sería subestimar la importancia de la lección que está claro que necesitas.

—Eres imposible —dice, pero su voz indica que está sonriendo—. ¿Qué estás haciendo?

—Nada importante —reconozco, y el móvil tiembla en mi mano.

—Haz clic sobre el *link* —me indica, y cuelga.

—Espera —digo al aire—. Aún no te he instruido.

Y dice que *yo* soy imposible.

Miro el nuevo mensaje de Oliver. Es un *link* a...

¿Un juego?

Oliver me ha enviado una invitación para participar en un juego de móvil, bastante estúpido por cierto. Cuando acepto la invitación, compruebo que es un juego estratégi-

—Quédate aquí —oigo a mi madre decir a Cash, y al cabo de un minuto entra en la cocina—. Tengo que hablar contigo. Cash y yo nos conocemos desde hace mucho tiempo. Tenemos varios amigos en común y… Dormirá abajo.

—No tiene que dormir abajo.

—Gracias, pero es mejor que él… —Mi madre me abraza—. Aunque tengamos una relación madre-hija muy sana y tolerante, eso no me da derecho a pasearte mi vida sexual por las narices.

—Lo estás complicando —le digo.

—Lo siento.

—¿Puedo decirle a un chico que venga a pasar la noche conmigo?

—Ni hablar.

—Al menos lo intenté.

Mi madre se aparta y me mira. Me retira un mechón de pelo de la cara.

—Tú sigues siendo la persona más importante del mundo —dice—. Él es el chico que me trae las bolsas de la compra.

—No pienso llamarlo papá —comento, y mi madre me da un afectuoso pescozón.

—Ahora eres tú quien lo está complicando.

• • •

Ha nevado con fuerza —unos copos grandes y esponjosos— durante horas. Seguía nevando cuando anoche me fui a la cama después de una velada de juegos con mamá y Cash. Si se casan, me pregunto si invitarán a mi padre a la boda.

Ahora que es miércoles por la tarde y hace horas que ha dejado de nevar, estoy empezando a volverme loca. No solo estoy atrapada en casa, sino que estoy atrapada con una pareja de tortolitos. No es que se pasen el día besuqueándose y acariciándose —es más, tengo la impresión de que evitan tocarse—, pero está claro que flota una energía especial en el ambiente.

Mi madre quiere quedarse a solas con su nuevo novio, y yo soy una aguafiestas sexual.

Qué ordinariez.

Estoy tumbada en el sofá, arrebujada debajo de una manta con mi móvil, y acabo de enviar una «Ardiente Carroza de Muerte» a Oliver cuando una diminuta estrella aparece en la esquina de mi pantalla: un aviso de un mensaje dentro del juego. Hago clic sobre ella.

¿estás encerrada debido a la nieve?

Es evidente que Oliver está en la misma situación..., bueno, sin dos adultos en casa ardiendo en deseos de montárselo.

O quizá tenga también en su casa a una pareja de tortolitos. ¿Qué sé yo de la familia Flagg?

sí, es un asco.

Un nanosegundo más tarde, suena mi móvil. Lo cojo.

—Creo que eres tú quien me echa de menos a mí —digo a Oliver.

—Solo digo que has jugado *muchas* partidas de Mitomisterios.

—Y tú lo sabes porque también has participado. Espera un momento. —Me quito la manta de encima y me levanto del sofá—. ¡Voy a subir! —grito para avisar a mi madre y a Cash.

Recibo un sofocado «vale» en respuesta y decido no ir a ver qué están haciendo. Una vez en mi habitación, salto sobre la cama y me llevo de nuevo el teléfono a la oreja.

—¿Sigues ahí?

—Estoy atrapado en casa. ¿Dónde quieres que esté?

—Esta nevada es un agobio —le confieso—. Cash se quedó anoche a dormir...

—*¿Qué?*

—... y ahora está atrapado aquí. Soy la carabina más incómoda del mundo.

Oigo la risa de Oliver a través del teléfono y sonrío.

—¿Lo están haciendo? —me pregunta entre carcajadas.

—¡*Desean* hacerlo y eso es aún peor!

Silencio. Justo cuando creo que Oliver ha colgado, oigo de nuevo su voz.

—¿Quieres venir a casa?

Me quedo pasmada. No, más que pasmada, alucinada. Y también... complacida.

Me siento extremadamente complacida de que Oliver me haya invitado a ir a su casa. Pero...

—No puedo salir debido a la nieve, ¿recuerdas? Todos estamos atrapados en casa.

—Espera un momento. —Oigo unos ruidos y de nuevo la voz de Oliver—. La máquina quitanieves ha pasado. Puedes venir andando.

—¿Andando? ¿En serio?

—Es menos de un kilómetro y medio. Me reuniré contigo a mitad de camino.

Dudo unos segundos.

Y entonces analizo el motivo de mi vacilación.

No es que *no* quiera ver a Oliver, sino que *sí* quiero verlo, y ese es precisamente el motivo por el que no creo que deba hacerlo. Por fin hemos conseguido ser amigos. Es una relación fácil. Ya no nos resulta incómoda. Yo lo comprendo y él me comprende a mí. Sí, su música y su filosofía siguen siendo un poco cursis, pero no insoportables.

Dicho esto, es una amistad que se inscribe dentro de unos parámetros muy definidos. Somos amigos en el coche. Somos amigos en el instituto. De vez en cuando, somos amigos a la hora de almorzar. Sí, una vez Oliver se quedó a cenar en mi casa, pero estaban presentes mi madre y Cash, lo que significa que no había peligro.

—¿Hola? ¿Has colgado? —pregunta Oliver a través del hilo telefónico.

—No. Estoy aquí. Estaba… —Me detengo porque no sé qué estoy haciendo. Me siento inexplicablemente nerviosa ante la idea de estar a solas con Oliver, lo cual es una tontería, una locura, una…

—Mis padres están aquí —dice, como si hubiera oído mis pensamientos. Su respuesta funciona, porque asiento con la cabeza aunque él no puede verme.

—De acuerdo. Iré.

—Dame media hora antes de salir de tu casa.

• • •

Exactamente treinta minutos más tarde, después de probarme varias combinaciones de prendas y decidirme por unos vaqueros desteñidos con un amplio jersey de punto trenzado, aseguro a mi madre que tendré cuidado y salgo. Me detengo en el porche para mirar a mi alrededor, y me doy cuenta de que quizá no necesitaba abrigarme tanto como supuse. Hace frío, pero no un frío polar. De hecho, resulta tonificante después de haber permanecido encerrada en casa tanto tiempo (con los tortolitos). El cielo es de un color azul intenso, decorado con unas nubes grandes y etéreas, y la luz del sol rebota sobre el suelo blanco.

Tardo unos minutos en bajar los escalones del porche y recorrer el camino frente a mi casa porque la nieve me llega a las rodillas, pero después de sortear unos cuantos montículos hasta la carretera, el resto es coser y cantar. La quitanieves ha arrinconado la nieve a ambos lados de la carretera y mis botas tienen unas suelas gruesas, de modo que no me cuesta avanzar. Echo a andar por Callaway Lane, tratando de adivinar dónde me encontraré con Oliver.

Pero Oliver ya ha llegado. Está a unas pocas casas de distancia, dirigiéndose hacia mí, y al verme, me saluda agitando el brazo. Lleva una chaqueta de sarga con capucha, unas manoplas y una bufanda de color cereza oscuro que contrasta con la blancura de la carretera. El corazón me da un vuelco de alegría y no puedo negar que me siento feliz de verlo.

Muy feliz.

—¿Cómo has llegado aquí tan deprisa? —le pregunto—. ¿Has venido corriendo?

Él me mira sonriendo, y sus dientes son tan blancos como la nieve. Deseo tocarlos con la yema del dedo, acariciar su reluciente superficie, pero eso, claro está, sería bastante extraño, así que me abstengo.

—Salí en cuanto colgamos.

—Pero me dijiste...

—Te dije una verdad a medias. Pensé que a tu madre no le gustaría que recorrieras un trecho tan largo sola.

El corazón me da otro vuelco.

—Además —dice Oliver—, si esperaba, no podría hacer esto durante todo el camino de vuelta. —Se agacha y toma un puñado de nieve. Tardo unos segundos más de lo normal en comprender que se dispone a formar una bola.

—Ni se te ocurra, o...

—¿O qué?

—O... me veré obligada a contraatacar.

Oliver me mira aterrorizado. Mejor dicho, con *fingida* expresión de terror.

—¿Se supone que debo tener miedo de una persona que cree que montarse en mi coche representa todo un reto?

—Tu coche es ridículo. —Me agacho y tomo también un puñado de nieve.

—No piensas eso cuando te transporta al instituto.

—No, entonces también lo pienso. —Esbozo una sonrisa tan ancha que me cuesta mantener mi actitud desafiante. Siento que mi rostro es como uno de esos bastidores de madera que las amigas de mi madre utilizan para tensar sobre ellos el paño que están bordando.

Quizá sea porque no tengo clase ni deberes. Quizá sea porque he estado encerrada en casa con mi madre y con Cash demasiado tiempo. Quizá sea porque Itch se ha marchado. Sea cual sea la razón, el hecho de estar hoy con Oliver me produce una enorme alegría..., incluso cuando su bola de nieve me golpea en el vientre. Lanzo un grito y Oliver agita las manos sobre su cabeza.

—¡Me rindo! ¡Me rindo! —grita, retrocediendo.

Yo le lanzo mi bola de nieve pero, por supuesto, no lo alcanzo ni de lejos, de forma que echo a correr tras él. Es decir, trato de hacerlo, porque llevo tantas prendas y unas botas tan pesadas encima que apenas puedo moverme.

Oliver sale huyendo (o algo parecido) y empieza a trepar por un montón de nieve arrinconado junto a la carretera. Es más alto que él, y antes de que alcance la cima ya estoy delante. Lo agarro por el tobillo y tiro. Él tropieza y se cae, deslizándose por el montículo e intentando atraparme. Yo chillo y agito los brazos en el aire mientras nos revolcamos sobre el montón de nieve, pero él me sujeta por los hombros y mis tacones resbalan sobre la nieve, por lo que no puedo apoyarlos en el suelo y defenderme.

—Una tregua —dice con firmeza, fijando sus ojos castaño oscuro en los míos.

Yo le devuelvo la mirada y en ese momento siento como si se produjera un desgarro en el tejido del universo. Todo lo que conozco —las leyes del instituto y las jerarquías y la historia— se desvanece en la nada, y lo único que sé es que el cuerpo de Oliver está sobre el mío y su rostro, muy muy cerca.

De repente, Oliver se pone en pie. Extiende una mano para ayudarme a levantarme.

—Una tregua —repite. Esta vez no me mira.

—Hecho —contesto.

• • •

Marley, la madre de Oliver, deposita dos tazas de cacao en la mesa. Cuando le doy las gracias, me dice:

—Espera un momento, cariño. —Tras lo cual desaparece y regresa al cabo de unos instantes. Deja caer un voluminoso dulce de merengue en cada taza—. No tenían de los pequeños.

Oliver choca suavemente su taza contra la mía.

—Salud.

—Salud.

Después de correr y trepar y resbalar y gritar durante todo el camino hasta la casa de Oliver, llegamos sudorosos y empapados. Nada más verme, Marley hizo que me cambiara y metió mi ropa en la secadora. Es por eso por lo que llevo el pantalón de yoga de la madre de Oliver —más ajustado de lo que estoy acostumbrada— y su camiseta interior color lavanda con adornos de encaje. Mis pulgares asoman a través de los orificios en los bordes de las mangas, lo cual resulta sorprendentemente cómodo. Cuando me la puse, Marley me guiñó el ojo y comentó:

—Es como si tus pulgares recibieran un abrazo todo el día.

En estos momentos estoy sentada a la mesa de desayuno de la familia Flagg frente al hijo menor de los Flagg, que luce unos vaqueros secos y una camiseta lisa de color blanco. A diferencia de mí, ha podido elegir él mismo su atuendo.

La madre de Oliver tiene el mismo cabello rubio-blanco que él, pero el suyo le cae en una melena larga y lisa por la espalda. Sus ojos azules son grandes y redondos, al igual que sus tetas. Lleva las uñas perfectamente arregladas y pintadas de un rojo intenso. Mi madre es bonita en un estilo natural, sin ningún tipo de maquillaje, pero está claro que un universitario de último curso salido no dudaría en elegir a Marley.

Por la misma razón que un estudiante de instituto de último curso salido no dudaría en elegir a Ainsley.

—¿Cómo estás? —me pregunta Marley—. Te veo muy alta.

Oliver y yo nos miramos y soltamos una carcajada porque es exactamente lo que le dijo mi madre a él cuando vino a casa.

—Por favor, no digas que le cambiabas los pañales —le pide Oliver a su madre.

—¿Qué? ¿Qué he dicho? —dice Marley, pero a los dos nos da el ataque de risa y no podemos explicárselo—. Qué tontos sois, chicos.

El padre de Oliver, Bryant, aparece cuando aún estamos riendo. Me saluda antes de rodear a Marley por la cintura y darle un beso.

—¿Habéis visto alguna vez una mujer como esta? Ojalá tengas tanta suerte como yo, Oliver.

—Papá —responde Oliver.

—Para, Bryant. —Pero Marley no parece decirlo en serio.

—Bueno, podemos hacerlo de una forma más tradicional. —Bryant la conduce hasta el arco del salón y señala la ramita de muérdago que cuelga de él antes de abrazarla y darle un beso más prolongado.

Me pregunto si esta fogosidad es una cosa generacional.

Cuando el momento de pasión conyugal concluye, Bryant se vuelve de nuevo hacia Oliver.

—Esta mañana he hablado con Alex.

—Genial —murmura Oliver.

—Dice que puede pasar tu solicitud por delante de las demás. —Oliver asiente y Bryant le da una palmada en el hombro—. Para esto sirven las relaciones familiares, ¿no?

—Sí, claro. —Oliver se vuelve hacia mí—. Bajemos al sótano. Trae tu taza de cacao.

—Hay patatas y salsa —dice Marley mientras Oliver y yo salimos.

La casa de Oliver es grande y de ladrillo, y todo es nuevo. No hay montones de proyectos inacabados por todas partes, ni vigas a vista. Todas las superficies interiores están pintadas de colores suaves, y he visto dos lámparas de araña y una nevera empotrada para vinos. Oliver me conduce por una escalera enmoquetada hasta un espacio que en mi vida se me ocurriría llamar sótano; como mínimo, es «un nivel inferior». La amplia habitación contiene una mesa de ping-pong, un mueble bar y un televisor gigantesco.

Oliver rebusca en la parte trasera del bar y saca las patatas y la salsa que su madre mencionó.

—Voy a decidir por decreto que no necesitamos un bol. —Abre la bolsa rasgándola por la parte superior y la deposita sobre el bar.

—Yo lo secundo. Oye, ¿tus padres siempre se comportan así cuando están juntos?

—Lo hacen para impresionar a las visitas.

—Qué suerte tienes.

—Todo lo hacen juntos. Rematan las frases que dice el otro y hacen esas cosas que son un tópico, pero que no dejan de ser increíbles.

—Y poco frecuentes. —Pienso en mis padres, separados desde antes de que yo tuviera uso de razón. Pienso también en Itch y yo—. La mayoría de las parejas no funcionan así.

—Es verdad. —Oliver señala los taburetes del bar. Me siento en uno y tomo una patata. No sé qué vamos a hacer para entretenernos, pero no podré marcharme aunque quisiera: mi ropa está todavía en la secadora.

—¿Quieres mirar la tele? —me pregunta Oliver.

—No. —Surge de mi boca más bruscamente de lo que pretendía. Mirar la tele es lo que hago con Itch. Mejor dicho, lo que *no* hago con Itch. Suavizo el tono—. Quiero decir..., en casa tenemos un televisor.

—¿Una partida de tenis de mesa?

—El mero hecho de que lo llames tenis de mesa en lugar de ping-pong ya indica que me darías una paliza monumental.

—Jugaré con la mano izquierda —dice Oliver, y contesto con un gemido—. Bueno, entonces, ¿qué quieres hacer?

La verdad es que no lo sé. Este territorio (el hecho de que estemos solos fuera de un coche) es nuevo para mí, incluso más que el nuevo territorio que constituye mi amistad con Oliver. No estoy segura de cómo navegar por esta versión de nosotros.

Aunque en realidad no somos un «nosotros».

Para nada.

Oliver espera y se produce un incómodo silencio que me transporta a nuestras primeras mañanas cuando él pasaba a recogerme en coche. No sé qué hacer cuando estoy con un chico que no es Itch o Shaun. O quizá cuando estoy con un chico que es Oliver Flagg.

—Ya lo tengo —anuncia Oliver—. Levántate.

—¿Cómo dices?

—Venga, arriba. —Señala el taburete con respaldo en el que estoy sentada. Yo lo miro perpleja, pero hago lo que me pide. Él levanta el taburete y lo gira de forma que el respaldo queda apoyado contra el bar, tras lo cual hace lo mismo con el taburete que está junto a él. Se sienta en mi taburete y señala el que está a su derecha—. Siéntate aquí.

—¿Prefieres la vista de la mesa de ping-pong?

—Confía en mí —responde, y dado que, curiosamente, confío en él, me siento en el taburete a su lado—. ¿Y ahora qué?

—Espera. —Oliver saca su teléfono móvil y toca la pantalla. Antes de que yo pueda descifrar qué está haciendo, empieza a sonar una vieja canción de Iggy Pop. *Mi* clásico Iggy.

Oliver deposita el teléfono sobre el bar a nuestras espaldas y se instala cómodamente en el taburete, con la vista al frente.

—Mira —me indica, señalando frente a nosotros.

—¿La mesa de ping-pong?

—La carretera.

Oliver extiende las manos para sujetar un volante imaginario y entonces lo comprendo. Finge que estamos en su coche, escuchando nuestra *playlist,* de camino al instituto. Sabe cómo me siento, que estamos en un territorio de amistad inexplorado. Quizás incluso él siente lo mismo. Procura que esté a gusto. Es un gesto realmente amable y realmente…

—Simpático —digo.

—Lo intento.

«Circulamos» en silencio, y sé que me corresponde a mí iniciar la conversación, puesto que la idea se le ha ocurrido a él. Decido abordar lo que creo que es un tema seguro.

—¿Has presentado ya una solicitud de ingreso en alguna universidad?

—En un par de ellas —responde Oliver—. Central State.

—¿No en la U de M? —En cuanto sale de mi boca, me arrepiento de haber hecho la pregunta. La Universidad de Míchigan es muy competitiva. Incluso para alguien como yo, no es pan comido. Oliver masculla algo entre dientes y me vuelvo hacia él.

—¿Qué?

—Sí, también en la U de M —contesta—. He recibido la carta de aceptación.

Una vez más, ha logrado sorprenderme.

—Presenté la solicitud porque es el *alma mater* de mi padre —continúa—. No pensé que me aceptarían, y no pienso estudiar allí.

—¿Por qué? —A mí me parece una opción clara. Prestigio además de fútbol. Si eres Oliver, ¿qué tiene de malo?—. Es una universidad estupenda.

—Eso de formar parte de una tradición académica significa mucha presión. —Oliver menea la cabeza—. Ni siquiera sé lo que quiero hacer. Tiene más sentido empezar en algún sitio cerca de aquí. Podría probar diversas cosas. Experimentar. Pero mi padre... —Suspira—. Dice que si no voy a Míchigan, tengo que expandir mis horizontes. Tiene una lista (Carnegie Mellon, USC, Chapel Hill), y supongo que debería seguir su consejo, por eso de que viene de un hombre hecho a sí mismo. Si alguien sabe ganar en la vida, es él. Pero irme a estudiar lejos de aquí cuando aún no sé lo que quiero hacer... —Debo de haber emitido algún sonido porque Oliver se vuelve para mirarme—. ¿Qué?

—Yo, en cambio, estoy *deseando* irme lejos.

—¿Adónde?

—A Nueva York. Quizás a NYU o Columbia. La próxima solicitud que presente será para una universidad local, pero solo porque mi madre me obliga. —Observo a Oliver deslizar las manos hacia la izquierda, conduciendo nuestro coche imaginario—. ¿Dónde estamos?

—Acabamos de girar en Plymouth. He tenido que detenerme en la esquina para dejar pasar a una falange de motoristas montados en unas Harleys.

De nuevo, me siento impresionada y sorprendida por el vocabulario de Oliver.

—Oye, ¿tu padre se refería a tu tío, el que trabaja en el banco?

—Sí. Mi tío Alex. Quizás hayas visto su nombre en la vitrina de trofeos del vestíbulo. —Niego con la cabeza y Oliver se ríe—. Seguro que nunca has contemplado esos trofeos.

—Nunca.

—Hace veinte años era un *quarterback* estrella. —La sonrisa de Oliver se borra de su rostro—. Ahora es el director de la sucursal en Ypsilanti. Bebe mucha cerveza. Dos hijos y una esposa. Supongo que los quiere, pero no parece feliz. Todo en él indica que se considera un hombre que ha echado raíces. Yo no quiero eso. No quiero echar raíces y no quiero que una mujer *crea* que he echado raíces por ella. Mi padre me atosiga para que haga prácticas en el banco. Quiere que luzca una corbata granate para la entrevista porque es un «color de poder». Lo tiene todo calculado y probablemente tiene razón, porque tiene razón en todo, pero... —Oliver se detiene—. Lo siento, te estoy agobiando.

Yo no creo que me esté agobiando. Creo que es *valiente.*

—Sabes escuchar —dice Oliver mientras hace que conduce hacia nuestro instituto imaginario.

Debido a lo mucho que Oliver ha revelado, debido a lo valiente que ha sido por su parte, reflexiono antes de volver a hablar.

—Por si no lo sabías, has logrado tu propósito —le digo—. Das la impresión de que nada te preocupa y de que todo el mundo es tu amigo y que tienes el mundo a tus pies, de manera que lo has conseguido.

—Gracias —responde Oliver—. No sé si te creo, pero gracias.

—Bueno, creo que tener fama de ser una roca de solidez adolescente debe de ser agradable, especialmente teniendo en cuenta que yo me dedico a proclamar mi angustia existencial fuerte y claro las veinticuatro horas del día, siete días a...

—¿A qué te refieres?

—A la vida. La universidad y todo lo demás.

—No, me refiero a tu angustia existencial. —Oliver baja las manos y se vuelve hacia mí.

—Cuidado —digo—. Acabaremos en la cuneta.

—He aparcado el coche junto a la carretera.

—¿Nevando?

—Había un aparcamiento convenientemente situado. —Se inclina hacia mí—. Para que lo sepas, June, no proclamas tu angustia existencial y todo eso. Cualquiera que te conozca sabe que eres una persona estable. Eres la persona más estable... Eres como... un *castillo* de estabilidad.

—Eres un embustero. —Me consta que parezco más bien un hatajo de ruidosos campesinos manifestándose *frente* a un castillo.

—Te aseguro que no. —Oliver ladea la cabeza y en estos momentos en que estamos tan cerca y solos, veo de nuevo las líneas negras que rodean sus iris castaños, y la dilatación de sus pupilas cuando me mira, y unas pocas pequitas diseminadas sobre sus pómulos. Sé, hace años que lo sé, que Oliver es un chico guapísimo. Lo sé porque es popular y todas las chicas lo desean, y porque tiene un coche de lujo y una chaqueta de atletismo con las iniciales del instituto y unos buenos músculos. Pero ese tipo de chico nunca me había atraído. Me gustaban los chicos con el pelo alborotado que tocaran la guitarra, que se negaran a lucir prendas de cuero o que no creyeran en Dios. Chicos inconformistas. El tipo de chico típicamente americano como Oliver nunca me había atraído.

Hasta ahora.

Ahora me impresiona lo guapo que es, y no solo objetivamente, sino lo guapo que me parece. Y lo agradable y complicado e interesante. Y pienso que aunque no ha desafiado las expectativas de la sociedad, en todo caso ha desafiado las *mías*, lo cual quizá sea mil veces más atrayente.

Y un millón de veces más peligroso.

Y puesto que me he adentrado en este terreno, y puesto que este es un momento frágil y fugaz, avanzo un pasito más en este territorio peligroso.

—¿Sabes? Mi castillo de supuesta estabilidad está rodeado por un foso —le informo.

—¿Qué hay en tu foso? —pregunta Oliver.

Inseguridad. Desconfianza en mí misma. Temor.

Pero ya he hablado demasiado. Miro mi muñeca como si consultara un reloj y señalo la mesa de ping-pong.

—Llegaremos tarde al instituto.

Oliver me mira, escrutando mi rostro, antes de volverse y fijar la vista al frente.

—En marcha —dice, enfilando de nuevo la carretera imaginaria en nuestro coche imaginario.

• • •

Estamos de nuevo en la cocina, poniéndonos nuestras prendas de abrigo para que Oliver pueda acompañarme a casa andando.

—¿Estás lista? —pregunta.

—Casi. —Estiro las mangas de mi chaqueta sobre los puños de mis manoplas.

Estamos a punto de ir hacia el recibidor cuando oímos a Marley que nos dice que esperemos. Entra apresuradamente en la cocina y ve que nos hemos detenido debajo del arco.

—Menos mal que aún estáis aquí. June, voy a darte algo para tu madre. Espera un segundo, ¿de acuerdo? —Desaparece antes de que yo pueda responder.

Miro a Oliver.

—No será una máquina de coser o un par de pesados sujetalibros, ¿verdad?

—En tal caso, yo llevaré el objeto pesado —responde con un (mal) acento inglés al tiempo que hace una reverencia, que interpreto como un gesto galante. Me echo a reír y de pronto me doy cuenta de lo que cuelga sobre nosotros.

El muérdago.

Oliver ve dos cosas: la dirección de mi mirada y que mi risa se detiene bruscamente. Empiezo a retroceder para salir del campo minado, pero él me agarra por los brazos y yo se lo permito. Le permito que me sujete allí, debajo del muérdago, mirándome a los ojos mientras mi novio está en Florida y su novia está en...

En realidad, no tengo ni idea de dónde está Ainsley.

Oliver ha observado mi expresión de desconcierto, porque me mira con la más dulce de las sonrisas.

—Tranquila, June. —Se inclina sobre mí y me roza la mejilla con los labios. Son más suaves de lo que yo había imaginado. Más cálidos. Más dulces.

De repente me doy cuenta de que he cerrado los ojos y me apresuro a abrirlos. La sonrisa de Oliver se ensancha y transforma en una sonrisa de satisfacción.

—Lo tengo. —Lo miro arqueando las cejas con expresión interrogante y él me aclara—: Es una tradición.

Ha desviado el tema hacia nuestra *playlist.* Ha aliviado la tensión. Ha cambiado el significado del momento.

Ha hecho lo que debía hacer.

—El muérdago es una tradición cultural estadounidense —le informo, siguiéndole el juego—, no una tradición del instituto.

—Pero no deja de ser una tradición —insiste, y yo cedo.

—De acuerdo. Puedes elegir una canción.

—¿Cutting Crew o Heart? —Oliver se acaricia la barbilla como si estuviera reflexionando y yo lanzo un melodramático suspiro—. No sé qué hacer. ¿A ti qué te parece?

—¡Lo he encontrado! —Marley aparece de nuevo agitando un papel—. Es un cupón de regalo para un masaje que intercambié con tu madre.

Me lo guardo en el bolsillo. Por lo visto, la madre de Oliver también participa en esta costumbre *hippy.*

—Gracias por todo —le digo, y sigo a Oliver, evitando la ramita de muérdago, hacia la calle.

15

Pensé en hablar con mi madre sobre el dilema con Itch, pero está tan contenta y emocionada por su relación con Cash que no quiero obligarla a regresar a la Tierra con mis problemas. Por eso estoy sentada en el asiento del copiloto del tres puertas de Shaun, dirigiéndome hacia San Nicolás. Por suerte para Shaun, esta semana, después de la tormenta de nieve, llegó un frente cálido, de modo que consiguió convencer a sus padres para que le dejasen visitar su lugar favorito en el mundo: Frankenmuth.

Frankenmuth está a poco más de una hora en coche al norte de donde nos encontramos y se autodenomina la «Pequeña Baviera» de Míchigan. La diminuta población está repleta de puentes cubiertos, casitas de madera y hosterías decoradas con torres, relojes y balcones. Durante las vacaciones de invierno parece como si la Navidad le haya vomitado encima.

Shaun y yo circulamos por la calle Mayor bajo las parpadeantes luces de estrellas blancas que cuelgan en lo alto por todas partes. A ambos lados de nosotros vemos tiendas donde venden decoraciones navideñas, cervecerías donde venden cerveza de trigo y restaurantes donde venden salchichas.

—Deberíamos haber salido antes —se queja Shaun—. Podríamos haber asistido a una clase de cómo hacer *pretzels.*

—Aparca entre un Buick y una calesa (a la que en estos momentos le falta el caballo). Se baja del coche y abre mi puerta antes de que me haya desabrochado el cinturón de seguridad. Me agarra de la mano y me conduce hacia la acera—. Primera parada: ¡la tienda navideña más grande del mundo!

Minutos más tarde estamos examinando una hilera de barritas de caramelo de plástico. Señalo un Santa Claus de cerámica que mide dos pisos de altura.

—Si eso nos cayera encima, nos mataría.

—Pero al menos moriríamos felices.

—¡Habla por ti!

Observamos cómo una señora con un delantal rojo le da cuerda a un pequeño reno y lo deposita ante el hijo de corta edad de una clienta. El reno echa a andar por el suelo hacia el niño, que palmotea de gozo y se ríe antes de pisotearlo. La madre del niño emite un grito ahogado de asombro y yo estallo en carcajadas. Shaun me toma de la mano y me arrastra hacia un rincón donde no me vea nadie.

—¡No seas grosera! —me recrimina.

—No me digas que no te pareció divertido.

Shaun se esfuerza en reprimir la risa.

—De acuerdo. Reconozco que ha sido divertido. Sabes que tendrás que romper con él, ¿verdad?

—¿Eso es un *non sequitur*?

De camino hacia aquí he comentado a Shaun mis problemas con Itch, pero él ha guardado silencio durante casi todo el rato, haciendo alguna pregunta de vez en cuando antes de poner música (¡una música *decente*!) y canturrear durante el resto del trayecto. Ahora compruebo que ha estado pensando en lo que le he dicho.

—No puedes salir con alguien que ya no te gusta —me dice—. Es una receta segura para que acabe en tragedia.

—No es que no me *guste*. No me gusta como me gustaba antes. O quizá ya no me gusta de la forma en que yo le gusto a él. O tanto como yo a él. O... —Me detengo porque sé que Shaun tiene razón—. Tengo que romper con él, ¿verdad?

Shaun asiente con la cabeza.

—Sí.

—Sí. —Tomo una decoración de cristal rojo y me veo reflejada en la reluciente superficie, muy pequeña y perdida y confundida.

—Oye, June. —Shaun me mira—. ¿Hay otra persona?

Es natural que la imagen de Oliver aparezca en mi mente porque justo hace un par de días estuve con él y se produjo la escena del muérdago y el coche imaginario y la taza de cacao. Es solo porque es el único chico con el que he pasado un rato además de Shaun e Itch. Es solo porque vamos juntos al instituto en su coche y escuchamos música juntos y discutimos de filosofía. Es solo porque, en términos objetivos, es un tipo atractivo. Eso es todo. No hay más.

—No —respondo—. No hay nadie.

Shaun me observa antes de tomar un títere en forma de Señora Claus y colocárselo en la mano. La Señora Claus me mira ladeando la cabeza y moviéndose de un lado a otro.

—Ya me lo figuraba —dice el títere con una voz cómica que se parece mucho a la de Shaun.

• • •

Dos días más tarde, rompo mi relación con Itch.

—¿Por qué? —me pregunta él.

Estamos de nuevo en el parque de Cherry Hill, pero esta vez soy yo la que está sentada en un columpio, sosteniendo con mis manos desnudas las cadenas de metal y deslizando mis botas sobre el hielo en el suelo. Itch está erguido frente a mí, con los brazos cruzados. Sus ojos muestran una expresión dura y airada.

—Lo siento —digo desde el columpio—. No se trata de otra persona, y en realidad no se trata de ti.

—Gracias por decírmelo.

—Quizá sea porque estamos a mitad del año y la vida real asoma por el horizonte. No lo sé. Sea lo que sea, ya no funcionamos como pareja.

Espero unos momentos, pero en vista de que Itch no responde, me levanto del columpio. Tengo los dedos entumecidos, helados debido al frío metal de la cadena y la tensión de mi cuerpo. Agito las manos y me las froto, tras lo cual me acerco a Itch. Al contemplar sus ojos castaños recuerdo que solía pensar que parecía como si soñara despierto y la cálida sensación que me producía acariciar su pelo rebelde y casi rizado.

Eso era antes.

—¿Tú crees que funcionamos como pareja? —le pregunto. Él me mira y restriega el duro suelo con la punta de su deportiva—. Adam, ¿eres realmente feliz cuando estás conmigo?

Quizá sea su nombre de pila o quizá sea la pregunta lo que lo hace reaccionar. Itch niega con la cabeza y retrocede. Aumenta el espacio entre nosotros, me mira a través de una distancia que bien podría ser varias hectáreas de terreno.

—¿Sabes lo que más me fastidia?

—El momento que he elegido para decírtelo. Lo sé. Lo siento. —Es verdad—. No quería tener esta conversación contigo mañana en el instituto. Pensé que podíamos...

—No, June. Has elegido el momento oportuno. De hecho, el momento perfecto. No podrías haber elegido otro mejor. —Me mira entrecerrando los ojos—. Lo que me fastidia es que me hayas hecho venir hasta aquí y pasar a recogerte por tu casa y saludar a tu madre y llevarte al parque en coche para darte la satisfacción de elegir el lugar para romper conmigo. Eso ha sido una putada épica.

Lo miro pestañeando, atónita.

—Lo siento —consigo decir por fin—. Estás dolido, lo entiendo. Yo...

—No estoy dolido, June. Estoy cabreado. Lo que me fastidia no es el momento que has elegido. La que me fastidias eres tú. Ya va siendo hora de que te comportes como una persona adulta, que aprendas a conducir de una puñetera vez y...

Itch se detiene, negando de nuevo la cabeza. Se pasa la mano por el pelo, ese pelo alborotado que ya no puedo acariciar, y de pronto me pregunto si hay alguna posibilidad de que esto sea una tremenda equivocación, un mero arrebato de estúpida inseguridad adolescente o el deseo de montar un drama. Alargo la mano hacia Itch, pero él se aparta.

—Déjalo estar —me pide—. Ya no tiene remedio.

Esta mañana, mientras pensaba en lo que le diría a mi novio para romper mi relación con él, no se me ocurrió que quizá fuera yo quien se echara a llorar, quien estallara en lágrimas ante él.

Y, sin embargo, eso es justamente lo que he hecho.

—Llamaré a mi madre —digo entre sollozos—. No tienes que llevarme a casa.

Itch me fulmina con la mirada.

—No voy a dejarte aquí sola en pleno invierno. No soy un cretino. —Señala el lugar donde dejó el coche aparcado cuando llegamos a Cherry Hill, cuando creyó que habíamos venido aquí para hacer las paces, antes de averiguar que yo había decidido romper con él—. Sube al coche, June.

Y yo obedezco.

16

Oigo la bocina de Oliver mientras me calzo las botas.

—¡Espera! —grito, aunque no puede oírme desde fuera.

Cuando salgo al porche, lo veo, esperándome.

—¿Hola? —Lo digo como si fuera una pregunta y me quedo atónita cuando su respuesta llega en forma de un enorme abrazo que me levanta en el aire—. ¡¿Qué haces?! —chillo mientras él me deposita de nuevo en el suelo y echa a correr hacia el mastodonte.

—¡Recogerte! —contesta también a voz en grito—. ¿No lo entiendes? *Recogerte.*

—Qué malo. —Lo sigo por el camino sin reconocer que algo en mi interior se ha iluminado cuando me tomó en brazos—. No es un juego de palabras. Ni siquiera es un chiste. —Llego junto al coche y me monto en él—. Es increíble que estés tan eufórico por regresar al instituto.

—Soy un hombre muy intenso.

—Eres un chico muy ridículo —le digo cuando tomamos Callaway Lane.

Lo que estoy temiendo no surge hasta que estamos a mitad de camino del instituto.

—¿Qué tal has pasado el resto de las vacaciones? —me pregunta Oliver—. ¿Cómo está Itch?

—Muy bien. Nos vimos ayer.

No sabría decir exactamente por qué no estoy dispuesta a contarle que he roto con Itch, aunque sé que, en parte, se debe a que me siento avergonzada. Lamento haber enfurecido a Itch, y odio que él haya arrojado una gigantesca luz sobre la parte más negativa de mi personalidad.

Pero eso no es todo.

La idea de hablar a Oliver sobre Itch —informarle de que estoy soltera— hace que me sienta... nerviosa. Es demasiado íntimo. Me deja expuesta. En una situación vulnerable e indefensa. Indica que estoy disponible.

Me convierte en una opción.

Así que cambio de tema.

—¿Se os ha ocurrido un nuevo y siniestro plan para esa estúpida broma de último año?

—Bueno, ya que me lo preguntas tan amablemente, lo cierto es que sí —responde Oliver—. El día antes de que empiecen las vacaciones de primavera, cubriremos los coches de los profesores con alpiste.

—No.

—Quizá no lo hayas entendido. —Oliver adopta una forma de hablar más lenta, más pronunciada—. Pondremos el alpiste por la mañana, y cuando suene el último timbre, todos sus coches estarán cubiertos de excrementos de pájaro.

—Lo he entendido perfectamente —le aseguro—. Sigo pensando que es espantoso.

—Theo opina que es genial —arguye Oliver.

—Ya sabes lo que pienso de Theo. —Lo señalo con el dedo y añado—: Esa cantidad de excrementos destrozará la pintura de los coches. ¿Sabes lo poco que ganan los profesores?

—Contigo siempre tengo las de perder. —Oliver emite una amarga carcajada—. Lo sabes, ¿verdad, Rafferty?

• • •

Al salir de clase de ciencias medioambientales, giro de forma automática hacia el hueco de la escalera, pero tras avanzar dos pasos, me acuerdo de que no tengo nada que hacer allí.

Se me hace raro y un poco triste.

Sé que Oliver, probablemente, está aún en clase de ciencias familiares y podría ir a saludarle o charlar con él durante el recreo. En vez de eso, dejo atrás el aula de la señora Alhambra con paso rápido, agachando la cabeza.

Podría llegar antes a Física, pero entonces estaría sentada en mi asiento cuando Oliver y Ainsley entraran, y la idea de tratar de conversar con ellos evitando al mismo tiempo mencionar a Itch me estresa. De modo que acabo dirigiéndome hacia el hueco de la escalera, porque imagino que es el último sitio donde me toparé con mi exnovio. Al llegar allí me coloco con la espalda apoyada en una esquina, ignorando a todos los estudiantes que se esfuerzan por pasar en un intento de subir o bajar la escalera. No quiero ver a Itch y no quiero ver a Oliver. Ni siquiera quiero ver a Shaun, porque me preguntará cómo fue todo y tendré que revivir el momento de la ruptura con mi relato. Solo hay un chico con el que me apetece hablar ahora mismo, pero tiene un horario muy distinto del mío. De todas formas, le envío un mensaje de texto…

hola, ¿estás ahí?

Y él responde enseguida:

sí, voy camino del trabajo, ¿qué ocurre?

Itch y yo hemos roto.

¿estás bien?

Me detengo antes de teclear una respuesta, pero decido contarle la verdad.

estoy triste

Se produce una pausa antes de que su mensaje aparezca en mi pantalla:

lo siento, cariño. es un idiota si no ve lo bonita que eres, la mejor chica del mundo, sin ninguna duda.

Yo podría aclarárselo, explicarle que he sido yo quien ha roto con él, que estoy triste porque es el fin de algo, porque el cambio es duro, porque el cambio me da miedo. No es preciso que alguien me rompa el corazón para que me duela.

Pero eso es demasiado complicado, de modo que tecleo solo dos palabras:

gracias, papá.

• • •

Almuerzo en la biblioteca. Está prohibido entrar comida aquí porque temen que se nos caiga un trozo de pizza sobre los libros o algo por el estilo, pero me siento a una mesa de estudio y oculto mi sándwich detrás de una revista.

Nadie me dice nada.

• • •

Cuando Darbs entra en clase de español, se dirige directamente hacia mi silla y me toca en el hombro.

—¿El primer día de vuelta a clase y ya has almorzado con las Pompones?

—No —contesto—. He almorzado en la biblioteca.

—Está prohibido comer en la biblioteca.

—¿Desde cuándo acatas las reglas?

—Yo no las acato —asevera Darbs—. Pero tú sí. ¿Qué pasa?

Se desliza hacia la silla a mi lado ignorando el resoplido de enojo de Zoe Smith, que se disponía a sentarse.

—Itch y yo hemos roto.

Darbs asiente de una forma que imagino que es para demostrar su infinita sabiduría.

—Ahora todo tiene sentido.

—¿Por qué? ¿Ha hecho Itch algún comentario durante el almuerzo?

—A él tampoco lo hemos visto. ¿Por qué lo has hecho?

—¿Por qué supones que he sido yo quien ha roto con él y no a la inversa?

—Venga, June. —Darbs me mira ladeando la cabeza—. Para un tipo tan cuadriculado como Itch, esas chorradas de almorzar con los atletas y escucharte hablar sobre partidos de fútbol eran demasiado. Se esforzaba en mantener esa pose para complacerte. —Pestañeo y ella me sonríe de manera compasiva—. Hace tiempo que te cansaste de él. —Yo asiento y Darbs extiende los brazos a través del pasillo para abrazarme—. Tranquila, Junie. El hecho de haber cambiado de opinión no te convierte en mala persona.

Siento un nudo en la garganta y trago saliva.

—¿Cómo te van las cosas? —pregunto para dejar de hablar sobre Itch—. ¿Sabes algo de Yana?

—No —responde Darbs—. Pero durante las vacaciones de invierno me lo monté con Ethan Erickson. —Casi me atraganto con el chicle. Darbs me da una fuerte palmada en la espalda y al cabo de un segundo, mi tos se transforma en risa—. ¿De qué te ríes? —me pregunta cuando está claro que no voy a morir.

—Yo me lo monté con Ethan Erickson durante las vacaciones *de verano.*

Darbs me mira pasmada y también rompe a reír. Cuando suena el timbre, las dos seguimos riéndonos tan estrepitosamente que la señora Fairchild nos dirige una mirada reprobatoria desde la parte delantera del aula y se niega a dar comienzo a la clase hasta que no nos hayamos calmado.

• • •

—¿Qué tal tu fin de semana? —me pregunta Oliver cuando me abrocho el cinturón de seguridad y enfilamos la carretera.

—Genial. Fui a ver actuar a una banda punk en un almacén en Ypsilanti. El precio de la entrada incluía una descarga gratuita, de forma que no temas: los oirás multitud de veces cuando te demuestre una vez más que yo tengo razón y tú estás equivocado.

—¿Son ruidosos y gritones?

—Los más ruidosos y gritones.

—Fantástico. ¿Con quién fuiste? ¿Con Itch?

Vaya, ahora esto.

Ha pasado una semana, durante la cual Itch me ha evitado como al baile de fin de curso, y no he contado aún a Oliver que Itch y yo hemos roto. Ya no me parece relevante. Al menos, no hasta que Oliver lo menciona y recuerdo que piensa que aún estamos juntos.

Mierda.

—No —respondo—. Fue una noche de chicas. Solo Lily, Darbs y yo.

Oliver arquea una ceja.

—¿A Lily le gusta el punk?

—Lily tolera el punk —le aclaro—. Pero le encantan los chicos punkis.

—Jamás lo habría sospechado —comenta Oliver meneando la cabeza—. Qué interesantes son las personas.

—Ni que lo digas.

• • •

Al día siguiente, decido tomar la iniciativa. Al menos en un área de mi vida.

Nada más sonar el timbre, salgo a la carrera de la clase de historia universal y consigo entrar en el edificio contiguo y llegar a la segunda planta justo cuando Itch se marcha de la clase de la señora Jackson.

—Hola —saludo.

—Hola. —Itch no se detiene. Tengo que dar media vuelta y apretar el paso para alcanzarlo.

—Para —le pido—. Por favor. —Itch aminora un poco, sin detenerse, de modo que lo agarro de la manga—. ¿Quieres hacer el favor de pararte? He venido corriendo desde el edificio principal y necesito un segundo para recobrar el aliento.

Él se detiene, sacudiendo el brazo para que yo lo suelte.

—¿Qué quieres, June?

—No tiene que ser así —le digo—. No tenemos que evitarnos el uno al otro y hacer que todos los demás se sientan incómodos.

—Los demás están perfectamente.

—Yo no lo estoy. Te echo de menos. —La expresión de Itch no cambia, pero sus hombros se tensan y el resto de él se queda quieto—. Te echo de menos como amigo —aclaro.

Itch lanza un pequeño resoplido y aprieta los labios con fuerza.

—Ya tengo amigos.

—¿De veras? Pensé que teníamos los mismos amigos, y al parecer ellos tampoco te ven. Solo te pido que vengas a almorzar de nuevo con nosotros. Somos personas civilizadas. No somos unos cretinos incapaces de afrontar un cambio en nuestra dinámica interpersonal. —Le tiro del brazo—. Además, pienso que ellos también te echan de menos.

Itch me mira durante un largo momento.

—¿Estabas mintiendo? Cuando dijiste que no había otra persona, ¿era mentira?

—No —respondo de inmediato—. No era mentira. Estoy completamente soltera y no creo que eso vaya a cambiar en un futuro previsible.

—De acuerdo. —Itch echa a andar por el pasillo.

Lo observo alejarse durante un segundo antes de gritar:

—¡Espera! Espera, Itch. —En vista de que no se detiene, echo a correr detrás de él. Esta vez consigo seguirle el paso, aunque tengo que dar dos zancadas por cada una que da él—. ¿Adónde vas?

—A la cafetería. Nuestros amigos probablemente ya están allí.

Me paro en seco y luego tengo que correr de nuevo para alcanzarlo.

—Tienes razón. Probablemente ya habrán llegado.

Nos dirigimos juntos hacia allí.

17

—Mira esto. —Oliver toma la autopista—. Sal gema.

—Sal gema —repito.

—La utilizaremos para escribir en el campo de fútbol el año de nuestra clase en números gigantescos. —Oliver alza una mano ante mi rostro—. Antes de empezar a protestar, escúchame. —Como es verdad que me disponía a protestar, lo único que puedo hacer es cerrar la boca—. Al principio nadie se dará cuenta. El campo tendrá exactamente el mismo aspecto de siempre, pero luego la sal empezará a matar lentamente la hierba y los números aparecerán poco a poco. Como por arte de magia.

—Por arte de magia.

—¡Magia! —Oliver mueve las manos como si hiciera un truco de naipes—. Lo mejor de todo es que no habrá animales.

Sonrío porque está como una regadera, pero sigo sin aprobar la idea de esa broma. Sin embargo, finjo meditar en ello.

—Parece una broma bastante razonable. No haréis daño a nadie.

—¡Exacto! ¡Solo a la hierba!

—Y la hierba volverá a crecer, ¿no? No es que tenga que cubrir el campo de forma permanente o algo así.

Oliver sonríe con gesto triunfal.

—¡La inflexible June Rafferty por fin aprueba nuestra idea!

—Sí —asiento, fingiendo todavía—. Solo es un campo de fútbol. Solo es el *escenario* en el que se desarrollan una multitud de dramas de instituto, los cuales se hundirán en el olvido en cuanto desaparezcamos todos..., más o menos como la hierba debajo de tu sal gema.

Oliver me mira cariacontecido.

—No lo apruebas, ¿verdad?

—No.

—Y vas a incluir una nueva canción.

—Sí.

—Eres imposible —me dice.

—Vas a cansarte de oír a The Clash.

—De acuerdo —contesta Oliver—. ¡Vuelta a empezar!

• • •

Casi he terminado mi sándwich cuando pregunto:

—¿Dónde está Itch?

Es una pregunta razonable, dado que durante las últimas semanas ha almorzado con nosotros.

El refresco de Darbs se detiene a medio camino entre la mesa y su boca.

—No lo sé —responde, mirando a Lily de refilón.

—¿Qué? —pregunto—. Me he dado cuenta, Lily. ¿A qué viene esto? ¿Qué ocurre?

—Cálmate —dice Darbs—. Ayer no viniste. Estuviste de nuevo con las Pompones. Itch puede hacer lo mismo. Puede almorzar en otro sitio.

Miro alrededor de la cafetería. No veo a Itch en ninguna mesa.

—¿En qué otro sitio?

Lily es quien me lo aclara.

—Está almorzando en la sala de dibujo.

—¿La sala de dibujo? Itch no da clase de dibujo. ¿Lo hace para evitarme? Creí que ya habíamos superado eso. Todo iba bien entre nosotros. ¿No os parecía que todo iba bien entre...? ¿Qué?

—Creo que no tiene nada que ver contigo —responde Darbs con un tono excesivamente afable.

—Pues claro que sí. ¿Por qué iría sino a almorzar a la sala de dibujo?

—Porque es donde almuerza Zoe —me informa Lily.

—¿Zoe Smith? ¿Qué tiene que ver Zoe Smith con...? ¡Ah! —De repente las sinapsis se conectan—. A Itch le gusta Zoe.

—Y a Zoe le gusta Itch —se apresura a aclarar Darbs, y Lily le da un codazo—. ¿Qué?

—Me parece estupendo —digo—. En serio, me parece bien.

Y es verdad. O al menos, debería serlo. Como dije a Oliver, nada de esto importa realmente. En el orden general de la vida, Itch no es más que un chico con el que salí un tiempo cuando iba al instituto. Un socavón en la carretera.

Sin embargo, no deja de ser fastidioso que tu socavón esté con otro socavón poco después de que la carretera haya sido asfaltada.

O algo así.

• • •

—¿Qué haces para San Valentín? —me pregunta Oliver.

—Nada —contesto automáticamente, porque estoy tratando de añadir mi última victoria a nuestra *playlist* compartida. (¡Gracias blogosfera por el artículo sobre la conformidad adolescente y su influencia en unos logros más limitados!)

—¿No vas a prepararle al menos unas galletas o algo?

Maldita sea. Se refiere a Itch. Aún no he dicho a Oliver que hemos roto, y cuanto más tarde en hacerlo más complicado me resultará explicárselo.

—Bueno, sí. Supongo que sí. Galletas. Qué buena idea. —*Maldita sea, maldita sea, maldita sea*—. ¿Qué vas a hacer tú?

—Confiaba en que se te ocurriera una idea brillante. Algo fuera de lo corriente.

—¿Flores?

—Llámame loco —dice Oliver—, pero supuse que a ti, con tu cerebro superdotado, se te ocurriría algo más original que unas flores.

—¿Unas galletas en forma de flores?

—Eres insoportable —dice Oliver, pero se ríe.

Yo no me río. Estoy molesta. Muy molesta. Lo peor es que no solo continúo con esta estúpida mentira-por-omisión, sino que no me apetece sugerir un atractivo regalo para que el atractivo Oliver se lo ofrezca a la atractiva Ainsley el día de San Valentín.

Por Dios.

Piérdete.

• • •

Más tarde se lo pregunto a Darbs.

—¿Haces algo por San Valentín? ¿Con Ethan?

—Qué ordinariez, claro que no. —Darbs rebusca entre el montón de papeles que tiene en su taquilla.

—¡Cómo quieres que lo sepa! El baile de fin de curso te parece de lo más romántico.

—Sí, porque puedes pasar cerveza de contrabando. Convertirlo en una cita con un chico. El día de San Valentín ni siquiera es una fiesta. Es un invento comercial.

No le falta razón.

De repente Theo se interpone entre nosotras, se apoya contra las taquillas y mira a Darbs.

—Tengo un carné falso —le informa—. Puedo suministrarte toda la cerveza que quieras el día de San Valentín.

Darbs lo mira despectivamente.

—¿A cambio de qué?

—Una mamada.

En serio, una bomba nuclear es más sutil que Theo.

—Preferiría que me hirvieran en aceite caliente —replica Darbs—. O morir a causa de mil cortes hechos con papel salado.

—¿Por qué? —Theo me señala con el dedo—. Ella se lo hace a su compañero de trayecto todos los días.

—¡Es mentira! —estallo, furiosa y ofendida—. Eres un gilipollas.

—Como quieras. —Theo se vuelve hacia Darbs—. Venga, tú se lo haces a cualquiera. Chicos. Chicas. Todos son tu tipo. No veo por qué os ponéis así.

Darbs y yo lo miramos enfurecidas.

—En realidad, solo tengo un tipo —afirma Darbs—. Humano. Y tú no entras en esa categoría.

Cierra la puerta de su taquilla con violencia y echa a andar por el pasillo. Me dispongo a seguirla cuando Theo me agarra por el hombro.

—Hafferty.

Yo me suelto bruscamente.

—¿Qué quieres?

—Deja de joderme los planes.

Yo suelto una carcajada.

—Aunque te pusiera una alfombra roja, Darbs ni siquiera te miraría.

—No me refiero a ella —dice Theo—. Me refiero a Oliver.

Por un momento pienso que Theo ha perdido la chaveta.

—¿De qué estás hablando?

—No es más que césped. —Theo me mira arrugando el ceño—. Pero, claro está, tú tienes que oponerte porque eres una aguafiestas y él te escucha. No te metas. Nadie se traga esa pose de «ahora soy una tía guay». Deja que los demás nos divirtamos. —Me dirige una última mirada asesina antes de marcharse airadamente.

Quizá debería sentirme disgustada por su ataque, pero en lugar de ello me centro en la parte que parece un cumplido. Una cosa positiva. Un recordatorio: Oliver me escucha.

• • •

Al día siguiente, estoy en Física. La clase ha comenzado hace diez minutos y Oliver aún no ha aparecido. En otras circunstancias no me extrañaría, pero esta mañana me ha traído en coche al instituto y no me comentó que fuera a ausentarse. Además, al entrar en el aula, Ainsley se detuvo junto a mi mesa para preguntarme si lo había visto.

No tengo ni idea.

Estoy tomando notas sobre la inercia rotatoria cuando un estudiante de un curso inferior abre la puerta con gesto indeciso y se dirige hacia la mesa de la profesora. Entonces comprendo por qué me resulta familiar. Es el estudiante de segundo del equipo de fútbol, el que un día llevó grabada (brevemente) la silueta de un pene y unos testículos en la cabeza gracias a Theo Nizzola.

Dice algo en voz baja a la señora Nelson y ambos me miran. La señora Nelson me indica con el dedo que me acerque a su mesa y obedezco, sabiendo que el resto de la clase se está preguntando qué he hecho.

—Baja al despacho —me dice.

—¿Por qué?

El estudiante de segundo se encoge de hombros.

—Dicen que necesitan preguntarte algo. Creo que se han dañado unos archivos del ordenador de la escuela o algo parecido.

—Gracias —respondo, y el estudiante asiente antes de salir del aula sin hacer ruido.

—¿Tengo que llevarme mis cosas? —pregunto a la señora Nelson, pero la profesora ya está en la pizarra escribiendo sobre integrales triples con su letra grande y redonda, de modo que tomo la decisión por mi cuenta y recojo mis bártulos. Más vale prevenir que curar. Salgo de clase de Física, cerrando la puerta a mi espalda, y me vuelvo para echar a andar por el pasillo.

Oliver está frente a mí.

Yo me sobresalto.

—¡Qué susto me has dado! —digo en voz alta, y entonces recuerdo que estamos junto al aula. Bajo la voz y murmuro—: ¿Qué haces aquí? —Oliver abre la boca para responder, pero yo lo corto—. Ya me lo contarás más tarde. Tengo que bajar al despacho.

—No es necesario.

—Te aseguro que sí. Ha venido un estudiante a…

—Se lo pedí yo. Lo hizo por mí. No te necesitan en el despacho.

Lo miro boquiabierta.

—Eres realmente el Rey de Todo.

Pero a Oliver no le hace gracia mi comentario. De hecho, me mira cabreado.

—Acabo de hacer algo que quizá te sorprenda —me informa—. Te doy tres oportunidades para que lo adivines. Anda, inténtalo.

Esto es rarísimo. Oliver me saca de clase, se cabrea conmigo y me propone un acertijo en el pasillo. Como no tengo ni idea de lo que ha hecho, respondo con un comentario jocoso.

—¿Has obtenido un sobresaliente por una nueva receta en clase de ciencias familiares?

—Respuesta incorrecta —dice Oliver—. Y tus otras dos respuestas también serán incorrectas, así que te lo diré. He pegado un puñetazo a Itch en la boca.

—*¿Qué?* —Mi mochila cae al suelo. ¿Por qué?

—Es una historia bastante curiosa.

—Sinceramente, lo dudo. —Ahora soy yo quien está cabreada. ¿Qué clase de neandertal se dedica a partirle la boca a la gente?

—Cuando me dirigía hacia mi taquilla para coger mi libro de Física, sin meterme con nadie, ¿adivinas a quién vi en el hueco de la escalera?

—Creo que has dejado claro que no te interesa que intente adivinar tus acertijos —replico, colocándome en jarras.

—Tienes razón —admite Oliver—. A Adam «Itch» Markovich besuqueándose con Zoe Smith.

Tardo un segundo en unir las piezas. Mi exnovio montándoselo en nuestro exnido de amor con su nueva novia. Qué grosería. Pero ¿por qué reaccionó Oliver...?

¡Ah!

Mierda.

Mis manos vuelan hacia mi rostro como por iniciativa propia para cubrir mi boca.

—Oliver, yo...

—Estaba furioso —continúa Oliver—. Furioso por lo que le estaban haciendo a mi buena amiga June Rafferty, una de mis mejores amigas, con la que choqué los cinco e hice la solemne promesa de decir siempre la verdad, una amiga a la que no quiero que lastimen. Por eso seguí a Itch hasta la sala de estudio y le aticé un puñetazo en la boca. Porque estaba engañando a mi buena y *honrada* amiga.

—Oliver… —Lo intento de nuevo, pero no sé qué decir. No encuentro las palabras adecuadas.

—Itch parecía no entender por qué le había pegado —continúa Oliver—. No trató de devolverme el golpe ni de defenderse.

—¿Qué sucedió? —pregunto a través de mis dedos.

—Dijo «Tío, ¿a qué viene esto?», se limpió la sangre de la boca y me miró estupefacto. Y entonces me di cuenta de que no lo había comprendido. De forma que le expliqué por qué me había sentido obligado a defender tu honor.

—Lo siento mucho. —No se me ocurre decir otra cosa.

—Y entonces averigüé qué *no* hay ningún honor que defender, que Itch y tú habéis roto, que tú rompiste con él hace *semanas* y no me lo comentaste aunque pasamos juntos todas las mañanas. Aunque ayer mismo, *ayer*, te pregunté qué ibais a hacer Itch y tú por San Valentín, y en lugar de contarme la verdad, fingiste que seguíais juntos.

—Oliver. —Avanzo un paso hacia él, pero retrocede.

—Déjalo —dice—. No puedes arreglarlo con grandes palabras ni floridos discursos. Quizá me tomas por un tipo musculoso y cretino que se dedica a golpear a la gente…

—¡Te juro que no!

—… pero para que lo sepas, jamás había golpeado a nadie excepto en un partido de fútbol. Ahora, debido a ti, me he convertido en un tipo que se dedica a partirle la boca a la gente. —Oliver me mira furibundo y siento miedo de lo que le he hecho, de su furia—. Gracias por ese favor, June. Muchas gracias.

Oliver da media vuelta y echa a andar por el pasillo. Yo lo observo, sintiendo que el temor se acrecienta y expande dentro de mí. No temo que me haga daño. Temo haberlo herido de un modo que nunca cicatrizará.

• • •

No regreso a clase de Física. En su lugar, espero junto a la sala de estudio hasta que suena el timbre y los estudiantes abandonan el aula. Al verme, Itch da media vuelta y echa a andar en dirección opuesta, obligándome a correr detrás de él.

—Itch, por favor —digo, trotando junto a él—. Lamento que Oliver te haya golpeado.

Él se para en seco y me mira con los ojos entrecerrados.

—Oliver lamenta haberme golpeado. Oliver me lo ha repetido un centenar de veces. Oliver insistió en comprarme varios refrescos helados para que me los aplicara en el lugar donde el puño de Oliver había conectado con mi boca.

Observo el labio inferior de Itch. Está hinchado pero no demasiado. Me siento un poco más aliviada. A fin de cuentas, he visto a Oliver lanzar un balón. Tiene un brazo tremendo. Está claro que no golpeó a Itch con todas sus fuerzas.

—¿Por qué no se lo dijiste? —me pregunta Itch—. ¿Por qué fingiste que seguíamos saliendo juntos? Fuiste tú quien rompiste conmigo, así que ¿cuál es tu problema?

Lo único que puedo decir es la verdad al cien por cien:

—No lo sé.

Itch me observa un rato en silencio. Por fin habla:

—En realidad, me tiene sin cuidado el problema que tengas. Tu problema no es mi problema. Ya no.

Y por segunda vez en un día, un chico me deja plantada en el pasillo y se marcha.

18

A la mañana siguiente, me preparo para la jornada y me insuflo ánimos releyendo la encantadora nota que mi padre me envió junto con las flores por mi cumpleaños. Trato de convencerme de que soy una persona decente. Por eso tengo la nota pegada en el tablero de mi dormitorio: justamente para estas emergencias.

Lo cierto es que no ayuda.

No obstante, como *Oliver* es una persona decente, aparece delante de mi casa como cualquier otra mañana entre semana.

—No sabía si vendrías —le digo en cuanto me monto en el mastodonte.

—Siempre cumplo mis promesas —responde Oliver dando marcha atrás hacia la calle. Le agradezco que no haya añadido «a diferencia de ti». Sin embargo, no me mira.

—Lo siento —me disculpo.

—Lo sé.

—¿Qué puedo hacer?

Oliver guarda silencio un rato. Por fin dice:

—Puedes explicarme por qué.

—Esto es el instituto, ¿recuerdas? La gente siempre sabe cuándo sales con alguien, y también sabe cuándo rompes con alguien.

—Los amigos lo saben antes que los demás —matiza Oliver—. Los amigos se cuentan los grandes acontecimientos que ocurren en sus vidas. Yo pensé…

Se detiene y yo remato la frase por él.

—Pensaste que tú y yo éramos amigos. —Oliver asiente—. Lo somos —digo.

Los prados nevados desfilan junto a nosotros en silencio. La carretera discurre en silencio. La calle Mayor es un doloroso y desierto silencio. No se me ocurre la forma adecuada de romperlo, de aliviar la tensión. Todas las frases que redacto en mi mente me parecen vacuas y manidas. Todas las disculpas, todas las excusas. No tienen ningún sentido, porque…

Porque yo misma no tengo ningún sentido.

Esto es lo que comprendo cuando entramos en el campus: que yo, June Rafferty, no tengo ningún sentido. Y es lo que transmito a Oliver.

Mi amigo Oliver.

Cuando aparca el coche, apoyo la mano en su brazo.

—Espera.

Oliver pone el coche en punto muerto pero no apaga el motor. Mantiene los ojos al frente a través del parabrisas y hace lo que le pido. Esperar.

—No hubo ninguna razón. Itch no hizo nada malo. Era el mismo chico de siempre. Pero yo… —Me detengo presa de nuevo de una sensación de culpa—. Dejé de sentirme atraída por él. No era como antes. Eso desapareció por completo y, por más que me esforzara, no volví a sentirlo. —Mis palabras brotan más rápidamente cuando empiezo a expresar mi confusión—. Odio haberle hecho eso a Itch, pero habría sido peor si hubiera continuado de esa forma, poniendo un pie delante del otro, avanzando en la misma dirección cuando lo único que deseaba era tomar otro camino y…

—¿Qué camino? —Oliver se vuelve para mirarme. El sol matutino brilla a su espalda, iluminando su pelo rubioblanco y convirtiéndolo en un halo, y yo vuelvo a quedarme muda. Oliver se inclina hacia mí. Me mira a los ojos—. ¿Qué otro camino querías tomar?

Trago saliva.

—Yo no… Solo sabía que no podía seguir por ahí.

Oliver me observa durante un larguísimo momento. Siento un cosquilleo en mi interior y al cabo de un rato se aparta, apoyándose contra la ventanilla.

—Hiciste lo que debías hacer.

—¿Tú crees?

—No el hecho de no decírmelo. Eso estuvo mal. Me refiero a romper con Itch. —Saca las llaves del contacto y se vuelve sobre el asiento para rescatar su mochila del suelo—. Habría sido peor seguir con alguien por conveniencia o porque el último año de instituto terminará dentro de poco o por otra razón. Eso habría sido peor.

Antes de que yo pueda responder, Oliver abre su puerta y se apea del coche.

—Estás perdonada —dice—. Pero a partir de ahora…

—No habrá secretos —lo interrumpo—. Lo prometo.

—Bien —asiente Oliver, y cierra la puerta.

• • •

Cuando me acerco a mi taquilla para cambiar un libro de ciencias por otro, veo a Ainsley junto a ella. Sus ojos, más chispeantes que de costumbre, contrastan con su tez morena clara.

—¡Tía! —exclama, rodeándome con un brazo—. ¡Eres la protagonista de un superculebrón! ¿Qué ha sucedido entre Itch y tú? ¿Te ha engañado con Zoe?

Perfecto. Ahora esto.

—¿Te lo ha dicho alguien? —pregunto para ganar tiempo, girando el dial de mi taquilla.

—*Varias* personas.

—Pues se equivocan. —Me aparto de ella para abrir la puerta y dejar mi libro de ciencias medioambientales dentro—. Itch no me ha engañado. Yo rompí con él y él empezó a salir entonces con Zoe. Es algo totalmente legítimo y no tiene mayor importancia. Ha sido un malentendido. Oliver no debió pegarle un puñetazo.

Cuando me vuelvo compruebo que Ainsley me mira con asombro. Sus ojos se fijan en los míos y sus cejas se unen lentamente.

—¿Qué?

¡Ups!

Omití decirle a Oliver que había roto con Itch, y Oliver omitió decirle a Ainsley que le había pegado un puñetazo. Ella se enteró de la ruptura por medio de otra persona (mejor dicho, por medio de *varias* personas), pero aún no había averiguado que su novio había golpeado a mi exnovio, probablemente porque ¿cómo le dices eso a alguien?

De repente, la situación se hace incómoda.

—¿Oliver *pegó* a Itch?

—Pues... ¿sí? —Surge de mi boca como una pregunta—. Oliver lo vio besando a Zoe y pensó que me estaba engañando. Por lo que dices, parece que no fue el único que lo pensó, pero supongo que Oliver se lo tomó... demasiado en serio.

Ainsley no dice nada. Me observa como tratando de descifrar algo. Si lo consigue, espero que lo comparta conmigo.

—¿Por qué no sabía Oliver que habías roto con Itch? Estáis juntos todas las mañanas.

Ah, la pregunta del millón.

—Oliver y yo no hablamos de temas personales.

No es exactamente verdad, pero tampoco es mentira. ¿Cómo le explicas a alguien que has pactado mantener una amistad sincera con su novio? Es una cosa positiva, pero de alguna forma no lo parece.

Esto se pone cada vez más complicado.

Ella sigue observándome atentamente, y no logro descifrar qué está pensando. Se produce una larga pausa, durante la cual no puedo evitar preguntarme si Ainsley tiene inclinaciones violentas. A fin de cuentas, su novio asestó un puñetazo a un compañero. Puede que Ainsley y Oliver se sintieran atraídos debido a su mutua afición por la violencia física.

Ainsley extiende un brazo hacia mí y me apresuro a retroceder, pero es más rápida que yo. Al cabo de un segundo me rodea con sus brazos.

—Pobrecita —me murmura al oído—. Qué embarazoso.

¿Embarazoso? Se me ocurren otros términos más apropiados, pero no voy a discutir con ella por una cuestión semántica. De modo que digo:

—*Muy* embarazoso.

—Me refiero a Zoe Smith —aclara Ainsley estremeciéndose—. El año pasado aprobó Química porque dejó que el señor Welch le mirara las tetas.

Trato de imaginarme a Zoe haciendo eso. Tiene un temperamento artístico y es un poco rara, pero ¿una exhibicionista? No sé.

—No te preocupes —dice Ainsley—. Tú eres mucho más mona que ella.

Lo que menos me preocupa es el lugar que ocupo en materia de belleza en relación con Zoe, pero teniendo en cuenta lo inaudito de esta situación, estoy dispuesta a dejar que Ainsley crea que esa es mi principal preocupación.

—¿En serio? ¿Tú crees?

—Sin duda —me asegura Ainsley.

—Fenomenal —exclamo, aunque esta conversación no tiene nada de fenomenal.

• • •

Pesco a Oliver solo justo cuando se dispone a entrar a almorzar en la cafetería.

—Te comunico que Ainsley se mostró un poco sorprendida al averiguar el follón que tuviste con Itch. Creo que deberías decirle que sientes una especial inquina contra las personas que engañan a sus parejas o algo así… ¿Qué pasa?

Oliver me mira sonriendo.

—Todo va bien, Rafferty. A Ainsley le chiflan los caballeros de reluciente armadura. Opina que lo que hice fue muy caballeroso. —Al observar mi expresión, se apresura a agregar—: No te preocupes. No voy a pegar a nadie más. Solo digo que este cuento, por esta vez, ha tenido un final feliz.

—Excepto que Itch tiene el labio partido sin haber hecho nada.

Al menos, Oliver tiene el detalle de exhibir una expresión contrita.

—Sí, excepto eso —dice.

Dios, no veo el momento de largarme de aquí.

19

Me encuentro con Shaun frente a su taquilla después de reunirnos en el aula principal. Me da una rosa marchita y yo le doy una galleta quemada en forma de corazón, tras lo cual nos dirigimos a clase de inglés avanzando cogidos de la mano. Nadie nos mira con extrañeza.

—¿Estás seguro de que no puedes ser hetero? —le pregunto—. Lo simplificaría todo.

—Es verdad —responde Shaun en un tono más serio que de costumbre, lo cual hace que me pregunte qué le pasa.

—¿Cómo está Kirk?

—Bien, supongo. —Shaun emite un largo y profundo suspiro—. Pero me gustaría que hoy estuviera aquí y no tuviéramos que mantener una relación a distancia. Podríamos ir al cine o hacer los deberes juntos o montárnoslo en las gradas o lo que suele hacer la gente cuando viven en el mismo lugar.

—Montárselo en las gradas no es tan fantástico como dicen. Hace demasiado calor o demasiado frío y alguien siempre está en una postura incómoda.

—Seguro que es mejor que esto. —Shaun me obliga a detenerme. Toma mi otra mano y cierra los ojos mientras un grupo de estudiantes pasa junto a nosotros en el pasillo—. No —dice, negando con la cabeza—. No me gusta.

—¿Qué haces?

—Cierra los ojos.

Obedezco porque es Shaun.

—¿Y ahora qué?

—Elige a una persona. A alguien como Itch, de tu pasado. O a otra persona. Da lo mismo, mientras la conozcas. Trata de visualizarla.

Visualizo a Shaun.

—Hoy estás muy mono. Bonita camiseta.

Shaun me aprieta las manos.

—Venga, una persona que hace que el corazón se te acelere.

La imagen de Oliver aparece detrás de mis párpados. Está sonriendo y veo la hilera superior de sus dientes. Sus ojos me miran chispeantes y se lo ve feliz, tan feliz que hace que las comisuras de mis labios se curven hacia arriba.

—¿Has elegido a alguien?

—Sí.

—Bien —dice Shaun—. ¿Ves a esa persona? ¿La ves realmente?

La sonrisa de mi Oliver imaginado se ensancha. Se inclina hacia mí y de pronto me imagino algo más que el aspecto que tiene. Me imagino su olor a limpio, a jabón; oigo el sonido de su risa en el interior del mastodonte.

—Sí —murmuro. Shaun no responde, de modo que abro los ojos.

Me está mirando con una expresión de profunda tristeza. Esboza una sonrisa melancólica, angustiada y desgarradora.

—Cuando cierro los ojos, ya no veo a Kirk —expone—. Antes me lo imaginaba con toda claridad. En Rutgers hay un pasillo, en la planta baja del edificio principal, donde solíamos quedar. La primera vez que nos besamos fue allí, en un rincón, debajo de una de esas siniestras lámparas fluorescentes que hace que todos tengamos un aspecto horrible. Todos menos Kirk. Incluso debajo de esa iluminación verdosa parecía un dios griego. Siempre me lo imaginaba así, el aspecto que tenía debajo de esas luces.

—Pero la tecnología... —apunto. Shaun lo capta al instante.

—Lo empeora. Hablamos a través de nuestros móviles o nuestros ordenadores y se supone que es mejor, que nos conecta, pero ahora, cuando cierro los ojos, lo único que veo es la versión tecnológica de Kirk. Pixelado, borroso o congelado porque la conexión se ha cortado. —Shaun suspira de nuevo y me compadezco de él—. Quizá sea eso lo que ha sucedido. Nuestra conexión se ha cortado.

—Eres un poeta —comento, y sus ojos se fijan en los míos. A continuación esboza una amplia sonrisa porque se da cuenta de que trato de quitar hierro al asunto. Suavizarlo. Aliviarlo de la única forma que sé.

—Y tú una gilipollas —me dice.

—Te quiero —respondo, abrazándolo con fuerza.

—Yo también te quiero.

—Feliz día de San Valentín, Shaun.

—Feliz día de San Valentín, June.

• • •

Después de almorzar, me dirijo a clase de Español III cuando todo adquiere un color rojo oscuro. Alguien me ha tapado los ojos con las manos. Me vuelvo rápidamente, colocándome sin querer dentro del círculo que forman los brazos de Oliver, y lo miro. Ambos nos apresuramos a apartarnos, retrocediendo.

—¿Qué haces? —Mi tono suena beligerante, que es lo contrario de cómo me siento.

—Tengo un regalo para ti.

Un rojo subido se extiende sobre mi pecho y por encima de mi clavícula, haciendo que sienta el horrendo triunvirato de sonrojo, cabreo (conmigo misma) y vergüenza.

—¿En serio? —respondo tratando de asumir un tono despreocupado sin conseguirlo.

Oliver mete la mano debajo de su chaqueta y observo un bulto en su lado izquierdo, como si ocultara algo allí.

—Lo he hecho yo mismo.

Me ruborizo aún más y trato de disimularlo dirigiendo a Oliver una mirada de fastidio.

—¿Por qué?

Él se ríe.

—Eres tan previsible. —Saca el objeto que guarda en la chaqueta y me lo ofrece con gesto de exagerada cortesía. Yo lo acepto y lo miro... sin dar crédito.

—Es un cojín —digo.

Oliver se ríe de nuevo.

—Tus facultades de percepción son apabullantes.

—¿Gracias? —La verdad es que no sé qué hacer con un cojín que parece de fieltro y es de color turquesa por un lado y fucsia por el otro. Además, una esquina está truncada, como si alguien la hubiera cortado y vuelto a coser.

—Es para las mañanas —me explica Oliver—. Porque piensas que mi coche es demasiado grande y no estás cómoda en él. Puedes sentarte sobre el cojín.

Lo que Oliver acaba de darme es, con diferencia, el regalo más extraño que me han hecho jamás, pero no es por eso por lo que me siento turbada. Me siento turbada porque es un regalo. Lo único que atino a hacer es aceptar el cojín y farfullar una palabra de agradecimiento.

—Gracias.

—¡Feliz día de San Valentín! —exclama Oliver, que no parece en absoluto turbado. Se lo ve feliz.

Maldita sea. Oliver es más que guapo.

Es hermoso.

20

Mi madre y yo nos disponemos a comenzar otra partida de Scrabble. Ha sido idea de ella, sospecho que porque se siente culpable por haberme prohibido irme a vivir con mi padre el año que viene. Me han negado la ayuda económica en todas las universidades de Nueva York en las que presenté una solicitud de ingreso, pero supuse que podríamos resolverlo si me iba a vivir con él. Pero mi madre dice que el apartamento de mi padre es muy pequeño y el barrio, poco recomendable. Cuando hablé con mi padre del tema, dijo que le encantaría, pero no quería disgustar a mi madre. Por tanto —dado que mi madre lleva un tiempo aportando dinero para el programa de matrícula prepagada en la Universidad de Míchigan— todo indica que el año que viene iré a la U de M.

No es mi primera elección, pero supongo que no lo pasaré tan mal. Darbs irá a la Eastern, de manera que podremos vernos, y Shaun estudiará en la Ohio State, que está a tan solo tres horas en coche. Pronostica que, por el fútbol, nos enzarzaremos en una enconada rivalidad que quizás acabe con nuestra amistad.

Oliver no ha tomado aún una decisión, de lo cual me alegro. Desde el día de San Valentín, soy más cautelosa respecto a él, procurando no cruzar ninguna línea roja.

Y preocuparme sobre lo que va a hacer el año que viene me da la sensación de que es cruzar una línea roja.

Para la Noche de Vinculación Efectiva Madre-Hija, mi madre está preparando sidra de manzana caliente. Añade unas especias al humeante recipiente mientras yo meto una bolsa de palomitas de maíz en el microondas. Justo cuando pulso el botón del aparato suena el teléfono fijo.

—Ya lo cojo yo —dice mi madre, por lo que deduzco que espera una llamada de Cash.

Cuando se dirige hacia el cuarto de estar, observo la cuenta atrás de los números digitales en el microondas y me pregunto si Shaun habrá hablado ya con Kirk. Me dijo que esta noche quería hablar con él sobre «la calidad de su relación», aunque no sé a qué se refiere exactamente con eso. Mientras suenan los primeros chasquidos de la bolsa, mi madre contesta al teléfono en la otra habitación. «¿Hola?», dice con ese tono interrogante que uno utiliza cuando no sabe quién está al otro lado del hilo telefónico.

Es lo que tienen los teléfonos fijos.

Sigo pensando que es Cash hasta que mi madre dice «¡¿Qué?!» y oigo el impacto de un objeto pesado, como si se le hubiera caído un libro de las manos. Siento un pellizco en el vientre y de pronto me imagino a mi padre muerto en Nueva York, atropellado por un taxi o herido mortalmente por la bala de un terrorista. Si eso sucediera, esta sería la forma en que me enteraría.

Me alejo del microondas para oír con más claridad. La voz de mi madre sube una octava y dice cosas como «Pero ¿me estás tomando el pelo?» y «¡Cálmate, voy para allá!», de modo que al menos no parece que tenga nada que ver con mi padre.

Suena el timbre del microondas y mi madre entra apresuradamente en la cocina. Apaga el fuego de la sidra de manzana y me mira.

—Cariño, lo siento mucho pero tenemos que dejar nuestra partida.

—¿Ha pasado algo?

—Una amiga en apuros. —Se acerca y me estampa un beso en la frente antes de coger sus llaves de la encimera—. Volveré pronto —anuncia, y sale corriendo.

Oigo la puerta principal abrir y cerrarse y el sonido del coche de mi madre al partir en la noche.

Qué raro es todo esto.

Limpio la cocina y subo la escalera. Después de ducharme, me meto en la cama, con las luces apagadas y el teléfono encendido. Acabo de llevar a cabo un ataque contra Oliver con mi «Malvada Medusa» cuando oigo unos débiles sonidos fuera. Me levanto apresuradamente y me acerco a la ventana de mi dormitorio. Veo el coche de mi madre en el nevado camino de acceso a nuestra casa. Se apea por el lado del conductor mientras otra persona se baja por la otra puerta. Tardo un momento en darme cuenta de que es Marley.

La madre de Oliver.

Me acuesto de nuevo y escucho los sonidos que proceden de abajo. La puerta principal se abre y se cierra. Oigo murmullos y dos pares de pies subir por la escalera de madera. Pasan frente a mi habitación, se detienen delante de la de mi madre y un par de pies retrocede. Al cabo de un segundo, el pomo de mi puerta gira y esta se abre. Mi madre asoma la cabeza y dice:

—¿Cariño?

Alzo la cabeza disimulando que estoy completamente despierta.

—Hola —respondo con voz somnolienta.

—Solo quería darte las buenas noches. Te quiero.

—Yo también te quiero —murmuro, y apoyo de nuevo la cabeza en la almohada mientras mi madre cierra la puerta. En cuanto desaparece, me levanto de la cama y abro un poco la puerta para enterarme de lo que sucede.

Marley está llorando en el pasillo. Mi madre le dice que todo irá bien y que esta noche se quedará a dormir aquí.

—Al final resulta que no gané —se lamenta Marley entre sollozos—. Me llevé el premio de consolación. Es peor que *perder.*

—Tranquilízate —dice mi madre—. Todo se arreglará.

La puerta de la habitación de mi madre se cierra y no oigo nada más.

• • •

Estoy sentada en un taburete en la cocina, comiendo una magdalena de ruibarbo con naranja, cuando aparece Marley. Lleva una bata de mi madre y su moño, medio deshecho, está sujeto con un pasador de concha que hace unos años regalé a mi madre por Navidad. Sus enrojecidos ojos, que no se ha desmaquillado, se fijan en los míos y de inmediato se llenan de lágrimas.

—Hannah me dijo que podía ocultarme arriba hasta que tú te marcharas también, pero necesito un café.

Yo señalo la cafetera, que mi madre ha tenido el detalle de dejar preparada, y Marley se sirve un poco en la taza que la espera en la encimera.

—Tu madre es la mejor.

—No está mal —contesto.

—Necesito un favor. —Adivino de qué se trata antes de que lo diga—. No le digas a Oliver que estoy aquí.

Eso me fastidia. Oliver y yo hicimos un pacto de sinceridad, y vista la que se organizó con Itch, no quiero romperlo.

—De todos modos, se dará cuenta de que no está en casa —digo a la madre de Oliver.

—Ya he hablado de eso con Bryant —responde—. Esto no concierne a Oliver...

Pero ¿me concierne a mí?

—… y no quiero que se preocupe.

De acuerdo, eso tiene sentido. Me imagino la impresión que se llevaría Oliver si supiera que su madre se había quedado a dormir —y a llorar— en casa con mi madre. Además, Marley es madre, lo que significa que tiene más autoridad que yo.

—No se lo diré.

—Gracias —responde.

• • •

Cuando me subo al coche, Oliver me saluda con la corteza de la tostada que está engullendo antes de poner en marcha nuestra *playlist* y enfilar la carretera. La música de los Ramones suena dura y acelerada, la ideal para propulsarnos hacia el instituto, hacia la Vida Normal, para hacer que la trivialidad del aquí y ahora se desvanezca aplastada por la percusión.

Cuando Oliver termina de comer, baja el volumen de la música para que nos oigamos uno al otro. Así están las cosas actualmente. La música significa menos, y hablar con Oliver significa más.

—Por si te extraña, mi madre tiene jaqueca —me informa. Yo siento una punzada de temor. ¿Sabe Oliver que su madre está en mi casa? Me tranquilizo al verlo agitar su servilleta—. No ha bajado para prepararme el desayuno, de modo que he tenido que apañármelas solo.

—Qué vida tan perra.

—Lo sé, problemas del champán. Es lo que diría mi padre. A propósito, tengo que contarte algo.

—¿Qué? —pregunto como si funcionara con piloto automático.

—He hablado con mi padre. Al menos *parece* que se lo ha tomado bien…

Un momento. ¿Oliver *sabe* lo que sucede entre sus padres?

Oliver mete la servilleta entre su asiento y el panel en el centro.

—Aunque dice que no hacer las prácticas en el banco es desperdiciar mi legado.

No me doy cuenta de que contengo la respiración hasta que suelto el aire con fuerza.

—¿Ah, sí? —Mis esfuerzos por expresarme con tono despreocupado son de risa—. ¿No ha intentado obligarte?

—Aún no —contesta Oliver—. Pero quizás esté ahora fingiendo para mostrar más tarde su desaprobación.

—Fantástico. —Así que su padre le está mintiendo: sobre el paradero de Marley, sobre lo que piensa, sobre todo.

Más o menos como yo, salvo que mi mentira es por omisión. De nuevo.

Maldita sea.

• • •

Estoy segura de que mi madre le ha dicho a Cash que *no* venga, porque de lo contrario ya estaría aquí, pero en estos momentos estamos las dos solas sentadas con nuestras bandejas delante del televisor en el cuarto de estar. Normalmente nos comportamos de forma más civilizada, pero esta noche vamos a tomar lo que mi madre denomina una «cena retro»: una ensalada dispuesta en varias capas con mayonesa y un guiso de pollo al horno cubierto con galletitas saladas. De postre tomaremos un dulce de gelatina azul con galletitas saladas en forma de peces «nadando» en él.

Por lo visto, es lo que mi madre comía en su juventud.

Después de unos bocados al guiso de pollo con galletitas saladas (increíblemente rico, dicho sea de paso), mi madre me agradece mi discreción. Yo sabía que me lo diría, pero no deja de complacerme.

—Los padres de Oliver tienen algunos problemas —me explica. Vaya novedad—. Procura quedarte al margen.

Llevo todo el día dándole vueltas y he tomado una decisión. Sí, Oliver y yo hicimos un pacto de sinceridad, pero revelarle esta verdad solo serviría para hacerle daño y confundirle, y no quiero hacerlo. Sé que me arriesgo a que se rompa nuestra amistad y la increíble confianza que nos tenemos, pero esta vez voy a optar por el bien de otra persona en lugar de lo que más me conviene.

Además, esta historia no me pertenece y no debo revelarla.

—De acuerdo —digo a mi madre—. Me quedaré al margen.

21

Suena una cacofonía general mientras circulamos por la carretera detrás del otro autocar amarillo. La gente lanza bolas de papel y brinca sobre los asientos. Alguien empieza a cantar el himno deportivo del instituto y la mayoría en nuestro autocar se une a él con gran entusiasmo. Es como si de repente todos se hubieran convertido en una pandilla de críos.

Yo estoy apretujada entre Darbs y Lily en uno de los estrechos asientos de vinilo. Darbs se une al himno, pero Lily mira por la ventanilla mientras habla conmigo.

—Patinar sobre hielo —dice en voz alta para que yo pueda oírla—. ¿Hay alguna pista cerca de aquí?

—Eso lo hicieron el año pasado. Cal Turman se rompió el tobillo.

—Es verdad. ¿Quizá vayamos a coger manzanas?

—En esta época del año no hay.

Lily trata de adivinar adónde nos dirigimos el día Fuera del Campus de los estudiantes de último año. Es una de las tradiciones del instituto (otra más), pero esta la apoyo, porque significa un día sin clase. De hecho, al parecer esta es la razón de que la inventaran hace varias décadas: para combatir la antigua tradición del día de Novillos de los estudiantes de último año. Lo único negativo es que no somos nosotros los que elegimos adónde vamos. La administración lo planifica todo, y cuando llegamos al destino elegido, nos llevamos la gran sorpresa.

Nadie ha dicho nunca que el instituto sea una democracia.

Al llegar comprobamos que, este año, los veteranos de Robin High jugaremos a los bolos. Los de la administración han alquilado Wolverine Lanes para que nos divirtamos lanzando bolas. Vine aquí de niña en cierta ocasión, creo que para el cumpleaños de alguien, y no parece que la decoración haya cambiado desde entonces. Veo la misma alfombra cubierta de salpicaduras, las mismas paredes de color verde lima y los mismos viejos videojuegos. Percibo el mismo olor a comida grasienta y a pies.

Una profesora nos ordena que nos pongamos en fila para cambiarnos los zapatos y explica que durante las tres horas que pasaremos derribando bolos podemos tomar refrescos, perritos calientes y hamburguesas gratis. Como era de prever, Darbs protesta airadamente por la ausencia de opciones veganas y consigue una bolsa adicional de patatas fritas.

Las tres nos colocamos sin querer detrás de Theo, que coge dos pesadas bolas y se las coloca frente a su entrepierna.

—Igual que las auténticas —me comenta.

—Igual que tu cerebro —replico. No es una respuesta muy ingeniosa, pero es lo primero que se me ocurre.

—Lo odio con toda mi alma —me confiesa Darbs, y Theo se vuelve (junto con sus bolas) hacia ella.

—Te he oído.

—Me alegro. —Darbs le hace la peineta.

—¡El siguiente! —grita la mujer detrás del mostrador, y Theo se aleja por fin de nosotras.

—Yo también lo odio —le digo a Darbs.

Una vez todos tenemos puestos nuestros zapatos rojos y azules, nos dirigimos hacia una pista, donde Shaun está escribiendo nuestros nombres en el pringoso teclado junto al marcador.

—¿Quieres que ponga Darbs o Darby? —pregunta cuando nos acercamos.

—Darbs, idiota —responde esta dándole un pescozón.

—Eh, que esto es un torneo deportivo. Igual te vuelves más formal en una competición así.

—A propósito de formal, ¿alguna de vosotras va a asistir al baile de fin de curso? —inquiere Lily.

—a) faltan cuatro meses —respondo—. Y b) no pienso ir ni muerta.

—Yo me he comprado un vestido —anuncia Darbs, quien al observar mi expresión se apresura a añadir—: ¿Qué? Es un baile de gala.

—Sea lo que sea, no pienso ir.

—Yo estoy con June —tercia Lily.

Shaun pulsa una última tecla.

—Darbs es la primera que juega.

Realizamos nuestras diez primeras jugadas, turnándonos en lanzar una pesada bola por la pista. Shaun consigue dos *strikes* y varios *semistrikes*, y nosotras le tomamos el pelo sin piedad.

—Esto es terrible —se queja—. ¡Soy un buen jugador de bolos!

—Conseguirás una de esas camisetas —le digo—. Las que tienen cuello y el nombre bordado en el bolsillo.

Oliver se acerca a nuestra pista y oye este comentario.

—¿Qué nombre le ponemos a Shaun como jugador de bolos?

—El Rey de los Bolos —sugiero.

—Maestro de *Strikes* —propone Oliver.

—Lanzador Invencible —contesto.

—Rompebolas.

—Gurú de la Bolera.

—¡Oh, tened piedad! —protesta Darbs.

—¡Muy bueno! —exclama Oliver, y ella pone los ojos en blanco.

—No, me refiero a que me ahorréis el tener que escucharos jugar a este jueguecito. ¿No os cansáis nunca de competir entre vosotros?

—No estábamos compitiendo —le informo—. Estábamos...

—Divirtiéndonos —apostilla Oliver, sonriéndome.

—Vale —concede Darbs—. ¿Otra partida?

—Yo paso. —Lily toma su bolsa—. Me voy a los videojuegos.

—Te daré una paliza en el Pac-Man —le advierte Darbs.

—Ya veremos —contesta Lily, y ambas se marchan.

Shaun nos mira a Oliver y a mí.

—Vosotros podéis seguir jugando. Iré a ver si me dan otro perrito caliente.

Oliver y yo nos pisamos la palabra para ser el primero en soltar el correspondiente chiste.

—... dijo la chica —apunta Oliver.

Al mismo tiempo, digo:

—A Kirk no le gustará.

Shaun menea la cabeza.

—Sois tan predecibles... —Y se aleja.

Oliver me da un codazo, señalando a Shaun.

—¿Sigue con Kirk?

—Sí y no. Creo que se encuentran en la fase de la Conversación Delicada, según la cual las cosas o mejoran o se van al traste.

Oliver asiente y ambos guardamos silencio, sumidos en nuestro propio Momento Delicado. Al cabo de unos minutos, alza el mentón indicando los bolos.

—¿Jugamos una?

Observo la última pista, donde sé que Ainsley aterrizó cuando entramos todos. En efecto, nos está mirando. Concretamente a mí, charlando con su novio. Levanto la mano y la agito un poco en un gesto de saludo, confiando en dar una apariencia de normalidad a la situación. Ella sonríe de inmediato y me devuelve el saludo..., y entonces Theo se inclina hacia ella y le murmura algo. Ambos rompen a reír, me miran de nuevo y siguen carcajeándose a mandíbula batiente.

Me vuelvo hacia Oliver, que no parece haberse percatado de nada. Nunca se percata de nada en lo que respecta a Theo.

Que se joda Theo.

Y que se joda mi estúpida cautela en lo que respecta a Oliver. Existen muchas probabilidades de que su perfecta vida familiar esté a punto de estallar en cualquier momento, y si yo puedo conseguir que se divierta un poco antes de que eso suceda, no dudaré en hacerlo. Elijo una reluciente bola de color rosa.

—Te lo advierto —digo a Oliver—. Soy pequeña pero matona.

—Como a mí me gustan —responde él, tras lo cual muestra una expresión un tanto turbada—. Eso ha sonado un poco raro.

—A mí me ha sonado bien. —De inmediato me siento tan turbada como él, pero procuro disimularlo dándole las instrucciones pertinentes—. Haz algo útil. Escribe nuestros nombres.

Oliver se pone a teclear mientras yo observo a mi alrededor para no mirarlo a él. Sé —me *consta*— lo que se está tramando en mi corazón, pero me niego a permitirlo. No lo consentiré. Oliver Flagg y yo tan solo somos amigos, y seguiremos siéndolo. Él tiene una novia maravillosa y yo tengo una vida maravillosa sin complicaciones.

Aun así, siento un pellizco en la tripa cuando él me sonríe desde el teclado. Señala la pantalla, los nombres que nos ha asignado para que todo el mundo pueda verlos: Rafferty el Rodillo y Ollie Una-Bola.

Yo estallo en carcajadas y Oliver me mira confundido.

—¿Qué? —pregunta—. Son nuestros nombres como jugadores de bolos.

—Algunos quizás interpreten el tuyo de forma equivocada —contesto antes de que me acometa otro ataque de risa.

Oliver mira la pantalla y observo la cómica expresión de horror que se pinta en su rostro.

—¡Mierda! —exclama, y se sienta de nuevo frente al teclado—. ¡Me refería a los bolos! ¡Puedo derribarlos todos con una bola! —Teclea de nuevo—. ¿Cómo puedo cambiarlo?

—Demasiado tarde —le informo, y echo a correr hacia la pista. Antes de que se le ocurra cómo modificar el nombre en la pantalla, lanzo mi reluciente bola rosa y derribo dos bolos en el lado derecho—. ¡La partida ha comenzado!

Me vuelvo para mirar a Oliver, que mueve la cabeza.

—Vas a destruir mi reputación, Rafferty. —Pero lo dice esbozando una amplia sonrisa bobalicona.

Oliver y yo jugamos solo una partida (gana él, pero no con mucha diferencia) antes de que Shaun y Lily se reúnan de nuevo con nosotros. Jugamos los cuatro, y como es natural Shaun vuelve a darnos una paliza a todos. Entonces aparece Ainsley para llevarse a Oliver. Dice que quiere sacarse una foto con él en el fotomatón. Yo procuro no mirar hacia la zona cubierta por una cortina donde es evidente que no se están sacando una foto, porque permanecen más rato de lo normal y los pies de Ainsley apuntan hacia los de Oliver.

Me dirijo hacia los videojuegos para derrotar a Darbs en el Dance Dance Revolution. Jugamos a Skee-Ball y a Ms. Pac-Man, y luego nos turnamos tratando de hacer equilibrios sobre la barandilla que rodea la zona de comida rápida hasta que un empleado nos echa la bronca. De repente, los de la bolera recuerdan que tienen un equipo de sonido y ponen una música disco atronadora, de modo que Darbs y yo vamos en busca de Lily para arrastrarla hasta la alfombra estampada con salpicaduras, donde nos ponemos a bailar. Ainsley sale del fotomatón y al vernos brincando, decide unirse a nosotras con una de las animadoras. Al cabo de un minuto, un numeroso grupo de animadoras se acerca y todas bailamos animadamente mientras las profesoras tratan de obligarnos a parar, aunque sin mucho empeño. Ha sido un día tonto, divertido y alocado, y de camino a casa, en el autocar, alguien empieza a cantar de nuevo el himno deportivo de Robin High.

Esta vez me uno al coro.

22

—Oye, ¿qué pasa con los Flagg? —pregunto a mi madre. Estamos en el porche, quitando las telarañas de las vigas con unas escobas—. Marley no ha venido esta semana, ¿verdad?

—No. —Mi madre se centra en una esquina del techo muy sucia—. Ella y Bryant han decidido acudir a un consejero matrimonial, por lo que creo que la situación entre ellos ha mejorado.

—¿La engañó con otra mujer?

—No puedo... Es una pregunta que no debo responder.

—¿Eso significa que sí?

—No significa que no —responde mi madre.

—Oliver no lo sabe, ¿verdad?

—Creo que no —contesta mi madre—. Marley dice que Oliver adora a su padre. No quiere disgustarlo. Además, no tiene nada que ver con él.

Personalmente creo que *sí* tiene que ver con Oliver, pero no es asunto mío. Además, si Marley y Bryant están tratando de resolver sus problemas, confío en que todo se solucione y Oliver no tenga que enterarse de nada. Me consta que adora a su padre. Esto le haría mucho daño.

—Tú y yo no deberíamos hablar de esto —dice mi madre.

—Lo sé.

Me pica la curiosidad, pero he hecho una promesa.
Sería mejor que no supiera nada.
Pero el caso es que lo sé, y prometí no decir nada.

• • •

Me abro paso a través del abarrotado pasillo hacia mi clase de cálculo cuando Zoe Smith me agarra del codo y me conduce hacia la pared junto a las taquillas.

—Te necesito. Sálvame.

Miro a mi alrededor, pero no veo ningún dragón ni a nadie con una pistola.

—¿De qué?

Inexplicablemente, a Zoe le da un ataque de risa que dura demasiado rato. Me mira sonriendo y exclama en voz alta:

—¡Tienes razón! ¡Hace *eso* que me dijiste con la lengua!

—¿Qué? —La palabra brota de mis labios en forma de susurro horrorizado. Pero eso no calma a Zoe, sino que su risa sube de volumen.

—¡Es divertidísimo! —grita.

Puede que se haya vuelto loca.

—No he dicho nada divertido —digo, pero Zoe ha dejado de reírse. De hecho, su sonrisa se ha borrado de su rostro y tiene la vista fija en algo a mi espalda. Al volverme veo a Itch en el pasillo, alejándose de nosotras. Va cogido de la mano con…

—Liesel Glassman —me informa Zoe—. Están saliendo.

Un momento.

—¿No estabais juntos cuando fuimos a la bolera hace una semana?

—Sí —responde Zoe—. Yo creía que todo iba bien, pero por lo visto estaba equivocada. Itch rompió conmigo el sábado y ya ves, han pasado cinco días y ahora sale con Liesel.

—Se pone en jarras y pregunta—: ¿Crees que me estaba engañando?

—No tengo la menor…

—¿Te engañó a ti con otra?

—¡No! —Me siento completamente fuera de mi elemento en esta conversación—. Bueno… no realmente. Es complicado.

—¡Lo sabía! —exclama Zoe—. Dios, odio a los hombres.

—Yo también —convengo, aunque no es verdad.

—Gracias por ayudarme. Sabía que me ayudarías porque contigo se portó también como un gilipollas.

—Pero él no…

—Nos vemos más tarde —dice Zoe.

Y se marcha.

El instituto es ridículo.

• • •

Shaun no está de acuerdo conmigo en lo referente a los padres de Oliver.

—Debes decírselo. —Estamos sentados en las gradas, solos—. Si alguien supiera un secreto sobre mi familia, me cabrearía que no me lo dijera. No es justo que Oliver no lo sepa y tú sí.

—Pero mi madre piensa…

—Es natural que tu madre quiera tomar las decisiones por ti. Es tu madre. Tiene el deber de controlar todo lo que haces.

Observo a Shaun. Tiene los labios apretados y la espalda encorvada.

—¿Estás bien?

—No —responde, abatido—. Mis padres no dejan que vaya a visitar a Kirk durante las vacaciones de primavera.

—¿Qué? ¿Por qué?

—Dicen que no conocen a sus padres, así que no me dejan ir.

—¿No puedes hacer que los telefoneen o algo?

—Ya lo he intentado. —Shaun emite un prolongado suspiro—. Mi padre dice que eso los obligaría a él y a mi madre a mentir. Kirk aún no ha revelado a sus padres que es gay, de manera que una llamada telefónica significaría que mis padres tendrían que fingir que Kirk y yo somos simplemente amigos, cuando saben que somos algo más. Mi padre dice que él y mi madre no quieren mentir a otros padres sobre su hijo.

—Vaya mierda…

—Pues sí —concede Shaun—. No es justo. Nada de esto es justo. La única razón por la que ha salido lo de mentir es debido a Kirk. Él podría resolverlo ahora mismo explicando a sus padres que es gay.

—Estás enfadado con Kirk.

—Sí. —Shaun suspira de nuevo—. Pero solo porque estoy loco por él.

—Lo siento —digo, y apoyo la cabeza en su hombro.

• • •

La base del asta de la bandera del instituto es una cálida línea contra el centro de mi espalda. Estoy apoyada en ella mientras espero a mi madre. Aunque Shaun sigue disgustado por lo de Kirk, y aunque acabo de averiguar que he obtenido una calificación mediocre en el examen de Física, y aunque echo de menos charlar con Oliver, hoy es un día glorioso porque, por fin, parece que se acerca la primavera. El cielo es de un color azul nítido y los azafranes empiezan a brotar a los lados de las aceras. Llevo un top negro con escote barco sobre una falda cruzada, y por primera vez en muchos meses, no necesito jersey.

Mi madre ya ha comenzado sus vacaciones de primavera, así que esta semana me ha traído ella cada mañana. Veo a Oliver en el instituto, como es natural, pero no es lo mismo que pasar un rato a solas con él todos los días. Ayer oí que Theo le preguntaba si habíamos puesto fin a nuestro pequeño intercambio —un medio de transporte para mí, favores sexuales para Oliver— y Oliver le dijo que se callara.

Cuando mi madre se detiene, corro hacia su coche y me subo. Observo que está escribiendo algo en un papel apoyado sobre su rodilla.

—Manzanas verdes —murmura—. Nueces pecanas caramelizadas.

—¿Qué haces?

—Marley viene a cenar y esta tarde no he pasado por la tienda..., estaba absorta con la pintura.

—Ya lo veo. Tienes la ceja derecha de color rosa. —Mi madre me entrega el papel mientras da marcha atrás hacia la calle, frotándose distraídamente la cara—. ¿Vendrá sola? —pregunto adoptando un tono despreocupado.

—Sí. Bryant tiene una conferencia en Atlanta.

Para que conste, yo no me refería a Bryant..., pero, claro está, mi madre no lo sabe.

Miro la lista de la compra de mi madre.

—¿Qué más hay en el menú? —Es una pregunta razonable, puesto que lo único que veo son ingredientes para la ensalada y productos higiénicos femeninos.

—Cash asará unos bistecs y maíz a la... Vaya, anota también papel de aluminio.

Menos mal que se lo he preguntado.

Mi madre y yo recorremos apresuradamente la tienda de comestibles y por suerte hallamos todo lo que necesitamos, excepto el papel de aluminio. Mi madre jura solemnemente no volver a comprar aquí porque es increíble que no tengan algo tan básico. Luego envía a Cash un mensaje de texto pidiéndole que traiga un rollo de papel de aluminio cuando venga.

—¿Sabes lo que me encanta de Cash? —comenta cuando nos dirigimos hacia el coche con la compra—. Es una persona estable. Si dice que se pasará por la tienda para recoger algo, sé que lo hará.

No estoy segura de si es simplemente una observación o una velada crítica contra mi padre, de modo que me abstengo de responder. Mi madre y yo tenemos una relación más satisfactoria que la mayoría de mis amigas con sus madres, pero a veces creo que está un poco celosa de mi relación con mi padre. Él conecta conmigo de un modo que ella no acaba de entender, de la que no forma parte. Como la nota que me envió con las flores por mi cumpleaños. Un gesto encantador, pero al mismo tiempo, específico.

Mi madre, con su costumbre de saltar de un tema a otro y su intercambio de mercancías con sus amigos... Nada en ella es directo. Nada es específico.

Pero nuestra convivencia funciona, así que no puedo quejarme.

• • •

Cash llega puntual con los bistecs, el maíz y el papel de aluminio. Marley aparece media hora tarde con tres botellas de vino y una olla eléctrica de cocción lenta que contiene sopa de calabacín.

—Creí que ibas a traer el postre —dice mi madre.

Marley deposita las botellas en la encimera de la cocina.

—*Esto* es el postre.

—Haré un *brownie* —anuncio, y Marley me sonríe con gesto de aprobación.

—La has educado bien —dice dirigiéndose a mi madre—. ¿Dónde está el sacacorchos?

Mi madre mira las botellas.

—No creo que necesitemos abrir las tres.

—Probablemente no —responde Marley—. No obstante, son las tres mejores botellas de la colección de Bryant, de modo que, al menos, las probaremos todas.

Mi madre se ríe.

—Eres terrible.

• • •

Cuando terminamos de cenar y saco el *brownie* del horno, las tres botellas están abiertas... y una está vacía. Cash solo bebió una copa y a mí me dieron a probar un poco de cada una (aunque no noté ninguna diferencia entre ellas). El resto se lo han bebido entre mi madre y Marley. En estos momentos beben alternativamente de las dos botellas restantes, inclinadas sobre el teléfono móvil de una de ellas, examinando las fotos de una red social y riéndose de vez en cuando a carcajada limpia.

Cash señala mi bandeja con el *brownie.*

—Me llevaré un trozo para el camino. Esto se está convirtiendo en una noche de chicas.

—¡Puedes quedarte! —le dice mi madre, lanzándole un beso.

—Lo sé. —Cash me guiña el ojo—. Pero prefiero irme.

No puedo reprochárselo, especialmente cuando Marley se levanta de un salto de su taburete, derribándolo.

—¡Las Indigo Girls! —exclama—. ¡Escuchemos a las Indigo Girls!

Mientras las madres se ponen a comparar *playlists* (por lo visto uno no deja de hacer esto cuando se hace mayor),

Cash rodea la encimera y recoge el taburete del suelo. Lo coloca en su lugar y me mira.

—Te aconsejo que te vayas a tu habitación, cierres la puerta y pongas una música decente.

—¿Alguna sugerencia?

—Una música estridente —responde Cash—. Yo me inclinaría por Tom Petty.

—Tú y mamá sois tal para cual —le digo, y en su rostro se dibuja una amplia sonrisa de felicidad.

—Gracias, June.

—Buenas noches, Cash.

Cash besa a mi madre y se despide de Marley. Cuando casi ha alcanzado la puerta de entrada (lo sé porque camina pisando con fuerza) retrocede y entra de nuevo en la cocina.

—Oye, June.

—¿Qué?

—No dejes que ninguna de ellas coja el coche.

En el cuarto de estar suena la canción *Closer to Fine* y asiento con la cabeza.

—Buena idea.

En efecto, es una buena idea, porque una hora más tarde, cuando estoy en mi habitación escuchando a The Pogues, alguien llama a mi puerta. Al abrirla veo a mi madre plantada en el umbral, dispuesta a darme una explicación.

—Debes saber que, sí, Marley y yo nos estamos tomando unas copas, pero no pasa nada porque lo hacemos rara vez y somos adultas. —Todas sus palabras son muy claras y casi no parece estar bebida, salvo que cuando ha dicho «rara vez» me ha señalado con el dedo y su codo derecho ha golpeado el marco de la puerta—. ¡Ay!

He visto a mi madre achispada en un par de ocasiones, de modo que sonrío, porque sé lo que quiere.

—No te preocupes, mamá.

Mi madre cuenta con los dedos.

—Uno: jamás nos sentaríamos al volante en estas condiciones. Dos: jamás tomaríamos una decisión sexual estando ebrias. Tres…, maldita sea, hace un momento sabía qué era el número tres.

—Lo entiendo, mamá. Estás en tu casa, tienes más de veintiún años y te estás tomando unas copas con tu mejor amiga. En serio, no pasa nada.

—Te quiero —me dice.

—Y yo a ti.

—Y tengo que decirte una cosa —añade—. Tienes que aprender a conducir, cariño.

Siento un nudo en la tripa.

—¿Qué?

—Marley quiere irse a casa.

• • •

Cuando llega Oliver, mi madre y Marley están ya en la fase de The Jesus and Mary Chain. Entramos en la cocina y las vemos bailando desenfrenadamente al ritmo de *Between Planets*. Tienen los ojos cerrados y agitan los brazos en el aire mientras bailan. Oliver menea la cabeza y se acerca a Marley, agarrándola del brazo que ella gira en el aire.

—Hola, mamá.

—¡Ollie! —Marley le sonríe alegremente y acto seguido se pone muy seria, como si acabara de detenerla la policía—. Entiendo que tengas algunas preguntas sobre por qué tu madre necesita que la lleves a casa…

Salvo que dice «nesechita».

Mi madre le da un codazo en las costillas.

—Tranquila, Marley. Nuestros hijos lo comprenden.

Marley la mira y luego de nuevo a Oliver, quien asiente con la cabeza.

—Es verdad, mamá. Lo comprendemos.

Oliver me mira y me apresuro a secundarlo.

—Perfectamente, señora Flagg.

—Vámonos, mamá —dice Oliver.

—¡Os acompaño! —tercia mi madre con tono cantarín, y todos nos dirigimos hacia la puerta.

Casi la hemos alcanzado cuando recuerdo la olla de cocción lenta de Marley.

—Tu madre ha olvidado una cosa —le comento a Oliver—. Iré a por ella.

La voluminosa olla está en el fregadero, donde la dejó mi madre. Está lavada a medias, así que decido que, en este caso, más vale que se la lleven medio limpia a que la dejen aquí. La meto en una bolsa de la compra, cruzo la casa, abro la puerta y salgo al porche.

Oliver está en pie junto al coche, esperando pacientemente mientras mi madre y Marley —cogidas del brazo— se dirigen hacia él bamboleándose, cantando una canción de Prince. Estoy segura de que es una canción picante. Oliver y yo nos miramos divertidos y me acerco a la parte trasera de su coche. Deposito la bolsa de la compra en el suelo mientras descifro la forma de abrir el maletero del mastodonte. Cuando encuentro el botón debajo de la manilla y lo aprieto, oigo gritar a Oliver:

—¡No! ¡Para!

Levanto la cabeza, sobresaltada.

—¿Que pare o que no pare? —le pregunto, pero no responde porque se acerca apresuradamente y mira dentro del maletero, con los ojos muy abiertos y pestañeando. Yo dirijo la vista hacia donde mira él.

Papel de aluminio.

Su maletero está *lleno* de cajas de papel de aluminio. Lleno a reventar. De diversas marcas.

Lo primero que digo es:

—No me extraña que no tuvieran en la tienda.

Lo segundo que digo es:

—Pero ¿qué es esto?

Oliver cabecea.

—No te preocupes.

El caso es que quizá no me habría preocupado de no haberme dicho eso. Me pongo en jarras y lo miro irritada.

—¿Qué ocurre, Oliver?

Al menos tiene el detalle de dibujar una expresión cariacontecida.

—Es para la broma.

—¿La broma de los de último año?

—¿Qué otra broma iba a ser?

Mi expresión de enojo se intensifica y él se achanta visiblemente.

—¿A qué viene esto? —pregunto.

—No te enfades.

—Eso es lo que se suele decir a alguien que tiene un motivo legítimo para enfadarse.

—Será esta noche. La broma será esta noche.

—*¿Qué?* —La indignación hace presa de mí—. ¿Por qué no me he enterado?

—¿Por qué *querías* saberlo?

—¡Porque soy una estudiante de último año!

—Pero la has rechazado desde el principio —me recuerda Oliver—. La odias. ¿Cómo íbamos a pensar que querías participar en ella? ¿Por qué no íbamos a pensar que ibas a chivarte sobre nuestro plan?

Nuestro.

Es lo único que oigo. Si hay un «nuestro», significa que hay un «nosotros» y un «tú». Yo soy el «tú». Soy una persona aparte. No soy una de nosotros.

Lo miro y abro la boca, pero de ella no sale nada porque me siento muy ofendida. No, no me siento ofendida. Estoy cabreada.

Estoy *triste.*

Me dispongo a decir algo —no sé qué, pero *algo*— cuando suena un fuerte bocinazo del mastodonte que hace que nos sobresaltemos.

—Nuestras madres han perdido el control —comenta Oliver mientras oímos unas risotadas procedentes de la parte delantera del coche.

Oliver cierra el maletero y se dirige hacia el asiento del conductor. Yo lo sigo y veo cómo ayuda a Marley a instalarse. Después de haberle abrochado el cinturón de seguridad, Oliver se vuelve hacia mí y me informa:

—Voy a llevarla a casa y luego iré al instituto. Pasaré frente a tu casa, de modo que si cambias de parecer y quieres participar en la broma, llámame al móvil.

—No pienso llamarte.

—Pues deberías hacerlo. —Oliver lo dice con tono afable, pero me sienta como una patada.

—Si pensaras eso realmente, me habrías contado vuestro plan. —El dolor amenaza con atenazarme la garganta—. No formo parte de esto. No formo parte de nada.

Oliver me mira durante unos momentos.

—No te muevas —dice al fin. Cierra la puerta de Marley y hace un gesto con la cabeza a mi madre, que está junto al coche, sonriendo de felicidad y trompa perdida—. Necesito hablar con su hija.

—Adelante —responde mi madre—. De todos modos, mañana probablemente no lo recordaré.

—Genial —exclama Oliver.

—Genial —exclama a su vez mi madre, echando a andar hacia la casa arrastrando los pies.

Pienso que yo también debería decir algo, pero la palabra «genial» no me parece apropiada.

Oliver se acerca y me mira. Incluso a la luz de la luna, esos ojos son letales.

—Mira, cuando salgamos de aquí, no regresaremos. La mayor parte de las veces, ni siquiera nos *acordaremos* de quiénes éramos.

—Yo me acordaré.

—No —insiste Oliver—. No te acordarás. Créeme. Lo he visto más de una vez.

Me abstengo de responder porque no sé qué decir.

—Las pocas veces que nos acordemos, regresaremos a este momento —me explica Oliver—. A ahora, a esta noche. ¿Sabes por qué?

Me gustaría contestar con algo ingenioso, pero niego con la cabeza.

—Porque somos lo bastante jóvenes para romper las reglas. Este es uno de nuestros últimos momentos de libertad, ¿y sabes una cosa?

—¿Qué? —pregunto en un susurro.

Oliver se inclina hacia mí. Está cerca, tan cerca que aunque estamos a la luz de la luna, aunque esta noche oigo a su madre cantando dentro del coche y a mi madre moviéndose por el porche, soy visceralmente consciente del olor cálido y mentolado de su aliento y de los marcados ángulos de su maxilar.

—Podemos saborearlo —me dice, susurrando también—. Podemos *vivirlo.*

Lo miro, y lo único que veo es su bondad. Porque Oliver Flagg es bueno y real y auténtico…

—Sube al coche —me pide—. Sabes que quieres hacerlo.

Tiene razón.

Pero no puedo.

• • •

Estoy en el recibidor, mirando por la ventana, cuando Oliver pasa con el coche frente a mi casa. Veo el mastodonte enfilar por Callaway. Luego aminora la marcha, casi deteniéndose, y al cabo de unos momentos acelera de nuevo. Sigue avanzando y desaparece de mi vista.

Siento una punzada de dolor. No puedo explicarlo, no puedo definirlo. Es algo que no tiene sentido alguno. Es una sensación de *soledad.* Echo de menos algo que nunca he tenido.

Mierda.

Apoyo la frente en el cristal, anhelando ver las luces de freno del coche de Oliver, que se han desvanecido en la distancia, cuando oigo la voz de mi madre.

—Deberías ir.

Me vuelvo para mirarla.

—¿Estás a favor del vandalismo?

Mi madre se apoya contra el banco con cajones y me sonríe.

—No vais a matar a nadie. Es una broma.

—Ni siquiera sé lo que es —respondo.

—Yo sí —dice mi madre. La miro, sin saber si me siento cabreada o divertida. ¿De modo que mi madre sabía lo de la broma y yo no? Pero entonces menea la cabeza y agrega—: No conozco los detalles. No tengo ni idea de lo que os proponéis hacer, pero sé que debes participar en algo que es más importante que tú, aunque sea una estúpida broma con una pandilla de adolescentes a los que quizá no vuelvas a ver después de la graduación.

—Pero *¿por qué?* —pregunto—. ¿Por qué debo hacerlo?

Mi madre se acerca y observo que se mueve lentamente para no bambolearse. Alarga la mano y me acaricia el pelo.

—June —dice con voz tierna y cariñosa—. Creo que la verdadera pregunta es por qué *no.*

De nuevo, no sé qué responder. Mi madre me mira sonriendo.

—Me voy a acostar —me dice—. Haz lo que quieras, pero que sepas que esta noche, solo esta noche, no te pongo hora límite de vuelta.

Yo la observo subir la escalera antes de volverme para mirar de nuevo por la ventana, y cuando aguzo la vista a través de la oscuridad me doy cuenta de que desearía ver los faros del coche de Oliver aproximándose, porque si así fuera, saldría corriendo en la oscuridad y le haría señales para que se detuviera.

Pero por desgracia no veo sus faros.

No veo ninguna luz.

23

Es medianoche cuando Shaun encuentra un lugar para aparcar a dos manzanas del campus, lejos de cualquier farola. Bajamos del coche, me toma de la mano y me conduce hacia el instituto.

—Llegamos tarde —dice.

—Gracias otra vez —respondo mientras avanzamos por la acera en penumbra—. No sabía si vendrías a recogerme. Por lo general, ni siquiera respondes al teléfono.

—Por lo general, no tienes nada importante que decirme —contesta sonriendo. Yo le devuelvo la sonrisa.

—¿Has enviado un mensaje de texto a Lily y a Darbs?

—Sí, pero no creo que vengan.

Rodeamos el asta de la bandera y echamos a andar por el lado este del instituto, lejos de la entrada principal. Un par de «guardias» (Danny Hollander y Sara Francis) están apostados frente a las salas de dibujo. Nos indican que nos acerquemos y explican que tenemos que entrar por una ventana situada a unos pocos metros, detrás de unas píceas.

—No encendáis ninguna luz —nos advierte Sara—. Avanzad a través de la habitación a tientas y cerrad la puerta detrás de vosotros. La movida está en la segunda planta.

Entrar por la ventana es fácil. Atravesar el aula de dibujo, oscura como boca de lobo, algo menos. Avanzar lentamente por el pasillo hacia la escalera es aterrador, pero cuando la alcanzamos, oímos risas en el piso de arriba y la situación ya empieza a parecer más una divertida travesura que un filme de terror de bajo presupuesto.

Al llegar al segundo piso vemos faroles por todas partes y está lleno de estudiantes. Hay montones de atletas del último año y, sorprendentemente, también montones de estudiantes que no son atletas. Ainsley está allí (como es natural). Está sentada a una mesa repleta de candados que entrega a una hilera de alegres animadoras. Al vernos me indica que me acerque.

—Bo Reeves ha conseguido una llave universal y hemos quitado las cerraduras de todas las taquillas del instituto. Las mezclaremos antes de volver a colocarlas.

Yo la miro pasmada.

—Es genial. —Ella me sonríe con gesto de satisfacción.

—¿A que sí? Todo el mundo tendrá que probar todas las taquillas del instituto hasta dar con la cerradura que le corresponde. Necesitamos más gente que nos ayude, pero antes de que te ofrezcas, ve a echar un vistazo al tercer piso. Es mágico de verdad.

—Ve —me dice Shaun—. Yo echaré una mano con las taquillas.

Dudo solo un segundo antes de irme.

• • •

Al parecer mis compañeros me han tenido en la inopia durante mucho tiempo, porque ya han realizado buena parte del trabajo. Es decir, *un montón* de trabajo. Todo indica que nuestros estudiantes de último año han pasado muchas tardes divirtiéndose con las decoraciones, porque hay *tropecientos* copos de nieve pegados en las paredes y colgando del techo. A Shaun le encantará. Veo a unos estudiantes entrando y saliendo de varias aulas, y me asomo a una de ellas.

La cosa se pone cada vez mejor.

Lo primero que veo es una reluciente bola plateada de discoteca que estoy segura de que en otros tiempos era un globo terráqueo. Está junto a varios relucientes bolígrafos plateados y lo que parecen unos relucientes documentos plateados envueltos de forma individual. Todos están colocados sobre una reluciente mesa plateada, situada junto a una reluciente papelera plateada.

De golpe comprendo por qué Cash tuvo que hacer un viaje especial a su mercado local de camino a nuestra casa para cenar. *Este* es el motivo por el que no había papel de aluminio en la tienda que hay junto al instituto. Todo en esta aula —absolutamente *todo*— está envuelto individualmente en papel de aluminio. Las mesas, la pizarra blanca y los rotuladores, los cuadros. Todo.

Entro en el aula y miro a mi alrededor. No solo ofrece un bonito aspecto —en un extraño estilo espacial—, sino que nada ha sufrido daño alguno en la creación de esta broma. Ningún bien material —del instituto o personal— y, desde luego, ningún animal.

Oigo un ruido en la puerta y al volverme veo a Itch.

—Ah, lo siento —se disculpa, dando media vuelta para marcharse.

—¡Espera! —le pido rápidamente y levantando la voz. Itch se detiene pero no se acerca. Se apoya contra el marco de la puerta y espera—. Hace tiempo que no nos vemos —le digo.

—¿De veras? Pues vamos al mismo instituto.

Lo intento de nuevo.

—Me sorprende verte aquí.

Él cruza los brazos.

—¿De forma que tú puedes convertirte de pronto en una persona de lo más sociable y yo no?

—Itch.

—Deja que lo adivine —dice—. Quieres que te perdone. Quieres que seamos amigos.

—Rompí contigo —le recuerdo—. No te *apuñalé.*

Itch suelta una breve y áspera risotada.

—Vale. No me has apuñalado, no pasa nada. —Cabecea—. Olvídalo, June.

Esta vez cuando da media vuelta, dejo que se vaya.

• • •

Por fin localizo a Oliver cuando Theo lo señala con el dedo. («Sabes que su novia está aquí, ¿no?» «Vete a hacer puñetas, Theo.»)

Hay unos conos de tráfico color naranja situados en las entradas de acceso al Edificio Norte. Oliver está solo, en el vestíbulo, colocando una cinta amarilla de advertencia alrededor de toda la zona. Al verme, esboza una amplia sonrisa.

—¿Cómo has venido?

—Me ha traído Shaun. —Observo a Oliver enrollar la cinta alrededor del radiador dos veces y atar los extremos para asegurarla.

—¿Necesitas ayuda?

—No, casi he terminado.

—Ah, vale. —Me siento decepcionada, pero no puedo quejarme. A fin de cuentas, soy yo quien ha llegado tarde—. Iré a ver si necesitan algo en el tercer…

—No te vayas —me pide Oliver, y yo obedezco—. ¿Te gusta cómo queda?

Me agacho para pasar por debajo de la cinta amarilla y reunirme con él en el centro del vestíbulo del Edificio Norte. Aquí también han pegado copos de nieve en las paredes.

—Es bonito.

—¿Bonito? ¿Nada más?

—Alguien ha pasado mucho tiempo con papel y tijeras.

—Desde luego. —Oliver alarga la mano derecha hacia mí y me enseña la articulación del índice. Como deduzco que espera que lo haga, paso la yema del dedo sobre el duro nudillo. Está suave y reluciente.

—He cortado aproximadamente un millón de copos de nieve mientras te tocaba jugar a ti en Mitomisterios.

De repente, veo en mi imaginación a Oliver sentado en uno de los taburetes en su sótano inclinado sobre el bar con unas tijeras, y siento un nudo en la tripa. Me doy cuenta de que sigo deslizando el dedo suavemente sobre su nudillo y me aparto, pero Oliver me sujeta la mano. Lo miro a los ojos y el nudo se endurece.

—Podrías haberme llamado —dice—. Habría ido a recogerte.

Y entonces ocurre.

En ese momento, el mundo empieza a girar y todo a mi alrededor se oscurece. Los ojos de Oliver están fijos en los míos y la única luz que brilla en la habitación es su mata de pelo, rubio como el de un ángel. No se trata solo de su aspecto, sino de *cómo* es, y mi corazón se abre de par en par. De golpe tengo la absoluta y dolorosa certeza de que, de alguna forma, accidentalmente, este chico ha logrado introducirse en él. Contra todos mis planes y negativas, no puse el suficiente cuidado cuando erigí las barreras a mi alrededor. Se produjo una abertura en algún lugar, y Oliver se coló por ella.

Sofoco una exclamación de asombro y esta vez, cuando hago ademán de apartarme, Oliver no me lo impide.

—¿No vas a decir nada? —me pregunta.

Es como si pudiera ver mi mente girando alocadamente, o quizás oiga mi corazón golpeando la pared de mi pecho. Meneo la cabeza porque Oliver tiene novia, una chica guapa, popular y simpática, y soy yo quien ha cometido una falta. Son mis sentimientos los que han cambiado, y...

—No hay animales —dice Oliver extendiendo los brazos a su alrededor—. No hemos cometido ningún acto de vandalismo. No hemos destruido nada.

Se refiere a la broma.

Solo a la broma.

No a nosotros.

Porque no *existe* un «nosotros».

Yo no soy más que el caso de caridad que él lleva en su coche al instituto.

De modo que asiento y esbozo una sonrisa forzada.

—Un gran trabajo. De veras, un gran trabajo.

—Una buena noticia. —Oliver esboza una sonrisa radiante—. Has venido para el *coup de grâce.*

—Increíble. Hasta eres bilingüe cuando Theo no está presente.

Puesto que no voy a emplear la sinceridad, decido echar mano de mi ingenio. Siento deseos de marcharme, de echar a correr, de escapar, pero no puedo hacerlo sin que Oliver se pregunte el motivo.

Oliver se acerca a una bolsa de lona junto a la pared de enfrente. Lo observo, reconociendo por fin que me *gusta* cómo se mueve su cuerpo, que siento lo que cualquier chica cuando contemplo sus músculos y su pelo y su... *Todo él.*

Si pudiera propinarme un puñetazo en el alma, no dudaría en hacerlo ahora mismo.

Oliver saca una jarra de tres litros y medio de la bolsa y regresa con ella.

—¿Aceite vegetal? —pregunto extrañada.

—No te asustes. —La vuelca y vierte un espeso chorro de aceite en el suelo.

Yo me aparto de un salto.

—¿Qué haces?

El aceite se extiende formando un amplio y resbaladizo círculo. Oliver arroja la jarra vacía al otro lado de la habitación, donde choca contra la pared.

—Venga, June, eres buena observadora.

Al parecer, no tanto como para darme cuenta de que me estaba enamorando del guaperas del instituto.

—Es un país de las maravillas invernal —me explica Oliver—. De ahí los copos de nieve.

Señalo el círculo de aceite, que sigue ensanchándose.

—Y tú has creado… ¿una maravillosa mancha de aceite?

—Es una pista de patinaje. —Creo que Oliver interpreta equivocadamente el hecho de que yo evite su mirada como un gesto de reproche—. No hace daño a nadie. Es fácil de limpiar con detergente, y he colocado una cinta de advertencia alrededor para que a nadie le pille por sorpresa. ¿No es lo que querías?

Salvo que todo lo que yo creía que quería está trastocado.

—Por supuesto —respondo con lo que supongo que es una débil sonrisa—. Es genial.

Oliver toma mi mano derecha y tira de mí hacia el resbaladizo círculo de aceite. Me deslizo hacia él, casi me caigo, y él me sujeta contra su cuerpo. Durante un momento fugaz, sus brazos me rodean y todo mi ser se apoya en él, y entonces sé que las otras chicas estaban en lo cierto, porque siento incluso un cosquilleo en las espinillas debido a su proximidad. Mi mano izquierda se apoya en su pecho y mis dedos se extienden —como por iniciativa propia— palpando los músculos debajo de ellos, sintiendo la mano de Oliver deslizarse sobre la mía.

Seguro —*segurísimo*— que esta vez tiene que percibir mi trabajosa respiración, pero no hace ningún comentario al respecto. Se limita a apartarme, sosteniendo mis manos entre las suyas.

—Estamos patinando —dice, haciéndome girar. Yo chillo y él se ríe, pero su risa se corta bruscamente porque ahora es él quien por poco se cae, y yo rompo a reír también, porque aunque nada de esto es real y aunque terminará de forma dolorosa, durante este breve momento, mis manos están enlazadas con las de Oliver Flagg y estamos patinando juntos en el país de las maravillas invernales.

LA NOCHE DEL BAILE DE FIN DE CURSO

Las luces están apagadas y el resplandor ha sido sustituido por la oscuridad. No lo veo, pero oigo su voz.

—¿Qué haces, June?

Sé que tengo que decir algo importante y épico y romántico, porque el momento requiere un gesto importante, épico y romántico, pero no encuentro las palabras. Lo único que siento es pánico de perder a la persona a quien más deseo encontrar.

De modo que me decanto por hacer algo que no siempre se me ha dado bien.

Decir la verdad.

PRIMAVERA

24

El nido que me rodea es suave, protector y cálido como el de una crisálida. Me acurruco en él, cómoda y satisfecha, y cuando un sonido apagado roza el borde de mi conciencia, sacudo la cabeza, irritada. Me hundo más profundamente en mi caparazón, no tengo necesidad de transformarme en una mariposa, no tengo necesidad de cambiar...

Pero no es un nido; es un edredón. Y el sonido procede de fuera.

Una bocina.

La bocina del mastodonte.

¡Uf!

Me levanto apresuradamente de la cama, y al ver mi teléfono en la mesilla de noche, recuerdo vagamente haber silenciado la alarma. Tomo la falda de anoche, la que dejé caer al suelo antes de meterme debajo de las sábanas hace un par de horas, pero está grasienta debido al aceite vegetal, de modo que me acerco corriendo a la cómoda, saco unos vaqueros y empiezo a enfundármelos cuando la puerta de mi habitación se abre bruscamente. Lanzo un chillido y me vuelvo, pensando que es Oliver, pero es mi madre. Tiene unos mechones de pelo pegados a la cara y el rímel se le ha corrido. Nos miramos.

—No tienes buen aspecto —le digo por fin.

—Tú tampoco —contesta mi madre, y entonces recuerdo que ni siquiera me lavé la cara ni me cepillé los dientes antes de acostarme anoche. Al decir «anoche», me refiero a «esta mañana temprano», que es cuando Oliver me dejó en casa—. Le he dicho a Oliver que se fuera —dice—. Te llevaré yo.

En el coche de camino al instituto, mi madre dice que se siente orgullosa de mí.

—Pero para que lo sepas, esta noche tienes hora límite de vuelta.

—Me parece justo.

—Por cierto, no bebas demasiado en Míchigan —me advierte mi madre—. Este tipo de dolor de cabeza... es horroroso.

• • •

Llego tarde para la reunión en el aula principal, pero me apresuro a través de los pasillos decorados con copos de nieve y entro en clase de inglés justo cuando suena el timbre. Ocupo mi asiento, con el pelo recogido en un húmedo moño en lo alto de la cabeza. He tenido tiempo de darme una rápida ducha, pero no de utilizar el secador.

Todo el mundo ríe y charla animadamente, y nadie ha traído sus libros de texto.

—No podemos —me explica Lily—. Han cambiado los candados de todas las taquillas.

—June ya lo sabe —tercia Shaun, sentándose a mi lado—. Colaboró en ello.

Lily me mira pasmada.

—¿Quién *eres*?

No respondo porque ni yo misma lo sé. Al parecer soy la típica chica estúpida que está enamorada del chico que todas desean. No sé si me aterra más tropezarme hoy con Oliver y tener que charlar de cosas intrascendentes o no verlo.

La señora Jackson ni siquiera intenta dar clase.

—Estoy revisando los exámenes. Procurad hablar en voz baja.

Lo dice con tono divertido, lo que induce a Shaun a preguntarle:

—¿No está enfadada con nosotros por la broma?

Las comisuras de los labios color melocotón de la señora Jackson se curvan hacia arriba.

—Digamos que me alegro de que mi coche no esté cubierto con excrementos de paloma.

El aula estalla en sonoras carcajadas y ella señala la puerta.

—Podéis salir.

Todos los pasillos están atestados de estudiantes haciendo girar los diales y tirando de las manillas de las taquillas antes de acercarse a la siguiente y volver a intentarlo. Al cabo de cuarenta y cinco minutos, por fin encuentro mi cerradura en una taquilla junto a las aulas de matemáticas.

—¡Bingo! —exclamo, que por lo visto es lo que debemos hacer. Mi grito de victoria es acogido, como el de todos los demás, con vítores y aplausos.

El barullo atrae la atención de Ainsley, quien de repente se acerca y me echa los brazos al cuello.

—¡Lo conseguimos! ¡Somos estrellas del rock!

Le doy una palmadita en la espalda justo cuando Oliver aparece esgrimiendo una cerradura. Al verlo, el corazón me da un vuelco.

—La mía estaba en el tercer piso —dice. El esfuerzo no parece haberle afectado, porque sus ojos, su pelo y todo tienen el mismo aspecto lustroso y perfecto de siempre.

Ainsley lo mira con adoración.

—¿No es un genio? La broma más épica que se ha ideado nunca y todo gracias a él. —Se alza de puntillas para besar a Oliver en los labios, lo cual me sienta como si me hubiera caído un piano encima.

—Tengo que irme… —anuncio, pero Ainsley me sujeta del brazo.

—Por cierto, ¿qué vas a hacer durante las vacaciones de primavera? Kaylie ha suspendido álgebra, por lo que su madre no la deja venir, y ahora nos sobra una cama en la cabaña. Está en Cheboygan. ¿Te apetece apuntarte?

—June se va a Nueva York —se apresura a comentar Oliver.

En realidad, no iré porque a mi padre le han dado un papel en una nueva obra y tendrá que ensayar, pero este no es el momento ni el lugar en que me apetece compartir la información de que los Grandes Planes para mis vacaciones primaverales se reducen a quedarme en casa con mi madre.

—Lo siento —digo a Ainsley. Ella me abraza de nuevo.

Cuando le devuelvo el abrazo, mis ojos se posan accidentalmente en el rostro de Oliver. Establecemos contacto visual y él sonríe.

Yo aparto la vista.

25

Por suerte para mí —y desgracia para ellas— ni Darbs ni Lily tienen grandes planes para las vacaciones de primavera. Por eso hemos decidido programar una salida de chicas, durante la cual iremos a almorzar antes de gastarnos un montón de dinero en una manicura y compras. Cuando todas tenemos las uñas bonitas, pasamos por una librería (elegida por mí), luego recorremos unos quioscos en el centro comercial (elegidos por Lily) y por último, entramos en una tienda de productos de artesanía (elegida por Darbs).

—Me gusta la cera de soja —nos explica Darbs mientras curioseamos por el pasillo donde están expuestas las velas—. Transmite mejor los aceites esenciales.

—¿Qué os parece este color? —Lily sostiene un tubo de tinte para velas azul claro—. Mira, es igual.

Agita una mano con las uñas pintadas de azul violáceo y yo miro las mías, pintadas de un rojo intenso. A mitad de la manicura, me di cuenta de que había elegido el color que suele utilizar Marley Flagg, pero era demasiado tarde para cambiar. Observo que se me ha estropeado la uña del dedo anular.

¿Quién iba a imaginarlo?

—¿Vas a salir con tus Ra-Ras durante las vacaciones de primavera? —me pregunta Darbs. Al observar mi expresión de perplejidad, aclara—: Las animadoras. Los atletas. Los gilipollas.

—Algunos de esos gilipollas son amigos míos —replico.

—En serio, June. *¿Theo?*

—Es un borde —comenta Lily.

—Theo no —les digo—. Theo desde luego que no. —Miro a Darbs—. ¿Estás saliendo con Ethan?

—No lo tengo claro.

—Si no es así, Lily debería montárselo con él —propongo, y Darbs y yo soltamos una carcajada. Lily nos mira sin comprender, de manera que se lo explico—: Como yo lo hice durante las vacaciones de verano y Darbs lo hizo durante las vacaciones de invierno, a ti te toca hacerlo durante las de primavera.

—En realidad, Ethan no está disponible —afirma Darbs. Lily y yo nos volvemos hacia ella, sorprendidas.

—¡O sea que te gusta! —la acusa Lily.

—Quizá —admite Darbs—. No lo sé. Pero hoy por hoy no quiero que nadie le meta la lengua en la boca.

—Normal —responde Lily.

Cuando llegamos al extremo del pasillo y doblamos la esquina nos encontramos a Zoe Smith con una cesta de plástico de la tienda. Después de intercambiar frases de saludo y conmiseración por nuestras aburridas vacaciones de primavera, nos muestra lo que ha comprado.

—Son caramelos que se funden —nos explica—. Solo tenéis que cocerlos y verterlos en unos moldes. Cuando se endurecen, se convierten en caramelos de chocolate como por arte de magia.

Lily contempla las bolsas que Zoe lleva en su cesta.

—Pero ya son caramelos de chocolate —observa—. Tienen forma de corazoncitos.

—Lo sé —contesta Zoe—. Pero cuando los haya fundido y vertido en unos moldes, tendrán forma de ositos. Son mucho más monos.

—¿Son un regalo para alguien? —pregunta Darbs, y Zoe niega con la cabeza.

—Ojalá lo fueran. Son para economía doméstica, que es un rollo. Se supone que es una clase sin más complicaciones, pero he suspendido. La media de mis notas se ha ido al traste, así que tengo que cocinar durante las vacaciones para mejorarla. Es una mierda. —Todas acordamos que es una mierda, y Zoe continúa—: Incluso Oliver Flagg, que solo asiste a clase de economía doméstica por una apuesta con Theo, lo hace mejor que yo. Cuando un atleta como él te enseña a flambear, te das cuenta de que eres una inútil.

Siento una punzada de ansiedad. Había olvidado esa apuesta y nunca averigüé de qué se trataba. De repente me percato de que sería infinitamente más feliz si no supiera nada al respecto.

—¿Qué apuesta? —pregunta Darbs.

—¿No lo sabes? —Zoe deposita su cesta en el suelo, a sus pies—. Oliver empezó a salir con Ainsley el año pasado, ¿no?

Yo retrocedo mentalmente a cuarto de secundaria, cuando Itch se mudó a la ciudad. Cuando yo era la chica que se ligaba al nuevo chico. En aquel entonces no presté atención a Oliver, pero ahora que lo pienso, la cronología de los hechos descrita por Zoe es correcta.

—Fue por estas fechas —prosigue Zoe—. Durante las vacaciones de primavera. Oliver se apostó con Theo que lograría acostarse con Ainsley antes del Cuatro de Julio.

—No. —No me doy cuenta de que lo he dicho en voz alta hasta que todas se vuelven para mirarme—. Oliver no es así —añado a modo de explicación.

—Por favor. —Zoe suelta un resoplido—. *Todos* son así. Mi hermano es miembro del equipo de atletismo. Fue él quien me lo dijo.

Yo me convierto en una estatua. Fría. Dura. Tan inmóvil que no puedo volver la cabeza para mirar a Lily o a Darbs.

—Todos los miembros del equipo de atletismo lo sabían —afirma Zoe—. Oliver no consiguió acostarse con ella antes de la fecha fijada, de modo que tuvo que apuntarse a clase de economía doméstica. Y, sin embargo, saca unas notas excelentes, mientras que yo suspendo.

Unas oleadas de horror invaden mi cuerpo petrificado. He estado celosa de Ainsley cuando en realidad debí *compadecerme* de ella. Y Theo..., yo creía que era el mismo diablo, pero ahora resulta que Oliver es como él. O peor. Porque Ainsley es su *novia.* Se supone que debe quererla, protegerla, portarse bien con ella. No tratarla como a un *objeto.*

Oliver.

Me siento tan decepcionada que siento ganas de llorar.

Zoe sigue hablando. Comenta que tiene que realizar también un proyecto de costura para mejorar sus calificaciones y nos pregunta si creemos que una labor de ganchillo cuenta. Yo no contesto y Darbs y Lily tampoco, porque me están mirando.

Con auténtica lástima.

26

Ya estoy en el porche cuando el mastodonte desciende por Callaway. Me he estado preparando para esto toda la semana, y ahora que ha llegado el momento, estoy lista. De hecho, estoy más que lista. Me siento *eufórica.* Ya no tengo que luchar contra mi absurdo enamoramiento de Oliver, contra mis estúpidos sentimientos por él. Todo eso se esfumó en un doloroso momento, al averiguar que es exactamente la persona que pensé que era la primera vez que me subí en ese monstruoso chupagasolina que tiene como coche. Zoe me ha recordado que Oliver Flagg es un tipo despreciable que hace apuestas despreciables, lo cual significa que no ha sido más que una atracción. Eso es todo. Una estúpida cuestión de química. Nada más.

Qué *alivio.*

Oliver se detiene frente a mi casa y llego junto al coche antes de que tenga tiempo a abrirme la puerta. Tiro de ella apresuradamente, me siento y cierro de un portazo. Entonces me vuelvo para mirarlo, permitiéndome tomar nota de su viril belleza, de todos sus músculos y ángulos y demás. Todo ello no es sino una máscara que oculta su trágico y verdadero yo: un misógino, un gilipollas que utiliza a las mujeres. Todo cuanto desprecio.

Él me dirige una apresurada mirada antes de dar marcha atrás y enfilar la carretera.

—¿Estás bien, Rafferty?

Apenas reparo en que ha vuelto a llamarme por mi apellido.

—Perfectamente —le espeto, cruzando los brazos.

Oliver conduce. No pone en marcha la *playlist*. Yo tampoco. No habla. Yo tampoco. Por fin me doy cuenta de que tiene la mandíbula apretada y los ojos entrecerrados. Parece estar tan furioso como yo.

Pues que le den.

Llegamos hasta la calle Mayor antes de toparnos con un semáforo en rojo y Oliver se vuelve hacia mí.

—¿Qué te ocurre? —me pregunta con tono brusco y enojado.

Lo miro con cara de pocos amigos.

—Pensé que eras diferente. —Escupo las palabras entre dientes—. Me cabrearía mucho saber que Itch había hecho una apuesta sobre nuestra vida íntima.

Oliver se sonroja hasta las puntas de las orejas. Esos círculos oscuros en sus ojos se intensifican, y los músculos de su cuello se tensan. Nos miramos y durante un segundo casi lo temo al observar su expresión enfurecida.

Pero luego fija de nuevo la vista en la carretera y pisa el acelerador. Sus dedos se tensan sobre el volante y sus nudillos se ponen blancos. No dice ni media palabra durante el resto del trayecto.

• • •

Consigo evitar a Ainsley llegando tarde a clase de Física y saliendo en cuanto puedo. Más tarde, la veo en la cafetería, pero doy media vuelta y echo a andar en dirección opuesta. No puedo explicarle por qué no iré a sentarme hoy con ella y sus amigas a la hora del almuerzo. Ni mañana. Ni nunca.

La culpa que me invade por no decirle la verdad es tremenda.

Me tropiezo con Oliver en el vestíbulo principal entre las clases vespertinas, pero él evita mirarme, lo cual no tiene ningún sentido, porque aquí la persona decente soy yo. Yo estoy al lado de los ángeles. No soy un cretino que se dedica a hacer apuestas y explotar a las chicas.

¡Qué narices!

• • •

Shaun me acorrala frente a mi taquilla después de clase.

—Lily y Darbs me han contado lo sucedido —dice—. ¿Estás bien?

—Perfectamente. ¿Por qué no iba a estarlo? —Shaun me mira sin decir nada, de modo que me apresuro a añadir—: Él se limita a traerme al instituto en su coche, lo cual no significa que seamos *amigos.*

Hace unos días, eso habría sido mentira.

Ahora no lo es.

• • •

Tercer día del Tratamiento Silencioso. Oliver ha llegado tarde (para lo puntual que es) y hemos estado sumidos en un tenso silencio sepulcral durante los últimos veinte minutos. Cuando entramos en el aparcamiento de Robin High, lo miro de refilón.

Sigue con la mirada al frente.

Sujetando con fuerza el volante.

Yo meneo la cabeza y me importa un comino que Oliver se dé cuenta.

Dos horas de autobús ya no me parecen tan malas.

27

Una semana más tarde, Oliver ya no lo resiste más.

—Ese tema no te incumbe —me suelta en cuanto me monto en el mastodonte. Me mira a la cara, sin dar marcha atrás, sin arrancar hacia el instituto, sin hacer nada—. Sí, esa apuesta fue una gilipollez, pero no puedo explicártelo. No *quiero* explicártelo. No lo comprenderías.

Tras unos segundos, respondo:

—Ser víctima de un cretino es universal. Es una experiencia global.

—Tú y yo vivimos en mundos distintos —me espeta Oliver. Se inclina en el asiento para demostrarme que lo dice en serio—. Mi mundo puede que te parezca estúpido, quizá te parezca elemental y absurdo y aburrido…

—No he dicho eso…

—Pero no conoces ese mundo. —Me mira con rabia—. Y por lo visto, a mí tampoco me conoces.

Pues yo creía que a estas alturas lo conocía muy bien.

—Pudiste habérmelo contado —digo—. Al principio, antes de que fuéramos amigos. Al menos entonces…

No me habría importado. No me habría dolido.

—Entonces ¿qué? —pregunta—. ¿Habría sido diferente?

Miro sus ojos castaños, circundados por un anillo gris y llenos de ira, y comprendo que nada habría sido diferente. Se trata de una broma cruel del destino. Yo podría haber tomado otro camino —el de permanecer junto a Itch, el de coger el autobús, el de no participar en la broma del instituto— y habría sido lo mismo. Todos esos caminos me habrían conducido al mismo lugar. Siempre me habría enamorado de este chico.

Y él siempre me habría roto el corazón.

—Vale —accedo, porque la verdad no es una opción.

—¿Vale?

—Vale-me-esforzaré-en-no-juzgarte-por-la-apuesta. —Lo escupo todo como si fuera una palabra, reculando hacia una esquina de mi asiento. Tratando de poner tanta distancia entre nosotros como sea posible.

—Vale. —Oliver me mira frunciendo el ceño—. Además, hay otra cosa de la que tenemos que hablar.

Su tono sigue siendo duro y al oírlo mi tristeza da paso al pánico. Ha estado furioso conmigo todo el tiempo —toda esta semana— y yo no he sabido por qué. Quizá fuera más que una reacción a *mi* furia. Quizá fuera otra cosa.

Sus padres.

Es posible que Oliver supiera lo de sus padres, lo que significaría que sabe que yo sé lo de sus padres, y ahora quizá me odie y...

—Oliver —digo, pero él no parece oírme. Ha sacado su teléfono móvil y desliza un dedo por la pantalla.

—Te diré lo que vamos a hacer —anuncia—. No es nada en particular, así que no te asustes ni montes el número, y no quiero mantener toda una conversación al respecto, pero hoy, solo hoy, escucharemos mi música y solo mi música. —Pone una canción (creo que es de Warrant, pero no está incluida en nuestra *playlist)* y al fin se vuelve y me mira—. Ainsley y yo hemos roto.

La noticia hace que se me acelere el corazón. Oliver ve que abro la boca para responder (aunque no sé qué voy a decir) y se apresura a añadir:

—No quiero hablar de ello.

De modo que *ese* es el motivo por el que ha estado tan raro desde que regresamos de las vacaciones de primavera.

Oliver da marcha atrás por el camino de acceso a mi casa y nos dirigimos hacia Plymouth. Mantiene la vista al frente, pero yo lo miro pasmada. Él menea la cabeza.

—Sabía que reaccionarías así. —Me mira y suspira—. Déjalo estar, June. Déjalo... La única razón por la que te lo he dicho es porque no quiero cometer el mismo estúpido error que tú cometiste cuando rompiste con Itch.

Me vuelvo y miro por la ventanilla. Sí, no cabe duda de que Oliver tiene la habilidad de herir mis sentimientos. Lo oigo rebullirse en el asiento de al lado y me pregunto si va a decir algo, pero lo único que hace es subir el volumen de su estúpida música.

Mientras observo los campos que desfilan en una mancha borrosa frente a la ventanilla, me doy cuenta de que no solo estoy disgustada porque Oliver se comporta como un cretino, sino porque las reglas han vuelto a cambiar y eso me sorprende. No, peor, me desconcierta.

No sé cómo manejar esta situación de amistad/no amistad con Oliver ahora que está soltero.

• • •

Estoy esperando que empiece la clase de Física cuando un cuaderno de color rosa aterriza sobre la mesa de laboratorio. Al alzar la vista, veo a Ainsley junto a mí.

—¿Puedo sentarme aquí? —pregunta con sonrisa irónica.

—Claro.

Una parte de mí siente curiosidad por lo que ha ocurrido entre ella y Oliver. La parte más inteligente —y más pequeña— de mí piensa que debería permanecer feliz en la ignorancia. Además, cuanto menos hablemos, menos culpable me sentiré por no haberle revelado lo de la apuesta.

Ainsley se sienta, se acoda en la mesa, apoya la cabeza en la mano y me mira.

—Me has estado evitando.

—No quería meterme. —Ella no deja de mirarme, por lo que agrego—: Me sentía incómoda. —Esa parte, al menos, es verdad.

—¿Cómo está Oliver?

Ignoro cuál es la respuesta adecuada, por lo que respondo sinceramente:

—No lo sé. Apenas hemos hablado.

Ainsley asiente con la cabeza.

—Pero te ha dicho que hemos roto.

Esta vez no puedo evitar preguntar:

—¿Qué ha sucedido?

Ella aprieta los labios antes de reconocer.

—No quise seguir adelante. Ser su novia dejó de ser *divertido.*

Caray. De modo que no fue una ruptura de mutuo acuerdo; ella lo dejó plantado. Lo que significa que Oliver debe de estar muy dolido. Eso explica su comportamiento cuando regresamos de las vacaciones de primavera.

—¿Cómo se lo tomó? —pregunto a Ainsley.

—No dijo nada. No sé si estaba disgustado o enfadado o qué. ¿Cómo reaccionó Itch cuando rompiste con él?

Al menos esa pregunta es fácil de responder.

—Se puso furioso.

Cuando suena el timbre indicando que la clase va a empezar, un último grupo de chicos entra en el aula. Entre ellos está Oliver. Pasa apresuradamente junto a mi (nuestra) mesa de laboratorio sin mirarnos.

Ainsley suspira.

—Creo que Oliver también está furioso.

• • •

—Toma. —Oliver me ofrece su teléfono cuando me abrocho el cinturón—. Añade una canción.

—¿Por qué? —Lo miro con recelo—. ¿He demostrado algo sin enterarme?

—No, pero lo harás. Eres extraordinariamente competitiva, así que cuando creas que ha pasado suficiente tiempo, utilizarás mi ruptura para argumentar que el instituto no tiene importancia. Como yo no tendré ganas de pelearme contigo por ello ni de comentarlo con Shaun, ganarás tú. —Oliver me entrega su teléfono—. Venga, añade tu canción.

Retrocede y observo el teléfono que sostengo entre las manos. La pantalla de inicio mostraba una foto de él y Ainsley sonriendo a la cámara, pero ahora está en blanco.

—Necesito un segundo —le digo, y tomo mi móvil.

Al cabo de unos minutos, después de realizar una compra y enviar un mensaje de texto, nuestra *playlist* «Sunrise Songs» cuenta con un nuevo elemento. Toco una última pantalla y los compases iniciales de la percusión reverberan a través de los altavoces, seguidos por una guitarra acústica y un piano. Al cabo de un momento, una voz melódica flota sobre nosotros.

Oliver arruga el ceño.

—No suena como tu acostumbrada música *screamo.*

—No lo es.

Él me mira.

—Entonces ¿qué es? ¿Quién canta?

—Carly Simon. Me pareció apropiado.

Me reclino en mi asiento y cruzo los brazos mientras el coro de *You're So Vain* suena dentro del coche. Oliver gira hacia Plymouth con más vehemencia de lo habitual.

—Mola, Rafferty. Mola mucho.

• • •

Es el cuarto día de solo música mientras nos dirigimos hacia el instituto. Deseo mantener una conversación con Oliver, para averiguar cómo se siente, de amiga a amigo. Tratar de superar esta tensión creada por la apuesta y la ruptura. Deseo consolarlo, hablar detenidamente de la situación, rodearle la cintura con mis brazos y abrazarlo con fuerza, sentir su aliento en mi...

¡No, un momento! Eso no. Eso nunca.

Solo quiero que nos comportemos de nuevo con normalidad.

Pero no lo hacemos.

—Escucha, Oliver —digo por encima de la música cuando entramos en el aparcamiento—. He pensado que...

Me detengo porque, como es natural, Oliver saluda a alguien con la mano, y como es natural, ese alguien es Theo, que se encamina a través del asfalto hacia nosotros. Esto da al traste con mi última esperanza de mantener hoy una conversación razonable con Oliver.

Theo nos alcanza cuando nos apeamos del coche. Me mira de forma muy obvia y muy desagradable antes de saludar a Oliver con un gesto de la cabeza.

—¿Has visto el *link* que te pasé? —Dirige la vista hacia mí y añade bajando la voz—: El *link* sobre *literatura.*

Sí, ya.

Oliver asiente.

—La literatura estaba muy... *redondeada.*

Después de que ambos choquen los cinco y los puños, Theo hace unos gestos con la mano que no dejan nada a la imaginación acerca de la naturaleza del *link* de esa web. Está claro —*clarísimo*— que no trata de literatura.

—Nos vemos. —Echo a andar hacia el instituto. Por desgracia, Oliver y Theo me siguen. Ni siquiera se molestan en bajar la voz.

—Me gustaría probar un poco eso —dice Theo a Oliver, refiriéndose seguramente a su obsceno *link*—. ¿A ti no?

—¿Quién dice que no lo he hecho? —pregunta Oliver, y siento un sabor amargo en la garganta. La atracción que siento por él se marchita, se convierte en polvo y desaparece arrastrada por la brisa primaveral. Sé que a algunas chicas les gustan inexplicablemente los tipos gilipollas, pero a mí desde luego *no.*

Lo que, bien pensado, significa que igual es mejor que Oliver haya recuperado su faceta de cretino.

28

Ainsley me agarra del brazo cuando nos levantamos de nuestra mesa de laboratorio al terminar la clase de Física.

—El sábado que viene Kaylie da una fiesta en su casa. Deberías venir.

—Kaylie y yo no somos amigas. —Es cierto, puesto que no he intercambiado más de una docena de palabras con ella en mi vida, y algunas eran cosas como «Discúlpame» y «Ese lápiz es mío».

—Todo el mundo puede asistir. Toda la clase de estudiantes de último año.

—Esperaré a recibir una invitación —respondo, y ella me golpea suavemente con su bolso.

—*Esta* es tu invitación. —Ainsley sonríe, pero luego la sonrisa se borra de su rostro—. ¿Puedo preguntarte algo?

No-sobre-Oliver-no-sobre-Oliver.

—Claro.

—Es sobre Oliver. —¡Vaya por Dios!—. ¿Cómo está?

—Francamente, no tengo ni idea.

—¿Seguís escuchando música en el coche de camino al instituto?

Yo asiento.

—Sugiero que se lo preguntes a Theo.

Las arqueadas cejas de Ainsley se juntan en el centro.

—¿A Theo?

—Por lo que he podido deducir, es la única persona con la que Oliver tiene trato.

Ainsley cabecea.

—Eso no es bueno.

—Y que lo digas.

• • •

Es primavera, lo que significa que hace un tiempo soleado y espléndido, pero aún no demasiado caluroso. También significa que todo tipo de gente almuerza en las gradas. Lily y Darbs y Shaun y yo ocupamos nuestro lugar habitual, pero ahora hay montones de estudiantes diseminados en pequeños grupos como el nuestro. Acabamos de tener una conversación sobre el fin de las vacaciones de primavera, Yana y la última reseña literaria del año cuando Lily formula la pregunta que yo confiaba en evitar.

—¿Vais a ir al baile de fin de curso?

Shaun y Darbs asienten con la cabeza, lo cual me sorprende. Shaun, sí. Darbs… supuse que no quería ir.

—Yo haré de pinchadiscos —informa Shaun—. No puedo escaparme.

—Yo no *quiero* escaparme —tercia Darbs—. Será divertidísimo.

—¿Vas con alguien? —inquiero.

—Aún no lo tengo claro.

—¿El qué? —pregunta Lily.

—Si me arriesgo a proponérselo a Yana o le digo sí a Ethan.

—¿Ethan te ha pedido que vayas con él al baile de fin de curso? A mí ni siquiera me envió un mensaje de texto —digo, mirándola asombrada—. Debes de ser una experta en el arte de besar.

Darbs saca la lengua y la agita hacia mí.

—Bueno, conozco ciertos movimientos.

—Qué guarrada —replico.

—¿Vas a ir tú? —pregunta Shaun a Lily.

—Es posible, si a mi nuevo novio le apetece. —Al decirlo sonríe satisfecha y divertida porque reaccionamos justo como ella sabía que reaccionaríamos: chillando y asediándola a preguntas. Al parecer, Lily ha ligado con un tipo de veinte años al que conoció en Saline en un concierto *underground*. Se llama Gordy, lleva el pelo teñido de negro azabache y se perfila los ojos.

—Está buenísimo —nos informa Lily.

Más tarde, cuando Shaun y yo nos dirigimos de nuevo hacia el edificio principal, este me da un codazo y dice:

—¿Sigues siendo contraria al baile de fin de curso?

—Absolutamente.

—¿Solo porque es una tradición arcaica de una era patriarcal que denigra a las mujeres colocándolas en una posición subordinada al tener que esperar a que un hombre les pida que lo acompañen?

—Más o menos.

—Pues cambia de opinión —exige Shaun—. Quiero que seas mi pareja.

—¿Y Kirk?

—No puedo pedírselo. Me dirá que no y eso me destrozará. Es mejor que deje que las cosas se enfríen. Prefiero ir contigo.

—Eso es ridículo —replico—. Y no. Estarás ocupado haciendo de pinchadiscos.

—Podrías hacerme compañía.

—No te ofendas, pero no, gracias —contesto.

Lo que me abstengo de decirle es que la idea de permanecer en la cabina del pinchadiscos con mi mejor amigo gay durante la más sagrada de las tradiciones del instituto hace que me sienta como una patética perdedora.

Como la chica que es incapaz de que un tío hetero le pida que sea su pareja. Y sí, conozco a muchos compañeros de clase que planean ir en grandes grupos y que no tiene nada de malo ir solo..., pero yo no quiero. No quiero porque...

—Oliver —dice Shaun, y siento que mi cuerpo se crispa al oír su nombre.

—¿Qué pasa con él? —pregunto con el tono más despreocupado que consigo adoptar.

—Él está soltero. Tú estás soltera. —Shaun se encoge de hombros—. Parece una solución *perfecta.*

—Pensé que te habías subido al tren del odio hacia Oliver con Darbs y Lily.

—No, he cometido algunas estupideces por tratar de encajar. —Shaun mueve la cabeza—. No desde la secundaria, pero de todos modos... En general, Oliver es un buen tipo. Hay que reconocerlo.

—Supongo que sí. —Caminamos en silencio casi delante del edificio—. Pero somos amigos, o algo parecido a amigos. Ir con él al baile de fin de curso... sería una historia distinta.

—Quizá necesitas una historia distinta. —Shaun me mira con expresión socarrona y le doy un empujón.

—Quizá deberías cerrar la boca.

• • •

—¿Vas a ir a la fiesta de Kaylie el sábado? —Mi pregunta constituye un desesperado intento de conversar con Oliver cuando nos acercamos al campus.

—No. —Acto seguido, por primera vez en una semana, Oliver me hace una pregunta a su vez—: ¿Y tú?

—Lo estoy pensando.

—Deberías ir. Kaylie organiza unas fiestas geniales.

—Y entonces, ¿tú por qué no vas?

—He ido a muchas fiestas de Kaylie.

Lo miro, dudando en hacerle otra pregunta. Parece que hemos hecho algún progreso, al menos de momento, pero no quiero cabrearlo y enviarlo de nuevo al País de los Gilipollas, aunque ese lugar ofrece cierta paz, porque cuando habita allí, no temo que mi atracción por él reaparezca.

—¿Es porque no quieres encontrarte con Ainsley?

Oliver me mira como sopesando su respuesta.

—No.

—Entonces ¿por qué?

—He prometido a mi madre que la ayudaría con unas cosas en casa, eso es todo.

Guardamos silencio mientras Oliver busca un espacio para aparcar, pero cuando echamos a andar hacia el instituto, de repente se vuelve hacia mí.

—¿Crees que debería ir?

—Sí —contesto de forma automática, y es justo por esta misma razón por lo que no tengo una respuesta cuando él me hace la inevitable pregunta.

—¿Por qué?

Porque quiero que estés allí.

La ocurrencia surge naturalmente, como un hecho que no controlo. Como la gravedad.

—Porque… será divertido.

—Pero ¿no crees que habrá otras fiestas divertidas?

No sé adónde quiere ir a parar.

—Quizá. O quizá no. No nos queda mucho tiempo en el instituto.

Oliver asiente.

—De modo que será una de las últimas ocasiones en que podré reunirme con todos mis amigos.

—Sí. Tal vez sea incluso la última gran fiesta del año.

—Excepto por el baile de fin de curso.

¡Uf!

—Sí. Excepto por el baile de fin de curso.

Oliver se pone muy serio.

—¿Estás diciendo que es importante?

—Exacto —respondo, y entonces me doy cuenta de mi error cuando suena el primer timbre y Oliver sonríe de oreja a oreja—. ¡Maldita sea!

—¡Ay, June! —dice Oliver, y toda la atracción que siento por él me inunda de nuevo, porque su sonrisa es tan radiante y sus ojos tan castaños, y porque dice mi nombre de una forma que hace que sienta un pellizco en el vientre—. Otra canción para nuestra *playlist.* ¿Cuándo vas a escarmentar?

Al parecer la respuesta es «nunca», porque estamos de nuevo en el punto de partida: yo perdidamente enamorada de él; él en la inopia e inalcanzable.

Como es natural, lo único que contesto es:

—Cállate.

Y él rompe a reír a carcajada limpia.

29

Cuando Shaun llega a mi casa, insiste en jugar a los disfraces. En todo caso, así es como yo llamo a su deseo de elegir la ropa que debo ponerme para la fiesta.

—No te queda mal —dice, observándome—. Pero no vas vestida para una fiesta.

—Mi padre dice que estos vaqueros hacen furor en Nueva York —protesto, señalando el agujero meticulosamente practicado en la parte superior de mi muslo.

—Son muy sexis —me asegura Shaun—. Pero podrías llevarlos para ir a misa o a catequesis. ¿Qué más tienes?

Al cabo de media hora de rebuscar en mi armario (y varios chistes sobre salir de él), Shaun ha cambiado mi camiseta por un top muy corto de manga larga serigrafiado con pequeñas cebras: un regalo que me hizo mi padre hace dos veranos. Tiro de la parte inferior, que apenas cubre mi ombligo.

—Creo que me queda demasiado pequeño.

—No existe camiseta demasiado pequeña —afirma Shaun, analizando mi atuendo—. Zapatos.

Mi idea es ponerme unas chanclas, pero él quiere que luzca unos tacones de aguja. Como no tengo ese tipo de calzado, nos decidimos por unas sandalias de plataforma adornadas con brillantitos que me he puesto solo un par de veces.

—Si me parto un tobillo, tú tendrás la culpa —le digo.

Shaun señala mi pelo, que llevo recogido en una coleta.

—Mejor suelto.

—Cuando me lo suelto, se descontrola.

—Un poco de descontrol no te vendrá mal —contesta—. *Suelto.*

Al cabo de unos minutos, mi pelo enmarca mi rostro en desordenadas ondas. Shaun levanta ambos pulgares.

—Esto es muy divertido. Deberíamos hacerlo siempre.

—O no —respondo. Pero mi imagen reflejada en el espejo sonríe.

• • •

Puesto que no suelo asistir a estas fiestas en casa de amigos, me siento un poco decepcionada al comprobar que la gente no salta del tejado a la piscina, ni juegan a Succionar y Soplar ni se produce ninguna pelea a puñetazos. Al parecer, las fiestas de las películas de Hollywood no se corresponden con la realidad.

Lo que sí se ajusta es la música atronadora, la cerveza de barril y los atuendos escuetos. Nada más entrar, nos cruzamos con una pandilla de chicas que muestran muchos centímetros de piel. En ese momento me siento profundamente agradecida a Shaun por insistir en que me cambiara.

Encontramos a Kaylie en la cocina, en el centro de un grupo. Está apoyada contra la encimera, riendo a través de una rodaja de lima que sostiene entre los dientes. Mientras observamos, Bo Reeves espolvorea un poco de sal sobre el pecho de Kaylie, justo por encima del escote de su top. A continuación, lame la sal y bebe un chupito de tequila. Mientras los demás aplauden, Bo succiona la rodaja de lima de la boca de Kaylie y la chupa un segundo antes de escupirla en el fregadero. Luego se vuelve hacia Kaylie y la besa en la boca, algo que ella le permite durante un breve momento antes de apartarse y exclamar:

—¡Yuhuuu!

Los presentes se hacen eco de su reacción y Shaun y yo nos miramos.

—Qué romántico.

Kaylie chilla de nuevo y me doy cuenta de que nos está mirando.

—¡June! ¡Shaun! ¡Venid y tomaos unos «chupitos corporales»!

Shaun me mira sonriendo.

—Yo tengo que conducir.

—Quién dijo miedo —respondo, y Kaylie vuelve a chillar de gozo. Llena un vaso corto con tequila y me lo pasa.

—¿Lo has hecho alguna vez?

Miro al público que me rodea, que deduzco que se compone de expertos en «chupitos corporales».

—No.

—Se supone que tienes que ponértelo en el escote —me explica Kaylie en un tono confidencial que cualquier persona a veinte pasos puede oír—, pero yo no quería tener la cara de Bo en mis tetas.

—En términos generales, yo también tengo una zona de tetas libre de caras.

—ECPV —dice Kaylie, y me echo a reír porque la ocurrencia de Darbs por fin se ha puesto de moda. Kaylie señala a los presentes.

—¿Quién se ofrece como voluntario?

Conozco a la mayoría de los rostros, pero no veo a nadie que me apetezca que me lama la sal del pecho, por lo que señalo a Shaun. Al parecer es una elección acertada, porque todo el mundo prorrumpe en risas y aplausos.

—¡Conviértelo en hetero! —grita Danny Hollander, y Shaun le hace la peineta.

Tomo la rodaja de lima que me ofrece Kaylie y la deslizo sobre el dorso de la mano de Shaun.

—Estoy segura de que esto no te convertirá en heterosexual —le digo mientras Kaylie espolvorea sal sobre la zona en cuestión.

—Puedes intentarlo —responde Shaun, abriendo la boca para que yo pueda colocar la rodaja entre sus dientes.

Lamo la amarga sal de su mano y bebo el chupito de tequila. Es mucho más fuerte de lo que había imaginado y tuerzo el gesto, lo cual hace que la gente se ría. Sacudo la cabeza y me apoyo contra Shaun para extraer la rodaja de lima de su boca.

—Qué asco —exclamo cuando el sabor se disipa de mi lengua y la gente deja de aplaudir mi espectacular proeza.

—Enhorabuena por perder tu virginidad con respecto al «chupito corporal» —me felicita Shaun.

—Gracias. ¿Te has vuelto heterosexual?

—En realidad creo que has conseguido que me vuelva más gay. —Otro chillido de gozo de Kaylie anuncia la llegada de un nuevo grupo de invitados. Shaun y yo dejamos de ser el foco de atención y nos dirigimos hacia el barril de cerveza—. Podemos compartir una —propone.

Es una decisión muy acertada, sobre todo porque la garganta aún me arde debido al chupito de tequila. Mientras Shaun llena un vaso de plástico, la puerta del jardín trasero se abre de repente y una chica entra caminando de espaldas. Es evidente que se trata de Ainsley, porque esa melena espesa y ondulada del color de la arena de la playa hasta casi la cintura es la suya y, sin embargo, es imposible que sea ella, porque unas manos grandes y viriles le rodean la cintura. Unas manos que no dejan de toquetearla y que pertenecen a Theo Nizzola.

Quiero pensar que es un juego de salón, un juego que desconozco, como otra versión del «chupito corporal», pero no veo que Theo y Ainsley sostengan ningún vaso o botella de alcohol. Por lo demás, están tan embelesados el uno con el otro que ni siquiera pueden separar sus bocas el tiempo suficiente para entrar en la casa. Murmuran entre beso y beso, y mientras Shaun y yo los miramos pasmados, Ainsley aparta las manos de Theo de su cintura y se las coge entrelazando sus dedos. Al fin, entra en la cocina de espaldas y tirando de él.

Puesto que él está de frente —y puesto que Shaun y yo contemplamos el espectáculo boquiabiertos—, Theo se dirige en primer lugar a nosotros.

—¿Qué estáis mirando?

La exclamación de sorpresa de Ainsley nos evita responder a la pregunta.

—¡June! ¡Has venido!

—Tú me invitaste. —Percibo el tono frío de mi voz. De repente comprendo qué pudo haber inducido a Oliver a propinar a Itch un puñetazo en la cara.

—Dijiste que no vendrías. —Ainsley agita las manos delante de su cuerpo, angustiada, y sus ojos parecen más grandes y más verdes que de costumbre.

—Shaun me convenció para que viniera —contesto, mirando a Theo—. Me parece que hubiese debido avisarte de mi cambio de idea.

—No. —Ainsley niega con la cabeza—. No tenías por qué decirme nada. Lo siento. Es que estoy sorprendida, eso es todo.

—Ya lo veo. —Me vuelvo hacia Shaun—. Salgamos de aquí.

—Espera —dice Ainsley—. ¿Puedo hablar contigo?

No me apetece escuchar las explicaciones de Ainsley. No tiene nada de malo que se lo monte con el mejor amigo de Oliver, de modo que miro a Shaun. Confío en que me salve, pero él se limita a asentir y me entrega el vaso de cerveza, diciendo:

—Anda, ve.

Sigo a Ainsley a través de la cocina y el comedor abarrotado de gente, y salimos al porche delantero. No es tan grande como el nuestro, pero hay un columpio en una esquina. Me siento en un extremo y Ainsley se sienta en el otro.

—Theo iba a decírselo esta noche —afirma—. Ese era el plan, pero Oliver decidió no venir.

Yo señalo la casa.

—¿De veras crees que todos los que están aquí van a guardar el secreto? No dejáis de acariciaros y besuquearos. —No añado lo que pienso realmente: una exhibición de pésimo gusto.

—No lo pensamos detenidamente —responde Ainsley—. Íbamos a venir a la fiesta en plan de amigos, pero luego nos pusimos a hacer manitas y nos pareció una tontería tratar de ocultarlo, ¿comprendes?

—Pues *no*, no lo comprendo. Podrías haberte ligado a cualquier chico, y elegiste al mejor amigo de Oliver.

—Esa no es la *razón* por la que estoy con Theo. Me gusta, es así de sencillo.

Yo no digo nada. Aunque no comprendo ni remotamente qué le puede atraer de Theo Nizzola, entiendo que una no pueda controlar sus emociones.

—Sé que hemos roto el código fraternal. Theo también lo sabe. Por eso quiere hablar con él. —Ainsley se inclina hacia delante, fijando los ojos en mi rostro—. Por favor, June, no te enfades conmigo.

Yo lo analizo. No sé por qué le preocupa que esté enfadada con ella. En realidad no lo estoy. Es más bien que no quiero que nadie salga perjudicado, y esta es potencialmente una situación en la que todos los involucrados pueden acabar lastimados. Incluida Ainsley.

—Tengo que decirte algo —digo al cabo de unos momentos, y observo que la sonrisa se esfuma de su rostro—. Por solidaridad entre chicas, creo que debes saberlo.

—Adelante. —Esta vez su tono es decididamente brusco. Frío.

—Cuando tú y Oliver empezasteis a salir, Theo hizo una estúpida apuesta con él sobre lo rápidamente… —me detengo mientras Ainsley espera, golpeando con su pie el suelo del porche—… que Oliver lograría acostarse contigo. —Suena horrible dicho en voz alta, y de pronto me odio por ser la persona que se lo ha revelado—. Theo se apostó con Oliver que no lo lograría antes del Cuatro de Julio. Por eso Oliver se apuntó a la clase de ciencias familiares, porque perdió la apuesta. —Ainsley calla y no sé si está furiosa o si va a estallar en lágrimas o qué, así que sigo hablando para acabar cuanto antes. Las palabras surgen de mi boca atropelladamente—: Sí, Oliver fue un cerdo por aceptar la apuesta, pero quizá Theo lo fue más por proponérsela. Se lo planteó en el vestuario, de modo que todos lo oyeron y todos los atletas están al corriente. Lo siento mucho, Ainsley… ¿Qué?

Ainsley ha estallado, efectivamente, pero no en lágrimas, sino en carcajadas. El sonido de su risa reverbera claro y nítido en el ambiente nocturno. No es una risa alegre. Es una risa *despectiva.*

—Dios santo, June. Te lo tomas todo tan en serio… Resulta adorable.

No sé a qué viene esto, pero estoy segura de que no es un cumplido.

—Ya sabía lo de esa estúpida apuesta —me informa—. Lo he sabido siempre. No es para tanto.

—¿Que no es para tanto? —Una oleada de indignación me invade y suelto—: ¿Lo dices en serio? ¿Todo un vestuario de gilipollas especulando sobre los días que un tío tardará en acostarse contigo? ¡Es horrible! ¡Es denigrante! Es...

—Es mentira —dice Ainsley.

—¿La apuesta? ¿La apuesta era mentira?

—No. No es verdad que Oliver apostara. Cuando Theo se lo propuso delante de todo el mundo, Oliver y yo ya habíamos tenido sexo. Pero Oliver no quería que los demás lo supieran. Pensó que me daría mala fama.

Procuro sofocar la parte de mí a la que fastidia que Oliver tenga sexo con una chica.

—¿Dijo a todo el mundo que había perdido la apuesta para salvar... tu *honor* o algo parecido?

—Lo sé. —Ainsley menea la cabeza—. Fue una estupidez.

A mí no me parece una estupidez. Es una revelación. Oliver ha dejado que yo pensara que era un gilipollas para proteger la privacidad de Ainsley. Es posible que Oliver sea la mejor persona que he conocido en mi vida. Oliver es un *príncipe.*

Ainsley se levanta del columpio.

—Necesito otra copa. ¿Seguimos siendo amigas?

—Por supuesto.

¿Qué otra cosa podía decir?

Ella me sonríe.

—Fantástico. Nos vemos dentro.

Ainsley entra de nuevo en la casa. Miro el vaso de plástico que sostengo y bebo automáticamente un trago. Está malísimo. No soy muy fan del sabor de la cerveza y esta se ha recalentado, de modo que me levanto y arrojo el contenido sobre la barandilla del porche. Siento deseos de tirar también el vaso a la oscuridad, pero no lo hago porque no quiero dejar trastos por el suelo.

Me quedo un rato en el porche, preguntándome cómo abordar a Oliver el lunes. Por supuesto, no me gusta la forma en que se ha comportado, pero se supone que soy su amiga y lo he acusado de algo que no ha hecho. Lo he acusado justamente de lo *contrario* de lo que ha hecho. Empecé el curso en el instituto pensando lo peor de él, y volví a pensarlo después de que me demostrara que estaba equivocada.

Puede que la gilipollas sea yo.

Espero una lucidez que no se produce. Por fin, cansada de estar sola y ahuyentar a los mosquitos, decido ir a ver si Shaun tiene ya ganas de marcharse. Me encamino hacia la puerta de entrada cuando oigo el sonido de un motor y veo unos faros que se aproximan rápidamente al tiempo que un coche sube por el largo camino de acceso desde la carretera. Los neumáticos levantan una nube de grava cuando el mastodonte se detiene en una arboleda alejada de los otros vehículos, en los lindes de la oscuridad.

Me detengo en el porche, helada. Se oye un portazo y aparece Oliver, dirigiéndose hacia mí, abriéndose camino entre otros coches. No necesito ver su rostro para saber que está cabreado. Lo percibo por la forma en que mueve su cuerpo, por cómo ha cerrado la portezuela del mastodonte. Alguien ha debido de enviarle un mensaje de texto, o le ha telefoneado, o ha subido una foto de la fiesta.

Oliver sabe que Ainsley está con Theo.

Me apresuro hacia los escalones del porche en el momento en que él sube por ellos. Al verme se para.

—Hola —dice, pero su tono no es de saludo. Soy un problema que ha captado su radar, una bifurcación en el camino. Un obstáculo que debe salvar.

—Creí que no ibas a venir. —Es un intento de detenerlo, un eco accidental de lo que dijo Ainsley cuando llegué.

—Sí, yo también lo creí. —Todo el cuerpo de Oliver vibra, furioso, tenso—. Pero recibí una información que me convenció de que debía venir y pasar el rato con mis compañeros.

Pasa rozándome con el hombro y entra en la casa. Transcurren treinta segundos antes de que las órdenes pasen del cerebro a mis pies y eche a correr tras él. Otras personas entran desde el jardín trasero. El comedor está abarrotado de gente y el ruido es tremendo. Alguien sube el volumen de la música y el sarao empieza a adquirir, por fin, la apariencia de esas fiestas en las películas: gente bailando, bebiendo y dándose el lote. No veo a Oliver, pero Shaun está junto a una de las mesitas de café, meneando el esqueleto con uno de los del grupo teatral. Lo agarro en pleno movimiento y pregunto:

—Rápido, ¿dónde está Ainsley?

Shaun se encoge de hombros.

—¿No estaba contigo?

Yo lo zarandeo por los hombros —«¡Oliver está aquí!»— y observo cómo la expresión «*¡Mierda!*» se dibuja en el rostro de Shaun. Sabe lo que yo sé: que si se produce un enfrentamiento entre Oliver y Theo, la cosa no terminará bien para Oliver. Sí, es un chico fuerte y musculoso, pero no sabe *pelear.* Todos vimos la cara de Itch después de que Oliver le atizara un puñetazo y, para ser sincera, apenas le hizo un moratón.

—Quizás estén arriba —me informa Shaun—. Iré a ver.

—Yo miraré fuera. Nos reuniremos aquí de nuevo.

Echo a correr por el pasillo, sorteando a parejas de conocidos que se están besando o fumando o haciendo algo que imagino que se supone que es bailar. Por desgracia (o quizá por suerte, dependiendo de qué camino haya tomado Oliver), ninguno de ellos son Ainsley y Theo. Doblo una esquina, entro en la cocina y veo que aún están con lo del «chupito corporal» y que Oliver está ahí, esperando que le toque el turno. Al entrar veo a Mark Silver inclinarse para extraer el vasito del escote de Jeana Katz con los dientes. Después de bebérselo de un golpe, se lanza a por la rodaja de lima que ella sostiene en la boca. A continuación se produce una serie de lengüetazos que me induce a pensar que hemos rebasado el punto de sobriedad de la velada.

Me acerco apresuradamente a Oliver y lo agarro del brazo.

—¿Qué haces? —pregunto, porque es lo primero que se me ocurre.

—Tomarme una copa.

—¿Aquí?

Él me mira con cara de extrañeza, de lo cual me alegro porque al menos expresa otra emoción aparte de la ira y la tensión que transmite en estos momentos.

—Sí, esto es la cocina.

Veo una botella llena de tequila en la encimera y la agarro.

—Yo te cubro —le digo con voz exageradamente jovial, sosteniendo la botella frente a sus ojos. Lo tomo por la muñeca y agrego—: Vamos, salgamos de aquí.

Lo arrastro hacia el pasillo y Oliver me sigue obediente durante una docena de pasos antes de obligarme a detenerme.

—Espera, ¿qué estamos haciendo?

—Dijiste que querías tomarte una copa. Yo me he apropiado de una botella. Por tanto, vamos a tomarnos una copa. —Agito la botella de tequila—. Concretamente, una copa de *esto.*

Oliver arruga el ceño.

—Ya te he dicho que he venido aquí para reunirme con mis compañeros. —Pero luego mira mis dedos aferrando su brazo y su expresión se suaviza—. ¿Qué ocurre, June? ¿Estás bien?

—No. —No es del todo mentira—. Oye, ¿no podemos ir a un sitio más privado? —Si me llevo a Oliver, daré a Shaun tiempo suficiente para advertir a Ainsley y a Theo que dejen de montárselo aquí. No sé qué le explicaré cuando estemos solos, pero ya se me ocurrirá algo acerca del instituto o nuestra *playlist* u otra cosa que no sea «tu ex ha ligado con tu coleguitículo».

Se produce una pausa, durante la cual Oliver escudriña mi rostro, y de golpe me doy cuenta de que estamos muy juntos en un lugar invadido por el calor, la humedad y las hormonas. La urgencia se transforma en… conocimiento. Lo único que veo son los ojos de Oliver y lo único que oigo son los latidos de mi corazón resonando en mis oídos. Las pupilas de Oliver se dilatan y siento una tensión en el pecho. Abro la boca para decir algo pero las palabras no salen, porque él toma mi mano —la que le sujeto por la muñeca— y la sostiene en la suya.

—June… —dice, pero nunca averiguaré el resto de la frase porque la voz de Theo ahoga la de Oliver.

—¿Qué, disfrutando del segundo plato delante de todo el mundo? —Y Theo aparece en el umbral de la puerta que creo que da acceso al sótano.

—Cállate —le ordeno, porque no sabe lo que dice, pero acto seguido aparecen unas cuidadas manos rodeándole la cintura por detrás y el rostro de Ainsley surge de la penumbra. Al vernos, emite un grito ahogado y se aparta bruscamente de Theo, pero es demasiado tarde. No hay que ser un genio para darse cuenta de lo que sucede. De lo que sucede desde *hace rato.*

—¡Oliver! —exclama Ainsley, subiendo al pasillo y cerrando la puerta tras ella—. Theo y yo bajamos a por cerveza…

—No creo que bajarais a por cerveza —replica Oliver.

—¿La estás llamando embustera? —salta Theo.

Oliver se vuelve hacia él y como estoy muy cerca, lo veo crispar la mandíbula. Lo sujeto del brazo, pero él se suelta.

—Exacto —informa Oliver a Theo—. Y a propósito, ¿qué estás haciendo con mi exnovia?

—Supongo que lo mismo que tú estabas haciendo con *esa*. —Theo hace un gesto obsceno hacia mí y Oliver lo agarra de la camiseta y lo estampa contra la pared. Es un gesto rápido, violento, que hace que alguien grite. Al cabo de un segundo, me doy cuenta de que he sido yo.

En el salón, la música se detiene y oímos la voz de Kaylie desde la cocina.

—¡No os peleéis! ¡No os peleéis dentro de casa!

—¡Parad! —Nadie presta atención a la orden de Ainsley.

Oliver y Theo se miran furibundos, sus rostros casi rozándose. La gente sale al pasillo, y como todo el mundo parece estar borracho, nadie hace nada para detenerlos, de forma que sujeto a Oliver del brazo mientras Ainsley sujeta a Theo.

—¡Para, Oliver! —le suplico—. Por favor, para.

Se produce una pausa durante la cual ambos siguen mirándose con rabia, y luego siento los músculos de Oliver relajarse debajo de mis dedos. Da un paso atrás y baja lentamente el puño. Theo hace lo propio.

—Gracias —murmuro mientras Ainsley arrastra a Theo hacia la cocina. Ella y yo nos miramos, y entre ambas se produce un *flash* de algo: entendimiento, claridad, cooperación. Luego ella y Theo desaparecen y yo me llevo a Oliver de la fiesta y salimos al porche en penumbra—. Vamos —digo, conduciéndolo escalones abajo mientras la música vuelve a cobrar vida a nuestras espaldas.

—¿Adónde? —pregunta Oliver, pero no sé qué responder. Solo sé que necesito sacarlo de esta casa, lejos de Theo, lejos de todo lo que representa un peligro. No sé adónde nos dirigimos hasta que llegamos junto al mastodonte. Oliver se percata al mismo tiempo que yo y se detiene en seco.

—No me marcharé.

—No tenemos que marcharnos. Podemos… quedarnos aquí.

Se produce una larga pausa y Oliver suspira.

—De acuerdo, pero solo porque tú eres la razón por la que no golpeé a Theo.

—Te lo agradezco. —Extiendo la mano para abrir la puerta del copiloto, pero Oliver me lo impide.

—Pasamos demasiado tiempo dentro de este coche.

—Entonces ¿adónde vamos?

Él me toma por la cintura, me alza y me coloca en el capó como si yo no pesara nada. A continuación se sienta junto a mí de un salto —porque al parecer es lo más fácil del mundo si eres Oliver— y me mira.

—¿Es tuya?

Me doy cuenta de que todavía sostengo la botella de tequila.

—No —respondo, y él se ríe.

—Al menos hemos sacado algo provechoso de la fiesta.

Pero no toma la botella de tequila. En lugar de eso, coloca las manos debajo de la cabeza y se recuesta sobre el parabrisas, contemplando el cielo nocturno. ¡Por el amor de Dios!, está tan hermoso como siempre: sin duda, la luz de las estrellas no hace que las personas parezcan menos atractivas. Me acerco y me recuesto sobre el parabrisas, a su lado.

—Sé que Theo se merecía que le pegaras un puñetazo por lo de Ainsley, pero me alegro de que no lo hicieras. No te habría hecho sentir mejor.

Oigo un murmullo junto a mí. Oliver se ha incorporado y está apoyado sobre el codo, de cara a mí.

—Un momento, ¿crees que yo quería pegar a Theo?, ¿por qué?

—Porque él... aparte de cómo es... está con Ainsley.

Estaba convencida de ello, pero Oliver me mira perplejo.

—No fue por eso, June. —Oliver menea la cabeza—. Fue por lo que te hizo a *ti*. Por lo que hizo. Ese gesto.

Lo miro asombrada, porque eso no tiene ningún sentido.

—Theo siempre me hace esas cosas.

—Lo sé. He procurado que deje de hacerlas. Estoy harto.

—Espera. —Me levanto del parabrisas y me siento con las piernas cruzadas sobre el capó del mastodonte—. ¿No has venido porque averiguaste que Theo estaba con Ainsley?

—No. —Oliver se sienta también sobre el capó del coche y me mira—. Tenía que salir.

—¿Por qué? —En cuanto formulo la pregunta, me doy cuenta de que ya conozco la respuesta.

—En mi casa hay un ambiente muy raro. Como si el aire hubiera desaparecido y mis padres y yo nos moviéramos por entre un enorme vacío, pero hasta ahora no sabía *por qué*. —Yo asiento, temiendo lo que dirá a continuación—. Esta noche lo he averiguado. Mi padre engaña a mi madre.

—¿Que tu padre *engaña* a tu madre? —¿De modo que sigue haciéndolo?

—La engaña, la engañaba. No lo sé. Está claro que lo ha hecho, más de una vez, y él mismo lo ha reconocido. Supongo que mi madre y él están tratando de solventar sus diferencias, pero hoy han tenido una pelea monumental. Cuando bajé, mi padre acababa de marchase con el coche y mi madre estaba vaciando su botella de whisky más cara por el fregadero.

No me sorprende.

—¿Qué pasó luego? —pregunto.

—Mi madre me dijo que la engañaba. —Oliver me mira con expresión irónica—. Creo que antes de vaciar la botella se bebió varias copas.

Yo trago saliva.

—¿Qué más te contó?

—Solo unas pinceladas del capítulo referente al divorcio en el manual para padres: que no es culpa mía y que todo se resolverá. —Oliver cabecea—. Mi padre parecía estar tan enamorado de ella... Me parece increíble que hiciera eso. Pensé...

Se detiene y yo termino la frase por él.

—Pensaste que era mejor de lo que es.

Oliver asiente. Nuestras rodillas se rozan y deseo alargar la mano para tomar la suya, pero no lo hago. No puedo hacerlo.

Tengo miedo.

Oliver dirige la vista hacia la botella apoyada contra el parabrisas. La toma y lee la etiqueta.

—Has robado el tequila de Kaylie.

—Yo no diría que lo robé. En todo caso, lo tomé prestado. Tomé prestado el tequila de Kaylie.

—Algunos de los que están allí se cabrearán de veras si no pueden tomarse sus «chupitos corporales» —comenta Oliver—. Has decepcionado a las masas.

—Las masas me vieron tomarme uno. —Enseguida lamento haberlo dicho porque en su rostro se dibuja una expresión que no alcanzo a descifrar.

—¿Con quién lo hiciste? —Su tono es cauteloso, deliberadamente despreocupado.

—Con Shaun —respondo, y observo que su cuerpo se relaja.

—Yo no tuve tiempo de tomarme ninguno. —Lo dice de una forma que hace que, de pronto, el aire nocturno parezca más cálido, denso y silencioso a nuestro alrededor. Mis ojos se posan en la botella de tequila junto a sus manos y luego en su rostro.

—¿Ah, no?

—No.

Es tan solo una palabra, pero que encierra todo tipo de significado. Una pregunta. Un deseo. Una promesa. Miro los ojos en penumbra de Oliver y el suave calor del coche debajo de mi cuerpo aumenta, irradiando hacia mis muslos y penetrando en mi vientre. Algo entre nosotros ha cambiado, se ha intensificado. Él toma la botella y cambia de postura de manera que sus rodillas chocan contra las mías. Mi reacción normal sería recular rápidamente, para dejarle sitio, para erigir una barrera entre nosotros.

Pero en lugar de ello me inclino un poco hacia delante. Mis rodillas presionan contra las suyas.

Oliver sonríe.

Yo le devuelvo la sonrisa.

—No tenemos lima. —Es un último y débil esfuerzo por protegerme, por evitar lo que sé que va a suceder. Lo que deseo que *suceda*.

—¿Recuerdas cuando estuvimos en el sótano de mi casa? —me pregunta Oliver—. ¿Cuando fingimos que estábamos en el coche?

—Sí —respondo en un susurro.

Él ladea un poco la cabeza, solo un poco, y me doy cuenta de que aunque no he tomado conscientemente la decisión de hacerlo, he inclinado la cabeza en sentido opuesto. Preparándome para él.

—¿Dónde debo echar la sal? —Sus ojos escrutan mi rostro y se deslizan sobre mi torso.

Yo alzo la mano, porque es lo que hice con Shaun, pero esta se mueve por iniciativa propia y mi índice señala un punto en mi clavícula.

—Buena elección —celebra Oliver, sin su acostumbrado tono jovial. Desliza el dedo sobre el lugar que he señalado—. La lima. —Toma la imaginaria rodaja, tocando ligeramente las comisuras de mi boca cuando la deposita allí. Yo entreabro los labios para aceptar lo que no existe. Entonces Oliver agita la mano sobre ese punto en la base de mi cuello—. Sal.

Se acerca más y me mira a los ojos.

—Sí —digo de nuevo, respondiendo a lo que él no me ha preguntado en voz alta. Él agacha la cabeza. Siento la punta de su lengua rozar mi clavícula y deslizarse un poco sobre ella. Aunque sus labios están tibios, aunque hace calor, me estremezco.

Oliver levanta la cabeza.

—¿Voy por buen camino? —Esta vez me falta la voz para responder, así que asiento con la cabeza. Él se lleva la botella de tequila a la boca, fingiendo beber aunque no está abierta, y vuelve a depositarla en el capó del mastodonte. Mira mi boca—. Ahora tengo que tomar la lima.

Alzo la mano con lentitud y finjo sacar la rodaja de lima de mi boca y agitarla ante él.

—Aquí está —señalo, simulando colocarla de nuevo donde estaba.

Oliver sonríe y me inclino hacia delante. Él agacha la cabeza y su boca, cálida y suave, oprime la mía. No sabe a tequila y a lima, sino a pasta dentífrica mentolada y a bálsamo labial de cerezas. Mis labios, por iniciativa propia, se entreabren debajo de los suyos. Mis brazos, por iniciativa propia, lo rodean, y mis manos se deslizan por su espalda, sintiendo la tensión de sus músculos debajo de su camiseta. Es muy distinto de besar a Itch, de besar a Ethan, de besar a cualquier otro chico, porque este chico es *Oliver*, y aunque lo conozco bien, es como si lo descubriera con cada pequeño movimiento que hacemos.

Él se recuesta de nuevo sobre el parabrisas, pero esta vez me lleva con él, tirando de mi cuerpo hasta que estoy sobre el suyo, y nos besamos durante mil años o quizá durante solo cinco minutos. No lo sé, porque el mundo entero se ha convertido en Oliver. Esto confirma lo que ya sé, lo que he tratado de rechazar y enterrar una y otra vez.

Oliver significa todo para mí.

Oliver lo *es* todo.

30

La cálida luz del sol me acaricia el rostro y me doy la vuelta en la cama. El reloj en mi mesilla de noche indica que es por la mañana pero no tan tarde como para tener que levantarme. Puedo seguir durmiendo. Es fin de semana y los fines de semana me quedo en la cama un rato más.

Así que el primer pensamiento que se me ocurre es: *quiero dormir más, por favor.*

El segundo pensamiento hace que me incorpore en la cama de un salto. Alzo los hombros hasta las orejas y me llevo las manos a la boca. Ese segundo pensamiento es: *Oliver me ha besado.*

Mi tercer pensamiento de la mañana se me ocurre casi de inmediato. Es repentino y estremecedor y resuena con fuerza en mi cabeza: *AY, MIERDA.*

• • •

Oliver me telefonea cerca del mediodía. Estoy sola en la cocina, sentada ante la encimera, tratando de comer un poco de queso y unas galletitas saladas a pesar del nudo que tengo en la garganta, cuando mi teléfono móvil se pone a temblar. Veo su nombre en la pequeña pantalla y no vacilo en oprimir el botón para silenciarlo, para silenciarlo a él.

No puedo hablar con él.

Todavía no.

Pero puedo *escuchar* su mensaje de voz.

—Hola, June. Soy Oliver Flagg. —Se ríe como ridiculizándose—. Pero eso ya lo sabes porque te estoy llamando al móvil y los teléfonos móviles indican el nombre de la persona que llama, de modo que, básicamente, todo lo que he dicho hasta ahora no sirve para nada. Debería colgar y empezar de nuevo, pero entonces te llamaría dos veces seguidas y resultaría muy raro y algo perturbador, así que... June Rafferty... —Respira hondo—... jamás se me ocurriría pedirte que me acompañes al baile de fin de curso. Sería un insulto a tu inteligencia. Por esta razón...

La pausa es la más larga.

—Por esta razón quiero que sepas que si cierta feminista obstinada, brillante e intelectual decidiera invitar a cierto tipo que conduce un mastodonte al baile de fin de curso..., ese tipo le diría que sí. Aceptaría encantado.

El nudillo de mi dedo anular derecho me duele y me doy cuenta de que es porque sujeto el móvil con demasiada fuerza. Relajo la mano y escucho el final del mensaje de Oliver.

—Así que espero que ella se lo pida. También espero que le devuelva la llamada, porque el sábado fue...

Un error, un error, un error.

—... fantástico. —Lo oigo sonreír a través del teléfono—. Llámame.

Y desaparece. Me quedo sola, consciente de que he abierto una puerta que jamás podré cerrar, una puerta que conduce a un lugar que oculta mis mayores vulnerabilidades, mis mayores debilidades y todo lo que más me aterra.

No.

• • •

El lunes por la mañana temprano, mi madre aparca en uno de los espacios reservados a los empleados del campus de la Universidad de Míchigan y salimos al frío aire matutino. Yo la sigo con paso cansino, mientras envío a Oliver un mensaje de texto.

hoy me ha traído mi madre, así q no tienes q pasar a recogerme. siento no haberte llamado todavía. estoy superliada.

Él me contesta enseguida.

no te preocupes. nos vemos en el instituto.

Mi madre tiene tutoría, por lo que me conduce a una de las galerías, donde me siento en un banco y contemplo un muro cubierto con lienzos de color turquesa. Decido que tanto el banco como mi vida son duros, y que tanto el arte como mi corazón son inescrutables. Me quedo sentada allí, satisfecha de que se me ocurran unos pensamientos tan poéticos, hasta que es hora de dirigirme andando hacia el instituto.

• • •

Todo comienza en el aula principal cuando Lily se sienta a mi lado.

—¿Qué tal el fin de semana?

—Genial. —No es del todo mentira.

—¿Lo «genial» fue cuando Oliver estuvo a punto de atizar un puñetazo a Theo o cuando te revolcaste con él en el asiento trasero de una camioneta?

—No era una camioneta, sino el capó del coche de Oliver. —Sepulto la cabeza entre las manos.

Cuando termina la reunión en el aula principal, Shaun nos localiza en el pasillo mientras nos dirigimos a clase de inglés.

—¿Qué tal el tequila?

—No nos lo bebimos.

—Estaban demasiado ocupados —tercia Lily.

—Lo sé —dice Shaun.

—*Todo el mundo* lo sabe —apostilla Lily.

—Creo que tengo jaqueca —les confieso, y me largo.

• • •

Después de permanecer en el despacho de la enfermera un par de horas, incapaz de conseguir que me suba la fiebre o que vomite, esta me envía de nuevo a clase. Se me ocurre saltármela —marcharme del campus y alejarme del instituto, de mi último año, de la graduación, de la vida— pero no tengo ánimos para hacerlo. A fin de cuentas, la verdadera huida se producirá pronto, y a partir de ese momento no tendré que volver a ver a ninguna de estas personas. Solo faltan unas semanas.

Tengo que resistir hasta entonces.

En cualquier caso todos me habrían mirado con extrañeza, porque es natural sorprenderse ante una estudiante que entra en clase tarde y deposita una nota en la mesa de la profesora, pero hoy, mientras la señora Nelson echa un vistazo a la nota del despacho de la enfermera y me indica que me retire con un gesto de la cabeza, siento todos esos ojos como si fueran unos objetos pesados posándose sobre cada centímetro de mi piel, abrasándola, presionando contra mi cuerpo.

Juzgándome.

Aunque no miro hacia el fondo del aula, sé que dos de esos ojos pertenecen a Oliver y que son los más pesados y abrasadores. No puedo devolverle la mirada.

Puesto que no puedo hacer otra cosa, me siento al lado de Ainsley y dejo mi mochila en el suelo junto a mi silla. Puesto que incluso las personas que no asistieron a la fiesta el sábado han oído decir que me pasé todo el rato besando a Oliver en algún tipo de vehículo, sé que es imposible que Ainsley no esté al corriente. Respiro hondo antes de volverme hacia ella... que me mira sonriendo.

La señora Nelson, en pie ante la clase, sostiene un mando a distancia con el que parece tener algunos problemas técnicos que nos impiden ver un documental sobre momento lineal y colisiones. Al parecer, eso nos autoriza a ponernos a charlar, y Kaylie se levanta de su mesa de laboratorio y acerca su silla a nosotras.

—Hola, chicas.

Ainsley y yo la saludamos. Mi tono es cansino; el de Ainsley, más animado.

—¿Qué tal estuvo la fiesta? —pregunta Kaylie, mirándome y moviendo las cejas. Es tan sutil como Theo.

—Ya lo sé, ¿vale? —contesta Ainsley—. Gracias por salir en defensa de nuestro equipo, June.

Yo la miro perpleja, sin saber a qué se refiere.

—Ah, ¿de modo que fue *eso*? —se sorprende Kaylie.

—Sí, el chico se puso un poco nervioso al vernos juntos a Theo y a mí —le explica Ainsley.

—Típico —comenta Kaylie.

—Gracias por distraerlo —me dice Ainsley.

—¿O sea que necesitaba que le acariciaran el ego? —plantea Kaylie.

—Sí, claro, su *ego*. —Ainsley hace un gesto bastante explícito con las manos.

—Exacto. —Saco mi libro de texto—. De eso se trataba. Del ego de Oliver.

Incluso pese al escaso intelecto de Kaylie, estoy segura de que mi sarcasmo no le ha pasado inadvertido. Asiento con la cabeza y abro mi libro lenta y detenidamente. Ignoro a Ainsley y a Kaylie. Paso de ellas.

Aunque no las veo, siento las miradas que intercambian entre sí.

—¿Qué le pasa a esta ahora? —murmura Kaylie.

Yo mantengo los ojos clavados en la página.

Ainsley y Theo son tal para cual.

• • •

Resulta que una puede evitar incluso a un atleta superveloz si salta del asiento y sale corriendo en cuanto suena el timbre, sobre todo si toma la dirección contraria a la habitual y se oculta en el lavabo de chicas hasta que dé comienzo la próxima clase, aunque signifique que te amonesten por llegar tarde. Sin embargo, resulta *también* que si, una hora más tarde, una va a almorzar a la biblioteca y se sienta a una de las mesas de estudio más alejadas, quizá no esté tan oculta como cree.

Apenas saco mi sándwich de su envoltorio cuando alguien aparta la silla de la mesa junto a la mía. Oliver se sienta en ella.

—Corriendo, ocultándote, cambiando de lugar. Muy ingenioso. Pareces una coneja.

—Gracias. —No creo que me tiemble la voz, pero no estoy segura—. En realidad estaba a punto de irme.

—No es verdad. —Oliver alarga el brazo y gira mi silla para que lo mire de frente. Su sonrisa es apagada y sus ojos están tristes, y por estúpido que parezca me siento mareada, como si fuera a caerme sobre él—. Sé que es absurdo preguntarte si recibiste mi mensaje. —Yo asiento y él extiende las manos—. ¿Y...?

—Lo siento. Ayer estuve muy liada. —Es una mentira transparente y endeble y estúpida, pero no se me ocurre otra cosa. Me siento cansada, pero como si la fatiga se produjera en mi cerebro en lugar de en mi cuerpo.

Al parecer no lo oculto bien, porque Oliver se inclina hacia mí.

—¿Estás bien, June?

—Sí. —No quiero hacer esto. No quiero pensar en cómo me besó, en cómo lo besé yo a él, y en que todo fue perfecto y encerraba una promesa. Sé, me *consta,* que no tiene importancia, que nada de esto tiene importancia, que las promesas se rompen y las personas mienten y que todos pasaremos página.

Y sé que cuando esto ocurra y yo esté en otro lugar, Oliver no estará junto a mí.

—Has cerrado tu cuenta en Mitomisterios —dice, y me encojo de hombros, porque me resulta fácil responder a este comentario.

—Dedicaba demasiado tiempo a ese juego.

En el rostro de Oliver se dibuja una expresión de alivio.

—Temí que ya no tuvieras conexión wifi o algo parecido.

Siento una mezcla de indignación, vergüenza, ira y recuerdos que deseo borrar.

—¿Por qué?, ¿por no haber pagado el recibo?, ¿por un corte de suministro?

—¡No! —La protesta sale de boca de Oliver con demasiada vehemencia y una persona sentada al otro lado de la biblioteca nos manda callar. Oliver baja la voz—. Me refiero a que me pareció raro, eso es todo. —Traga saliva y se inclina hacia mí—. June, hablemos de ello…

Yo me pongo en pie apresuradamente.

—Debo irme.

Oliver también se levanta. Me sujeta del codo, pero suavemente, como si temiera romperme los huesos.

O mi corazón.

—Lo siento —me dice—. Debí preguntártelo antes de besarte. Pero con lo de la lima y todo lo demás, pensé que estaba claro. Pensé que querías…

—Y es cierto —respondo, pero solo porque me horroriza que Oliver piense que no quería que sucediera cuando fui yo quien lo condujo fuera, que fingí colocarme una rodaja de lima entre los dientes, que ladeé la cabeza—. Tranquilo, no pasa nada. Lo deseaba. El tequila y la luz de las estrellas son una combinación muy potente.

—El tequila y la luz de las estrellas —repite Oliver. Me mira a los ojos, buscando unas respuestas que no puedo darle—. ¿Cuánto tequila habías bebido antes de que llegara yo?

—Perdí la cuenta —miento—. Y cuando llegaste, los ánimos se caldearon y…

Oliver parece irritado.

—¿Te refieres al asunto con Theo? Ya te dije que no me importa que Ainsley y él estén juntos. No se trataba de eso.

Hago un ademán como para quitarle importancia.

—Me refiero a que se acerca el fin de curso. Nos hallamos al borde del precipicio de la vida real, de la madurez, todo el mundo se marchará. Es como si los días asumieran un tono sepia a nuestro alrededor.

—¿Te refieres a que fue por *nostalgia*?

—No es preciso que nada cambie. De hecho, debería darte las gracias.

—Por qué. —Lo dice de forma inexpresiva, no como una pregunta. Está enfadado. O dolido.

O ambas cosas.

—Por Nico Vega —contesto.

—¿Quién?

—*Bang Bang*. Una nueva canción para nuestra *playlist*.

—Una canción. —Oliver cruza los brazos—. Quieres una canción. Crees que has conseguido una victoria por lo del sábado por la noche.

—Desde luego. La vida de instituto representa que aunque tontees con la chica a la que llevas en coche al instituto —me detengo, porque me cuesta decirlo, y, sin embargo, es tan cierto como necesario que lo diga—, no quiere decir que signifique algo. No significa nada en absoluto.

Eso debería bastar. Eso debería poner fin al tema. A todo esta inversión, a todos estos malditos sentimientos... Esto debería arrinconarlos y desecharlos.

Pero Oliver es un atleta. Está acostumbrado a pasar a través de la defensa, a placar a sus adversarios y otras metáforas del fútbol americano que no comprendo. Incluso en el último minuto del partido no se rinde.

Y este es definitivamente el último minuto del partido.

—Eso es una chorrada. —Me señala con el dedo y observo que los círculos alrededor de sus iris son negros como el carbón—. Eres cobarde. Todas estas tonterías de que este año nada tiene importancia son una excusa.

El fuego en mi interior se intensifica, amenazando con abrasarme viva. Imagino mis cenizas elevándose en el aire y desvaneciéndose en una gigantesca nube de dolor.

—A ti no te importa nada. —Oliver levanta la voz y me tenso para afrontar su ira—. Ni las tradiciones, ni los recuerdos, ni siquiera las personas que más te aprecian. Ese es tu problema: no que pienses que el instituto no tiene importancia, ¡sino que pienses que nada tiene importancia!

—¡Lo cual es preferible a pensar que cada minúsculo y estúpido momento tiene importancia! —El vitriolo que llevo dentro estalla y no puedo hacer nada por detenerlo—. ¡Dios, ni siquiera eres capaz de sonarte la nariz sin añadir el kleenex a tu anuario mental! ¡Cada movimiento que haces es La Cosa Más Importante! —En algún lugar de mi cerebro abrasado por el fuego percibo que la bibliotecaria, la señorita Emily, se ha levantado de su mesa y se dirige hacia nosotros. Pero no me importa. De todas formas, Oliver piensa que nada me importa—. ¡Eso no *cuenta*, Oliver!

—¿Qué diablos significa eso? —Me mira furioso; sus músculos se tensan, los tendones de su cuello se hinchan.

—¡Nada puede satisfacer tus expectativas, porque lo que crees que significa este año es absurdo! ¡Nada de ello es *real*! —Ha estallado una erupción en toda regla. Todo son llamas y humo y calor. Estoy furiosa y dejo que toda la furia arda desde mi interior hacia Oliver—. Obtendrás tu diploma y lanzarás tu birrete al aire y harás todo lo que crees que debes *hacer*. ¡No quiero formar parte de eso!

—¡No quieres formar parte de nada! —me espeta Oliver.

La señorita Emily se aproxima muy agitada. Es joven y dulce y creo que tiene un hijo pequeño en casa. A juzgar por su expresión aterrada, nunca ha tenido que lidiar con dos adolescentes enzarzados en una guerra verbal.

—¡No tienes ni *idea*! —grito a Oliver—. No sabes literalmente *nada* de mí.

—Sé que eres cobarde. Sé que tienes tanto miedo de los baches que puedes encontrarte en el camino que estás bloqueada. De hecho... —Oliver se detiene, con la boca abierta, las palmas hacia arriba—, ¡ni siquiera has aprendido a conducir! —Suelta una risotada, un sonido áspero y amargo que reverbera entre los libros. Abro la boca para contestar, para decirle que se comporta como un cretino, o quizá para buscar una tecla de reinicio que haga que todo vuelva a ser como antes, pero Oliver, impulsado por su rabia, ha tomado carrerilla—. ¿Cuándo? ¿Cuándo, June?

—Cuándo, ¿qué? —le espeto—. ¿Cuándo cerrarás la boca y te irás?

—Según tu autorizada opinión, *¿cuándo* empieza a tener importancia? ¿En la universidad? ¿Empieza a importarte en la universidad? ¿Tienes idea de cuántas personas no utilizan su título universitario de adultos? Te diré lo que voy a hacer, consultaré ese dato. ¡Obtendré una maldita canción adicional de Aerosmith porque un porcentaje de la población global no utiliza su título universitario!

La señorita Emily chasquea la lengua en señal de reproche y ambos la ignoramos.

—Tienes que calmarte —le digo a Oliver, pero ni siquiera me escucha.

—Fíjate en mis padres, June. No empezaron a salir en el instituto. Se hicieron novios en la universidad. Y ahora, después de tener dos hijos, van a separarse, así que tu opinión no vale una mierda. ¡Tú no tienes una filosofía, tienes una *carta de autorización*! Es tu patética forma de evitar el compromiso en todo lo que haces. Es una autorización para comportarte como una cretina. —Oliver se detiene, como si lo hubiera arrollado una gigantesca ola, sofocando su vehemencia. Todo su fuego y su ardor se disipan al instante—. Pero tú no eres una cretina, ¿verdad, June? Dilo. Por favor, dilo. —Sus ojos me matan—. Dime que no eres una cretina.

Pero no puedo decir eso. No puedo decirlo porque tengo que hacer algo mucho más duro, mucho más doloroso. No puedo decirlo porque mis cenizas revolotean en el aire, arrastradas por el viento que las transporta calle abajo hacia el mundo real. De modo que digo otra cosa. Digo lo que zanjará esto de una vez por todas.

—La noche de la broma, cuando tuviste que llevar a tu madre a casa en coche, ¿sabes qué estuvieron bebiendo nuestras madres? —Las próximas palabras salen disparadas de mi boca como flechas—. Varias botellas del mejor vino de tu padre.

La reacción no se hace esperar: en el rostro de Oliver se dibuja una expresión dura e inquietante.

—Tú lo sabías —murmura—. Sabías lo de mis padres.

—Lo supe mucho antes. —El clavo se hunde en el ataúd que sepulta ese «nosotros» de forma definitiva—. ¿Recuerdas la mañana que pasaste a recogerme y comías algo envuelto en una servilleta porque tu madre estaba acostada y no te había preparado el desayuno, aunque siempre te lo prepara, y pensaste que no se había levantado porque le dolía la cabeza?

—No —responde Oliver, no porque no lo recuerde, sino porque lo recuerda y no quiere que sea cierto.

—Tu madre estuvo en mi casa. Fue la noche que averiguó que tu padre la engañaba. Lo sé desde entonces. Lo he sabido todo este tiempo. Así que supongo que tienes razón, Oliver. Tú ganas, como siempre. Soy una cretina.

Observo cómo la corriente arrastra los restos de su furia, que flotan en el mar, y las olas de lo que queda se precipitan sobre él, una tras otra, aturdiéndolo.

Incredulidad. Comprensión. Aceptación.

Traición.

—Lo siento. —Es la señorita Emily. Se ha aproximado y hace crujir sus delgados nudillos, hablando en un tono que es casi un susurro—. Veo que estáis enzarzados en una acalorada discusión, pero debo pediros que salgáis fuera.

—Ya me voy —contesta Oliver—. Lamento haber organizado este follón en la biblioteca.

Se vuelve hacia mí, y durante un segundo me pregunto si alguien ha logrado dar con esa tecla de reinicio y si esto puede convertirse en un mal sueño, en una pesadilla que nunca ocurrió. Pero el rostro de Oliver se crispa en una mueca, transmitiendo una nueva emoción que nunca le he visto hacia mí.

Repugnancia.

—Has utilizado mal la palabra «literalmente» —me espeta, tras lo cual da media vuelta y se marcha.

Esta vez sé que es para siempre.

Es mejor así.

31

Otra intersección rural. Otro estudiante que sube los escalones del autobús, busca a su alrededor un lugar libre, se sienta sobre el duro vinilo y mira por la ventanilla mientras el vehículo hace marcha atrás y enfila de nuevo la calle envuelto en una nube de gases que emanan del tubo de escape. Como ha ocurrido durante los últimos cuarenta y cinco minutos y ocurrirá en los próximos cuarenta y cinco.

Igual que ayer.

Igual que mañana.

• • •

Tal como vengo haciendo durante las dos últimas semanas, espero hasta el último segundo del recreo para entrar en el aula de Física. Si el timbre está a punto de sonar, no hay tiempo para conversar con Ainsley.

Ni con Oliver. Desde el mensaje de texto que le envié desde el autobús la primera mañana que lo tomé para venir al instituto, no ha habido nada más que decir.

Al entrar veo a Ainsley sentada a nuestra mesa de laboratorio, mirando algo en su móvil. Soy dolorosamente consciente de una figura musculosa y borrosa en mi visión periférica. Estos días, Oliver también aparece en el último segundo. Parece como si hubiéramos llegado a un acuerdo tácito sobre cómo comportarnos en presencia del otro: ignorándonos mutuamente.

Hoy cambio de rumbo. Me dirijo hacia el asiento vacío de Kaylie y cuando me siento, Tyler me mira sorprendido desde la silla contigua.

—Cambio de escenario —le informo.

Suena el timbre y Kaylie entra en el aula. Al verme sentada en su asiento se detiene en seco en medio del pasillo. Abre mucho los ojos y su boca forma una O, como si no diera crédito a mi osadía.

Yo la observo. No, la miro con dureza. Desafiándola.

¿Qué vas a hacer al respecto?

Resulta que la respuesta es nada, porque ambas oímos la voz dulce y atiplada de Ainsley desde mi antigua mesa —«¡Aquí!»— y Kaylie se vuelve. Se sienta junto a Ainsley y el orden se restablece en el mundo. Dos atractivas animadoras compartiendo una mesa. Oliver, el atractivo atleta, sentado al fondo.

Yo junto a un chico llamado Tyler, sin que ninguno de los dos tengamos nada que decirnos.

• • •

Me marcho quince minutos antes de que termine la clase. Digo a la señora Nelson que tengo que ir al baño, pero me llevo mi mochila. La señora Nelson o no se ha dado cuenta o el año académico está a punto de concluir y le tiene sin cuidado.

El pasillo está vacío, de modo que arrojo la mochila al aire. Sale volando y aterriza con un satisfactorio impacto a varios metros. Es un pequeño acto de rebeldía, pero me siento genial. La recojo y esta vez la lanzo de forma que resbala sobre el suelo, como si me hallara de nuevo en la bolera de Wolverines Lane y la mochila fuera la bola.

Se desliza hasta la esquina, y cuando me acerco a recogerla me topo con Theo Nizzola, arrojando unos chorros de mostaza a través de las rejillas de ventilación de la taquilla de alguien. Es lo que él suele hacer en lugar de arrojar una mochila por el pasillo.

—¿Te has saltado la clase, Hafferty?

—No, Theo, no me he saltado la clase.

Normalmente, me alejaría e iría en busca de otro lavabo en otro pasillo, pero hoy no me apetece. Hoy me apoyo en la pared y lo observo. Cuando termina de hacer lo que estaba haciendo, deposita el bote de mostaza vacío en el suelo antes de enderezarse y mirarme.

—¿Qué quieres?

—¿Por qué eres tan gilipollas? —pregunto.

—Cállate —replica, y echa a andar por el pasillo.

Echo a correr tras él y me planto delante, volviéndome para interceptarle el paso.

—Escucha, Theo. ¿Crees realmente que yo concedía favores sexuales a Oliver a cambio de que me trajera al instituto en coche? Yo, una estudiante que siempre saco sobresalientes, con un futuro brillante, y él, un tío guapo y popular que podría tener a cualquier chica que quisiera. ¿Crees realmente que eso era lo que hacíamos?

—Vuelve a clase —contesta Theo—. No haces nada aquí.

Pero no he terminado.

—No, en serio. ¿Eres así de imbécil?, ¿o es que el hecho de hablar constantemente de sexo te hace sentir que tienes un pene más grande? —En vista de que no responde, avanzo un paso hacia él. Levanto la voz—. En serio, ¿por qué eres así? ¿Qué *sacas* con ello?

—Nunca te he caído bien. —Theo me mira con rabia—. ¿Por qué?

Es una pregunta estúpida.

—¿Por qué ibas a caerme bien? Eres despreciable. Tu única aportación a la sociedad es decir cosas repugnantes.

—No siempre fui así.

—¡Cómo que no!

—No lo era cuando me mudé aquí. —Cruza los brazos sobre su voluminoso pecho—. No lo era en tercero de secundaria.

—No me vengas con eso. —No recuerdo ningún momento en que Theo no se comportara como un cretino…

Excepto que, en ese preciso momento, lo recuerdo.

De repente, lo recuerdo.

Fue en tercero de secundaria.

Fue en tercero de secundaria cuando Theo se convirtió en una persona despreciable.

Fue a principios de año. En clase de geografía. La señora Carter le pidió que leyera un capítulo en voz alta. Algo sobre el consumo de recursos en los Estados Unidos. Él empezó a leer de forma vacilante, deteniéndose ante las palabras largas. Pronunciándolas mal. Y la señora Carter le hacía parar cada vez y lo corregía. Obligándolo a repetir las palabras.

Al principio resultaba fastidioso porque Theo leía muy despacio y se equivocaba muchas veces. Pero al cabo de un rato alguien se rio de él. Luego lo hizo otra persona. Y a partir de ahí, cada vez que Theo pronunciaba mal una palabra, la gente se mofaba de él. Y aun así, la señora Carter no intervino para poner orden. Hizo que Theo siguiera leyendo y leyendo, corrigiéndolo cada vez que pronunciaba mal una palabra y provocando las burlas de los demás.

Hasta que Theo empezó a leer mal a propósito.

Pronunciaba mal las palabras para darles un significado soez o sexual. «Repunta» se convirtió en «re*puta*», «cargar» se convirtió en «cagar», «fallar»…, bueno, esa palabra tampoco tuvo que modificarla mucho.

La clase se reía a carcajada limpia, pero lo hacía *con* él en lugar de contra él. Al final, la señora Carter se enfadó y lo envió al despacho de la directora. Cuando Theo empezó a recoger sus cosas, la profesora me pidió que terminara el capítulo que él había estado leyendo. Y lo hice. Con una dicción perfecta. Porque yo soy así.

Me quedo mirando a Theo, plantado ante mí en el pasillo.

—¿Te comportas así conmigo porque soy buena estudiante?

—Te crees mejor que yo.

Lo miro, incapaz de negarlo. Es cierto que creo que soy mejor que él. Pero porque es un gilipollas. Aquí no gana nadie. Es un montón de mierda, y si alguna vez puede mejorar, alguien tiene que dar el primer paso. Si quiero pensar que soy mejor que él, tengo que comportarme como tal.

De alguna forma, contrariamente a la historia que tenemos Theo y yo, consigo que mis labios esbocen una sonrisa tentativa. De alguna forma, pronuncio las palabras:

—Lo siento.

Theo me mira con cara de pocos amigos.

—Te dije que regresaras a clase.

Se vuelve hacia el bote de mostaza y le da una patada. El bote vuela por el pasillo, derramando pequeñas gotas amarillas. Theo recoge su mochila y, sin decir palabra, se marcha.

Al menos lo intenté.

• • •

Oliver pasa frente a mi casa en el mastodonte. Lo sé porque estoy sentada en el columpio del porche, mirando aparentemente una de las revistas de decoración de mi madre, aunque en realidad confiaba en verlo. Preguntándome si Theo le ha contado lo de nuestra conversación.

Supongo que no lo sabré nunca, porque Oliver no me mira. Ni siquiera vuelve la cabeza hacia mí.

Pasa frente a mi casa sin inmutarse.

32

Lily me está mostrando unas fotos de su chico punki con el pelo negro azabache cuando Darbs sube por las gradas a toda velocidad, saltándolas de dos en dos.

—¡Eh, chicas!

Cuando llega junto a nosotras se sienta pesadamente en un banco. Respira trabajosamente y tiene que detenerse un minuto para recobrar el resuello.

—¿Qué intuyes? —pregunta Lily.

Puesto que a Darbs se la ve feliz, respondo:

—¿Yana?

—Buena respuesta —comenta Lily.

Darbs asiente con la cabeza y su melena color turquesa se agita sobre sus hombros.

—¿A qué no adivináis que he descubierto?

—¿Que es una cristiana bisexual como tú? —pregunta Lily.

—¡No! —Darbs sonríe—. ¡Es una cristiana *lesbiana*!

Yo la miro perpleja.

—¿En serio? Después de pasarte todo el año bebiendo los vientos por ella, ¿resulta que podrías habértela ligado?

Lily le da un pescozón.

—¿Sois pareja?

Darbs tuerce el gesto y menea la cabeza.

—¡Qué va!

Lily y yo nos miramos.

—Entonces… —dice Lily.

—Salgo con Ethan —declara Darbs—. Pero para que lo sepáis, *rezamos* juntas.

Tardo un segundo en juntar las piezas. Darbs ha encontrado a alguien que se parece más a ella que sus otros compañeros de instituto, alguien que encarna dos cosas que a otros les cuesta creer que puedan darse en una misma persona.

—Es como si hubiera encontrado un unicornio —afirma Darbs, y Lily y ella rompen a reír.

Yo también me río, pero es una risa vacía.

Como yo.

• • •

Itch está de nuevo en el hueco de la escalera. Al parecer la última chica que ha entrado por la puerta giratoria de su vida sentimental es Akemi Endo. Itch y ella están en un rincón, apoyados contra la pared, mirándose a los ojos. A juzgar por las apariencias, el instituto podría estallar alrededor de ellos y ni siquiera se percatarían, lo cual es extraño. Hay algo diferente en esta chica, en la forma en que Itch *está* con ella.

En la forma en que la mira.

Itch no tiene la lengua dentro de su boca. Sus manos no se pasean por su cuerpo. Ni siquiera están haciendo manitas. Simplemente se miran a los ojos.

Siento un nudo en el vientre, un doloroso pellizco que desaparece al cabo de un momento, dejándome más vacía que antes.

• • •

Doblo la esquina y entro en el vestíbulo principal mientras al otro lado de la abarrotada sala veo a Oliver bajar la escalera. Doy un paso atrás para esperar a que pase, pero al hacerlo siento una profunda tristeza. Una pesadumbre que no es por mí, sino por él.

Oliver va repeinado y luce un elegante traje, pero no es por esto por lo que estoy triste. Es por su corbata. Su corbata granate. Un «color de poder».

Va a acudir a la entrevista en el banco. Ha dejado que su alma quede aplastada por el inmenso peso de su futuro.

Un futuro en el que yo no estoy presente.

• • •

—¿Qué? —Miro a Shaun, sorprendida, mientras él gira el volante para salir del aparcamiento del instituto—. ¿Cuándo lo hizo?

—Hace un par de semanas.

—Era un paso muy importante —digo—. Significaba mucho para ti. ¿Por qué no me lo dijiste?

Shaun se encoge de hombros.

—A estas alturas me da lo mismo.

Tomamos la carretera y nos dirigimos hacia mi casa.

—Anda, suéltalo —le ordeno—. ¿Qué ocurrió?

—Una noche, mientras cenaban pollo a la cazuela, Kirk anunció a sus padres que tenía que decirles algo. Se hizo un silencio sepulcral. Su padre dejó la cuchara de servir en la bandeja y su madre juntó las manos, esperando. Kirk me dijo que fue una espera angustiosa. —Shaun sonríe—. Me contó que las palabras salieron de su boca a borbotones, explicándoles que algún día quiere vivir en una casa en una zona residencial, con hijos y un perro, pero que no quiere una esposa. Quiere un marido.

Aunque no conozco a Kirk, me imagino la escena. El mantel, los cubiertos de plata, el silencio de sus padres.

—¿Qué dijeron?

—Kirk temía que estallara un fuego infernal luterano, pero no fue así. Sus padres se miraron sonriendo y su madre dijo «Gracias por decírnoslo, cariño». Su padre le dijo que si quería comprarse una casa en una zona residencial tenía que mejorar su nota en matemáticas. Eso fue todo.

Mis hombros se relajan.

—De modo que ya lo sabían.

—Sí.

—Podrías invitarlo al baile de fin de curso —sugiero—. No tendría nada de particular.

Shaun menea la cabeza.

—Ha pasado demasiado tiempo. Hemos perdido nuestra oportunidad.

—Pero ¿se lo has *dicho*? ¿Le has dicho la fecha?

—No.

—Entonces ¿cómo lo sabes?

—¿A ti qué más te da? Tú tampoco vas a ir. —Shaun me mira de refilón—. A menos que pienses asistir...

—No cambies de tema. Al menos deberías preguntárselo, darle la oportunidad de decir que sí o que no. No estás dejando que sea él quien decida.

Shaun guarda silencio durante el resto del trayecto. Cuando se detiene delante de mi casa, se vuelve hacia mí y afirma:

—Oliver no tiene pareja para el baile de fin de curso.

—Oliver me odia —respondo—. Gracias por el viaje.

• • •

Lily y yo habíamos planeado ir al centro comercial después de clase para ayudarla a buscar unos complementos que combinen con su vestido para el baile de fin de curso. Me dijo que quería algo entre bonito e irónico, de modo que confiábamos en encontrar unos pendientes decorados con brillantitos.

Lamentablemente, nunca sabré qué tesoros escondían nuestras tiendas locales porque en estos momentos estamos debajo de las gradas, y Lily está sollozando apoyada contra mi pecho.

—¿Por qué? —repite continuamente.

—No lo sé —respondo, acariciando sus rastas—. No es justo.

Su chico punki ha roto con ella hoy, en un mensaje de texto mientras ella estaba en clase de Química. Una semana antes del baile de fin de curso. Decididamente, *no* es justo.

—¿Te ha dado alguna explicación? —le pregunto cuando Lily se enjuga por fin las lágrimas de la cara.

—Lo llamé durante la sexta hora. —Eso me sorprende porque es cuando Lily tiene clase particular de violín, y jamás se la salta—. Dije que tenía migraña.

Al parecer, es lo que todas hacemos cuando tenemos problemas con nuestro chico.

—¿Y qué dijo?

—Que necesitaba sentirse libre. Que las chicas de la academia Juilliard están demasiado atrincheradas en su mundo particular. Que somos demasiado rígidas. Demasiado... —Lily se detiene, pero logra controlarse—. Demasiado centradas. Dice que quiere gozar de la *anarquía* en el amor. ¿Qué significa eso?

Significa que ese tío es un idiota. No llego a pronunciarlo, pero mi rostro debe de ser lo suficientemente expresivo porque Lily rompe a llorar de nuevo. Le doy unas palmaditas. Al cabo de un segundo, alza la cabeza y me plantea:

—¿Crees que no debería ir a la Juilliard?

—¡No!

—Pero podría tocar el violín aquí. En los cumpleaños infantiles o algo así.

—Lily, no puedes evitar que un chico te cambie, pero no dejes que cambie tus *planes.* —Omito mencionar que los niños no quieren que nadie toque el violín en sus cumpleaños—. Irás a la Juilliard y llegarás a ser una magnífica y famosa violinista, porque habrás sufrido por tu arte. —Miro sus ojos oscuros y tristes—. Ese estúpido punki te ha herido y es terrible, pero dentro de unos años tocarás en un estadio gigantesco y miles de personas se sentirán *destrozadas* por tu música, porque estará llena de verdad y emoción y misterio y... *¿Qué?*

Lily me sonríe entre lágrimas.

—Los violinistas no tocan en estadios.

—Entonces ¿dónde?

—En salas de concierto. En espacios sinfónicos. En auditorios.

—Pues en esos sitios —digo—. Tocarás en esos sitios y triunfarás.

Lily medita en ello y asiente.

—Estoy impaciente por que llegue esa parte —confieso—. La parte en que ya no duele.

—Lo sé —respondo—. Yo también.

33

Por increíble que parezca, la gente solo habla de que mañana es el baile de fin de curso. Shaun y Lily están en el aula principal. Él la ha convencido de que el mejor remedio para un corazón roto es ocuparse con otras cosas, y Lily ha decidido que acudirá al baile con él. Afirma que solo se quedará una hora, pero que al menos no pasará el resto de su vida preguntándose si todo habría podido ser distinto de haber asistido a su baile de fin de curso. Al decirlo, se vuelven y me dirigen unas miradas cargadas de significado.

Yo pongo los ojos en blanco.

—Sutil. Muy sutil.

—Anda, ven —dice Lily—. Bailaremos juntas.

—Aceptaré tus peticiones musicales —añade Shaun.

—No. —No puedo explicarles que el baile de fin de curso suena como un experimento sobre la angustia. Como una cámara de tortura especial donde tienes que fingir que no sientes dolor.

• • •

La culpa la tuvo la señora Fairchild. Cuando me dirigía hacia las gradas pasó junto a mí, sosteniendo una gigantesca pila de carpetas contra su abultado vientre de embarazada. Nos saludamos con un «*hola*», y eso pudo ser el fin de nuestro encuentro, pero una de las carpetas se le cayó de los brazos, creando una situación de alud, y yo me arrodillé junto a ella para ayudarla a recoger.

—Gracias —dijo—. ¿Puedo pedirte un favor?

Como es natural, y dado que la «petición» de una profesora constituye en realidad una orden, dije que sí.

—Ven a mi aula cuando termines de almorzar —me pidió—. Tengo otras cosas que hay que llevar al despacho. Aumentaré tu crédito académico.

—Ya he sacado un sobresaliente.

—Vale —convino la señora Fairchild—. Bueno.

Por eso terminé de comer rápidamente, y por eso me apresuro en estos momentos a través del centro del campus mientras los demás aún están almorzando, y por eso veo lo que sucede en el reloj de arena. Me paro para observar, porque es algo totalmente insólito.

Como de costumbre, los sospechosos habituales de la Gente Guapa están allí, comiendo, charlando y riendo. Eso no es lo insólito. Es muy normal. Lo insólito —no, lo que en mi cerebro no tiene ningún sentido— es que entre esa gente se encuentren Ainsley, Theo y Oliver.

Juntos.

Theo está sentado en uno de los bancos y Ainsley está recostada sobre él. Él le rodea la cintura con un brazo y ella tiene los dedos enredados en su pelo. Oliver está en el otro extremo del banco, y mientras observo la escena, Theo se inclina hacia él y le dice algo. Ambos se ríen y Theo besa a Ainsley.

Como si nada hubiera sucedido.

Como si nada de ello tuviera la menor importancia.

Ni la más mínima.

Si yo siguiera viniendo al instituto en el coche de Oliver, si él y yo no nos evitáramos, si el corazón no me doliera, me acercaría corriendo y le arrojaría una de mis canciones a la cara. Me jactaría de ello, recordándole que él es una prueba viviente de que el instituto es una gota en el cubo de las emociones y de lo que es importante. Como de costumbre, él se mostraría entre divertido y fastidiado, y yo elegiría con gesto triunfal algo tipo Joy Division o Ume o Wax Fang. Mañana la nueva canción sonaría a todo volumen a través de los altavoces del mastodonte, y quizás hasta vería a Oliver mover la cabeza al ritmo de la música.

Pero en vez de ello, todo dentro de mí se endurece. Doy media vuelta para marcharme...

Pero no antes de que Oliver dirija la vista hacia mí. No antes de que nuestras miradas se crucen.

• • •

Cuando salgo de clase de español, Oliver está apoyado contra la pared del pasillo con los brazos cruzados. Al verlo, me paro en seco y el corazón me empieza a latir a un ritmo veloz y esporádico. Él no sonríe, pero alza el mentón ligeramente hacia mí. Es un gesto que suelen hacer los personajes televisivos masculinos en el interior de un bar. Es un gesto que representa todo lo que odio. Es el gesto más insignificante que uno puede hacer para saludar a una persona.

Pero como es Oliver y como me ha demostrado reiteradamente que estaba equivocada con respecto a él, se lo perdono. Lo perdono a él. Dejo caer la mochila a mi lado, justo donde estoy, delante de la puerta abierta. Otros estudiantes entran y salen del aula por ambos lados de mi cuerpo y me empujan, pero yo permanezco inmóvil cual peñasco en un caudaloso río.

Oliver se separa de la pared y se acerca. Me mira y yo le devuelvo la mirada, y ninguno de los dos decimos nada durante un largo rato. No tiene aspecto de sentirse feliz y yo no tengo idea de qué aspecto tengo, porque no dejo de temblar por dentro y estoy hecha un lío, así que cualquiera sabe cómo se refleja este desastre en mi rostro.

—Soy un tipo decente —declara al fin Oliver, y espera una respuesta. En vista de que no se la ofrezco (porque no es una pregunta que requiera una respuesta ni algo que yo esté dispuesta a negar), continúa—: Cumplo mis promesas. Se supone que debo llevarte en coche al instituto.

—Yo te dije que no lo hicieras —le recuerdo.

—En un mensaje de texto. Gracias. —Cruza de nuevo los brazos—. Pensé que te gustaría saber que tenías razón.

—¿Sobre qué? —Sale de mi boca en un susurro.

—La *playlist.* He reflexionado sobre algunas cosas, y tenías razón sobre la música que llevo escuchando toda mi vida. Es una mierda. Es demasiado elaborada y falsa, como Flaggstone Lakes. De hecho… —se detiene, pasándose la mano por el pelo—, tenías razón al decir que todo esto es una mierda. —Extiende los brazos en un gesto que lo incluye a él, al instituto y a toda la gente que nos rodea. A mí—. Tú ganas, June. Nada de esto tiene importancia. Ninguna. —Me mira sonriendo, pero no es una sonrisa alegre. Es amarga, apagada, sin vida. Me destroza el corazón—. Llámame si quieres que pase a recogerte el lunes.

—No te llamaré —contesto.

—Lo sé —dice.

Pero se queda ahí plantado, sin moverse, mirándome. No sé qué piensa. Su expresión no revela nada. No es el Oliver que he llegado a conocer este año: el chico exuberante, aficionado a los suflés, los bolos y los partidos de fútbol.

Ese Oliver, al que todo le *interesa*, ha desaparecido.

Y yo tengo la culpa.

34

EL DÍA DEL BAILE DE FIN DE CURSO

Estoy sola en la granja, sola con mi tristeza. Mi madre está en el campus y todas mis amigas se están preparando para asistir esta noche al baile de fin de curso, de modo que me entretengo un rato con mi teléfono móvil jugando a videojuegos. Pero no a Mitomisterios. A ese no quiero jugar.

Hacia la hora de almorzar llamo a mi padre. No responde y no dejo un mensaje de voz, pero le envío un texto.

hola, papá, ¿cómo estás?

Aunque no ha atendido mi llamada, me envía de inmediato un mensaje en respuesta al mío.

hola, guapa. Estoy ensayando la nueva obra teatral, es un papel fantástico. terminamos en julio, así que podré ayudarte a instalarte en la residencia estudiantil. ¿qué necesitas para la universidad?

Apago mi teléfono móvil. Ya no sé lo que necesito.

• • •

Dos largas, aburridas y solitarias horas más tarde, me planteo llamar a mi madre cuando, procedente del exterior, oigo un crujir de grava que me resulta familiar. Va acompañado del ruido sordo de un motor. Esos dos sonidos juntos solo pueden significar una cosa.

El mastodonte.

Corro hacia la puerta de entrada.

Sin embargo, no es el mastodonte que yo suponía. Este no es negro, sino una mezcla de color crema y dorado. Y la persona que lo conduce no es Oliver, sino su madre, Marley.

La madre de Oliver lleva el pelo, de un rubio casi blanco, recogido en una coleta alta y carga con un gigantesco bolso de diseño. Por fin se ha acordado de devolvernos unos calcetines y unos pijamas que mi madre le prestó cuando pasó la noche aquí.

—He traído también un libro —me dice.

Yo sonrío, asiento y alargo la mano para tomar lo que lleva en el bolso, pensando que me lo entregará y se irá rápidamente, pero pasa junto a mí y entra en casa.

—¿Puedes dejarme un bolígrafo? —pregunta—. ¿Y un trozo de papel?

La sigo hasta la cocina y le doy lo que me ha pedido. Escribe una nota dirigida a mi madre y a continuación alza la vista y me mira.

—Hannah dice que no vas al baile esta noche.

—No me apetece.

—Debe de ser un problema generacional. Oliver ha quedado en reunirse con unos amigos allí, pero tampoco parece que le apetezca mucho. Casi tuve que llevarlo a rastras a comprarse un esmoquin.

De repente siento un irresistible deseo de ver a Oliver en su esmoquin. Me imagino el aspecto que tendrá: alto y rubio, como una estrella de cine de los años dorados…

No. Guardo mentalmente la imagen en una caja que pone «No cuela» y la arrincono. En lugar de pensar en Oliver, extiendo la mano hacia su madre y acepto la nota que me entrega. Luego la acompaño hasta la puerta de entrada, donde me da las gracias.

—Disculpa que me haya presentado sin avisar.

—No se preocupe. Buenas tardes.

Cierro la puerta y miro la nota que sostengo en la mano. No tiene nada de particular.

Hannah:
Gracias por el libro.
Nos vemos el lunes para tomar un café, ¿de acuerdo?

Mar

Pero por alguna razón, me quedo mirando la nota. Fijamente. Hay algo en ella... No es lo que dice, sino cómo lo dice: esa letra cuidada, inclinada.

Subo corriendo la escalera, entro en mi habitación y me acerco apresuradamente al tablero que cuelga en la pared. Sostengo la nota de Marley junto a él y comparo.

Mis sospechas eran fundadas. La letra de Marley es igual, *exactamente* igual, que la de la tarjeta que mi padre me envió por mi cumpleaños. La que acompañaba las flores. La tarjeta a la que me aferro cuando me siento sola, triste o enojada. La que se supone que fue transcrita por la florista local.

La florista, ¡y una mierda!

Fue Marley Flagg quien escribió esa tarjeta.

• • •

Marley ha dado marcha atrás por el camino de acceso a nuestra casa y se dispone a arrancar en Callaway cuando salgo disparada por la puerta de entrada. El mastodonte se aleja y aunque sé que es inútil tratar de perseguirlo, lo intento de todos modos. Bajo corriendo por el camino de acceso a mi casa y salgo a la calle, agitando los brazos y gritando:

—¡Señora Flagg! ¡Espere!

Es la única forma de averiguar la verdad.

Lo sigo por la carretera dejando atrás un par de casas antes de aminorar el paso y detenerme, jadeando. No sé si es sudor o lágrimas lo que chorrea por mi rostro.

Y, milagrosamente, el mastodonte también se para. Apoyo las manos en las rodillas, tratando de recobrar el resuello mientras el enorme vehículo da un giro de ciento ochenta grados y la madre de Oliver regresa para recogerme.

Regresa con las respuestas. Unas respuestas que ya sé que me partirán el corazón.

• • •

—¿Escribió usted esto? —Es la tercera vez que se lo pregunto, pero Marley aún no me ha dado una respuesta. Estamos en pie en el porche y agito la tarjeta de la florista en el aire.

—Voy a llamar a tu madre. —Marley mete la mano en su voluminoso bolso y rebusca en él.

—No. —Me coloco frente a ella—. Me lo debe.

—¿Qué es lo que te debo? —pregunta Marley, no con tono irritado sino como si estuviera confundida, como si no tuviera la menor idea de a qué me refiero.

—Yo le hice un favor. Sabía lo de sus problemas conyugales desde hacía meses y no le dije nada a Oliver.

—Te lo agradezco…

—¡Eso lo estropeó todo! —Mi furia aumenta con cada segundo que pasa sin que ella tenga la cortesía de contarme la verdad—. Usted me colocó en una situación muy complicada. Oliver es amigo mío y yo no tenía por qué saber más cosas sobre su familia que él. Eso dio al traste con todo y no es justo. No es justo para mí y no es justo para él, de modo que haga el favor de decirme por qué escribió esa nota que me envió mi padre. ¡Ya está bien!

Durante un segundo pienso que he ido demasiado lejos y que Marley me echará una bronca, se chivará o me castigará sin dejarme salir de casa. Pero en lugar de ello, fija sus grandes ojos azules en los míos y dice:

—¡Ay, cielo!

—¿Qué? ¿«Ay, cielo» qué?

Marley se acerca. Toma mi mano y yo se lo permito, porque aunque estoy furiosa, al mismo tiempo me aterra lo que pueda decirme.

—Tu padre... —Se detiene y emite un pequeño suspiro—. Cariño, tu padre es un desastre.

En mi boca se forman unas palabras de rechazo y defensa, pero aprieto los labios y me las guardo. Todo me lo guardo para mí.

Y escucho.

—Tú no tienes la culpa —dice Marley—. Y tu madre tampoco. Probablemente ni siquiera la tiene él. Tu padre es uno de esos hombres que nunca ve lo que tiene ante las narices. Él te quiere, June. Estoy convencida de ello, y Hannah, también. Pero tu padre..., trata de hacer las cosas lo mejor que puede. Solo que tu madre es muy superior a él en muchos aspectos. —Marley me aprieta la mano suavemente—. El día de tu cumpleaños, tu madre y yo comimos juntas. Tu padre le envió un mensaje de texto mientras estábamos en el restaurante, pidiéndole que te comprara algo. Un regalo para ti.

No. No-no-no-no-no.

—Se había olvidado de tu cumpleaños hasta esa mañana.

Hasta que yo le envié una fotografía de mi taquilla decorada.

—Tu madre le dijo que se ocuparía de ello y fuimos a la florista para comprarte el ramo más bonito que encontráramos.

Mi padre vendrá a visitarme. Seguro. Me dijo que lo haría.

—Yo escribí la nota para que no reconocieras la letra de tu madre.

Él es mejor de lo que parece. Necesito que lo sea.

Esta vez, estoy completamente segura de que la humedad que siento en el rostro no es sudor.

—Ven aquí, cielo. —Marley me abraza. Yo dejo que me acune y me acaricie el cabello antes de apartarme para escudriñar mi rostro—. ¿Qué puedo hacer?

—Quiero ir al baile de fin de curso —respondo.

• • •

Marley y yo estamos incómodamente sentadas en el banco de la galería de arte cuando mi madre y Cash salen del despacho. Mi madre lleva los botones de la blusa mal abrochados y Cash tiene el pelo un poco revuelto, lo cual tiene sentido, porque cuando Marley trató de abrir la puerta, resultó que estaba cerrada.

Cash me mira con gesto de disculpa.

—June…

—Prefiero que no hablemos de ello —le informo.

—Yo también lo prefiero —afirma.

—Pues yo creo que es más sano que hablemos de ello —tercia mi madre.

—Hannah —dice Marley, pero mi madre no le presta atención.

—Cuando dos personas adultas mantienen una relación, es natural que…

—¡Hannah! —repite Marley, y esta vez mi madre calla y

escucha—. Tenemos un problema más urgente que tu vida sexual. June quiere ir al baile de fin de curso, que empieza dentro de una hora y media. Necesita un vestido, unos accesorios, peinarse y maquillarse. Le he dicho que nosotras nos ocuparemos de todo. —Mi madre abre la boca para responder, pero Marley alza un dedo para silenciarla—. Otra cosa, June sabe lo de las flores y que su padre es un hombre encantador pero un pobre diablo…

—¡Marley!

Yo toco a mi madre en el brazo.

—No pasa nada.

—Anótalo en tu lista maternal de temas importantes y lo tratáis en otra ocasión —dice Marley a mi madre—. En estos momentos, tenemos una prioridad: ayudar a June a prepararse para su baile de fin de curso.

Observo a mi madre reflexionar, sopesar, tomar una decisión.

—Tenemos que llamar a Quinny.

—De acuerdo —conviene Marley—. Seguro que propondrá algo. Lo siguiente: el transporte. ¿Es demasiado tarde para alquilar una limusina?

—La llevaré yo —se ofrece Cash—. Nada es más apropiado para un baile de fin de curso que una camioneta.

—En realidad —apunta Marley—, Oliver irá solo…

—¡No! —La negativa estalla en mi boca como una bomba, y todos se vuelven para mirarme. Procuro recuperar la compostura—. Me refiero a que… sería un poco raro. Usted me dijo que Oliver había quedado con sus amigos. Además, se me ocurre una idea. ¿Dónde he puesto mi teléfono móvil?

• • •

En pie sobre una silla en el centro de la galería, parezco un espumoso batido de color lavanda. Mi madre, Marley y

Quinny giran a mi alrededor, frunciendo y retocando el tul que cuelga de mi cintura. Por suerte (para él), han enviado a Cash a por unas hamburguesas.

—¡Basta! —protesto, alzando los brazos al aire—. No creo que este vestido sea el adecuado.

—¡El siguiente! —propone Quinny, acercándose al banco donde hay unas bolsas llenas de ropa. Mi madre baja la cremallera del vestido que parece un batido y Marley me ayuda a quitármelo. Desde hace una hora, desde que Quinny llegó, he perdido cualquier sentido del recato. El de color lavanda es el octavo que me pruebo. O quizás el noveno. Había uno que no estaba mal, pero los otros eran muy cursis o me quedaban grandes en el pecho o algo. Quinny es diseñadora de vestuario para el teatro universitario y dispone de todo tipo de prendas interesantes. Me preocupa que no tenga un vestido que sea de mi talla y razonablemente apropiado para un baile de fin de curso.

—Este —dice mi madre, sacando un vestido de una bolsa—. Pruébatelo.

Cuatro minutos más tarde estoy embutida en un vestido azul acero, con escote palabra de honor, que parece de los años cincuenta.

La parte sexi de los cincuenta.

El vestido es muy escotado en la espalda, me ciñe la cintura y tiene una falda abullonada que me llega justo encima de las rodillas. Es de un tejido grueso pero no demasiado brillante.

—Bengalina —me informa Quinny cuando paso un dedo sobre él.

Lo mejor es que Marley y mi madre han conseguido arreglar una especie de sujetador interior para levantar y realzar el escote de tal forma que hasta parece que tenga tetas. Es perfecto…

Pero el vestido me queda ancho.

Quinny pasa a mi madre un pequeño instrumento con un mango verde.

—Tú arranca los puntos. Yo colocaré los alfileres.

A continuación hacen que me baje de la silla. Quinny clava los alfileres en el vestido con la misma rapidez que mi madre arranca los puntos. Marley me cepilla el pelo y manda callar a Quinny, que no deja de hacer comentarios como «No la muevas» y «Estate quieta, Marls».

Cuando mi madre y Quinny terminan de arrancar puntos y clavar alfileres, me ayudan a quitarme el vestido. Acabo sentada en el banco vestida con un miriñaque y mi camiseta mientras Marley juega con mi pelo y mi madre, junto a nosotras, pega con cola caliente unos brillantitos en el dorso de unos pendientes.

—Es muy útil tener todo un estudio de arte a nuestra disposición —observa.

Yo callo.

Me siento tan agradecida que no puedo articular palabra.

• • •

Contemplo mi imagen reflejada, que me mira desde la pantalla de mi móvil. Luzco el vestido azul y unos *peep-toe* de tacones altos y finos. De mis orejas cuelgan unos pendientes con brillantitos, que son visibles porque me han peinado con un glamuroso moño. Llevo los ojos perfilados y los labios pintados de rojo. Soy una versión impecable y superatractiva de mí misma.

Entre la pantalla y mi persona aparece un pequeño manojo de rosas, cuyo delicado aroma aspiro. Cash lo sostiene con una tímida sonrisa.

—Lo compré para que puedas lucirlo en la muñeca y no tengas que clavar ningún alfiler en el vestido de Quinny.

Hasta ahora nada había hecho que se me saltaran las lágrimas, pero el gesto de Cash consigue que mis ojos se humedezcan.

—No llores —me advierte mi madre—. ¡Se te correrá el rímel!

—Gracias —digo a Cash, abrazándolo. Luego toco mi imagen en la pantalla del móvil, enviándola a través de la galaxia hacia mi padre, acompañada de un mensaje.

No te limites a arañar la superficie.

No lo captará. No lo entenderá debido a sus elecciones, tiene una hija solo de nombre, una serie de imágenes y mensajes que se traducen en una relación que en realidad no existe. No puede llegar a comprenderlo, y por eso lo perdono. Porque es incapaz de comprenderlo.

Lo perdono, lo cual no significa que me siga tragando lo de que va a venir a verme. Ya me lo he tragado durante demasiado tiempo.

Mi madre me lleva aparte.

—Oye, Marley dice que tienes algunas preguntas que hacerme.

—Solo una —puntualito—. ¿Me enseñarás a conducir?

En el rostro de mi madre se dibuja una amplia sonrisa.

—Pues claro, tesoro.

• • •

Mi acompañante llega para llevarme en coche más tarde de lo previsto, pero no me importa. A fin de cuentas, me costó bastante convencerlo y llegar a un acuerdo.

—¿Estás segura de que es una buena idea? —me pregunta.

—Segurísima —respondo—. Tú y yo tenemos excelentes motivos para asistir esta noche al baile de fin de curso.

Posamos para unas fotos, doy las gracias a todas las personas que han participado en mi espectacular transformación en Cenicienta y partimos.

• • •

El coche frena junto al bordillo y me apeo antes de que el aparcacoches pueda alcanzar mi puerta. Jamás en mi vida he tenido tanta prisa y no me importa si alguien se da cuenta.

Estoy sola cuando subo corriendo los escalones del edificio, y estoy sola cuando atravieso el inmenso y desierto vestíbulo y entro en el espléndido salón de baile. Decorado con guirnaldas de luces centelleantes y tachonado de mesas cubiertas con manteles blancos, está lleno de personas que conozco desde hace años. En mis oídos suena una música *indie punk*, y es en ese momento cuando me siento más sola que nunca: cuando entro en el baile de fin de curso de mi promoción.

Es culpa mía, desde luego. Sí, fue un chico quien me rompió el corazón, pero yo cometí el error. Fui yo quien rompió una promesa.

Sin embargo, mantengo la cabeza alta porque tengo un motivo para estar aquí. Debo llevar a cabo un gran gesto romántico, pronunciar un discurso épico, dejar que mi corazón lleno de dolor se desangre sobre el rayado suelo de vinilo.

Mi acompañante me alcanza mientras escudriño la pista de baile. Conozco a todos los presentes, y aunque no los *conozca*, conozco su rostro, o su nombre, o algún dato sobre ellos. Pese a mis intentos de negarlo y fingir que soy diferente, ahora que estoy aquí tengo que reconocer la verdad: estas personas son mis colegas.

Puede que no esté sola.

Puede que no lo haya estado nunca.

Entonces veo a Itch. Está junto a la pista de baile, meciéndose de un lado a otro como suelen hacer los chicos que no quieren (o no saben) bailar. No me busca con la mirada, pero es lógico, puesto que ha venido con Akemi. Ella está a su lado, y ambos tienen los dedos entrelazados.

Nada de lo que pase esta noche va a ser fácil.

Me vuelvo hacia mi acompañante para decirle que tengo que hablar con una persona, pero observo que se ha quedado helado, mirando a lo lejos.

—Anda, ve —le indico, y yo también me alejo. Me dirijo directamente hacia mi exnovio.

Itch y Akemi me miran extrañados cuando me acerco a ellos.

—Lo siento —me disculpo—, pero necesito hablar con Itch.

—De eso nada —contesta él.

—Lo entiendo. No soy la primera persona con la que quieres estar esta noche.

—En realidad, eres la última —responde Itch—. La última de la lista.

—Sé amable. —Akemi le da un codazo en las costillas. Yo la miro con gratitud y ella se encoge de hombros—. Me siento segura —me informa—. Además, tengo que hacer pis. —Se alza de puntillas y besa a Itch en los labios—. Recuerda. Da al mundo lo que deseas que te devuelva.

Es el tipo de frase de la que Itch y yo nos habríamos burlado hace unos meses, pero ya no me parece tan risible. De hecho, me parece muy profunda y real. ¿En *quién* me he convertido?

Cuando Akemi se marcha, la música que estaba sonando da paso a una vieja canción de Elton John. Agarro a Itch por la muñeca.

—Por una vez, vas a bailar conmigo como el típico pijo de instituto —le digo, arrastrándolo hacia la pista.

Sorprendentemente, Itch me sigue sin protestar. Coloco sus manos sobre mis caderas y las mías sobre sus estrechos y familiares hombros. Empezamos a mecernos juntos al son de la música, a un brazo de distancia, sus ojos duros y furiosos fijos en los míos.

—¿A qué viene esto, June?

—Voy a decir en voz alta por qué estás tan furioso. ¿De acuerdo?

Itch no responde exactamente, pero baja un poco el mentón. Una respuesta afirmativa casi imperceptible.

Yo respiro hondo.

—Al principio, es probable que estuvieras furioso debido a un montón de cosas, porque eso es lo que sucede con las rupturas. Las personas se enfurecen cuando una relación se rompe. Pero en la mayoría de los casos, al cabo de un tiempo lo superan. —La fría mirada de Itch permanece inmutable—. Pero tú no pudiste superarlo porque yo te lo impedí, porque hice que creyeras que nuestra ruptura no era importante. Como si no importara, como si toda nuestra relación no importara, porque no merecía siquiera una *mención.*

Los dedos de Itch se hunden en mi cintura, y durante una fracción de segundo retrocedemos en el tiempo, estamos de nuevo en el hueco de la escalera, y volvemos a pertenecernos el uno al otro. No quiero volver con él, pero me siento profundamente agradecida de que haya sucedido.

—Algún día habrá una Versión Adulta de Mí —le digo—. Esa Versión Adulta de Mí estará en deuda con tu Versión del Chico del Instituto por una pequeña parte de lo que es. La Futura Versión Adulta de Mí te da las gracias. Muchas gracias por ayudarla a convertirse en lo que es.

Itch me mira fijamente y me doy cuenta de que hemos dejado de mecernos al son de la música y mis dedos lo sujetan con fuerza por los hombros. Relajo las manos y él hace lo propio.

—Dile que no hay de qué —responde Itch—. Es decir, cuando la veas. Cuando veas a la Versión Adulta de Ti, dile que he dicho que no hay de qué.

—Lo haré —afirmo, y nos sonreímos uno al otro con regocijo… hasta que la mirada de Itch se posa en algo a mi espalda. Su expresión cambia.

Akemi ha regresado.

Me vuelvo para disculparme con ella, para explicarle que no trato de hacer nada impropio con su novio, que únicamente estábamos hablando…, solo que no es Akemi.

Es Oliver.

Está junto a la pista de baile, observándonos con expresión furibunda. Ve las manos de Itch sobre mis caderas, mis manos sobre sus hombros. Sé que ha visto nuestras sonrisas y la forma en que nos mirábamos a los ojos. Debe de creer que es otra de mis mentiras: que no he roto con Itch.

Siento pánico y me aparto de él, pero es demasiado tarde. Oliver ha desaparecido.

Me vuelvo hacia Itch.

—Lo siento —digo—. Debo irme.

—Espera. —Pese a mi necesidad de ir en busca de Oliver, dejo que Itch me rodee con sus brazos. Es un abrazo que me habría parecido raro cuando salíamos juntos, pero ahora no es un gesto romántico, sino agradable.

—Si no te quiere, es un idiota —asevera Itch.

—Gracias. —Me separo de él justo cuando aparece Akemi.

—Voy a arrebatártelo de nuevo —anuncia, tomando la mano de Itch.

—Deberías —respondo—. Hacéis una pareja superadorable.

• • •

Echo a correr hacia donde Oliver ha desaparecido, engullido por la multitud, pero hay varias puertas de salida del salón de baile. Elijo una y me encuentro de nuevo en el recargado vestíbulo. Ante mis prisas, un botones de uniforme levanta la mirada.

—¿Puedo ayudarla, señorita?

—¿Ha visto pasar a un chico? —pregunto jadeando.

El botones menea la cabeza.

—¿Puede darme más detalles?

—Alto, rubio, muy guapo.

El botones parece reflexionar.

—He visto pasar a un chico, pero creo que tenía el pelo castaño. Era más o menos de mi estatura, y no soy alto.

—¿Ahora mismo?

—No. Hace diez minutos. Más bien quince…

—Gracias —digo, aunque no tengo motivo para estarle agradecida, y me dirijo de nuevo apresuradamente hacia el salón de baile.

• • •

Un pasillo desierto. Cuando estoy a punto de dar media vuelta para marcharme, me fijo en dos puertas de acceso a unos lavabos. Me acerco rápidamente a una que pone CABALLEROS y me detengo. Todas mis normas internas me prohíben abrir esa puerta. Llamo con los nudillos y espero, pero no sucede nada. Alargo la mano, giro el pomo y cuando me dispongo a entrar con los ojos cerrados, la puerta del lavabo de mujeres se abre de golpe y aparece Ainsley.

—June, ¿qué estás haciendo?

Si Ainsley era una preciosidad vestida con ropa de calle normal, en este momento parece un ángel. Su piel bronceada contrasta con su resplandeciente vestido blanco, y sus ojos parecen más grandes y verdes que de costumbre.

—Llamar a la puerta de este lavabo. —La respuesta más obvia del mundo.

Ella me observa con detenimiento.

—Pensé que odiabas los bailes de fin de curso.

—Y los odiaba. —No quiero decirle que estoy buscando a Oliver, porque no deseo su ayuda ni nada que tenga que ver con ella. Ese breve momento de amistad que tuve con Ainsley… no fue real.

De pronto se abre la puerta del lavabo y, como era de prever, aparece Theo.

—¿Has sido tú la que ha llamado a la puerta? —Me da un repaso visual antes de volverse hacia Ainsley—. No me importaría participar en un trío con la excusa del baile de fin de curso.

¡Qué pelmazo! Siempre está con lo mismo. Algunos tenemos la capacidad de cambiar, de mudar de piel, de avanzar. Y otros… son Theo.

—¿Hay alguien más ahí dentro? —le pregunto.

—No —contesta Theo—. Pero si quieres entrar y comprobarlo tú misma, Ainsley y yo esperaremos aquí. O, mejor aún, quédate tú para vigilar la puerta mientras ella y yo entramos y…

—Cállate —le ordena Ainsley, y durante un segundo creo que se dirige a mí. Pero está mirando a Theo con cara de pocos amigos—. Invéntate un nuevo chiste —le dice antes de volverse hacia mí—. El aparcacoches se llevó nuestro coche, pero Oliver dejó el suyo en el aparcamiento de detrás del hotel. Dijo que así podía pirarse en cuanto le apeteciera. —Señala en la dirección por la que he venido yo—. Gira por ese pasillo a la izquierda del vestíbulo. —Al observar mi vacilación, añade—: No te miento. No siempre lo he hecho, pero en estos momentos no te miento.

—Gracias, Ainsley. —Suena sincero, y al cabo de unos momentos me doy cuenta de que es verdad—. De veras.

Ella ladea la cabeza y me observa como si tratara de descifrar algo.

—¿Conoces ese dicho de que hay que mantener a tus amigos cerca y a tus enemigos más cerca aún? —me pregunta—. Era lo que yo hacía. Pero tú nunca has sido mi enemiga, ¿verdad?

—Solo para mí misma.

—Vale, suficiente. —Ainsley hace un gesto indicando que me vaya—. Date prisa. Antes de que se marche.

La miro otra vez con expresión de gratitud y me voy corriendo.

• • •

La mala noticia es que el aparcamiento, como la mayoría de los aparcamientos, es gigantesco. La buena noticia es que también lo es el mastodonte. Veo su oscura silueta irguiéndose sobre los coches que lo rodean y me apresuro hacia él. Puedo sentarme en el capó hasta que aparezca Oliver.

Pero cuando llego frente a él, los faros se encienden, cegándome. El motor arranca, pero yo me quedo plantada ahí, alzando los brazos para proteger mi rostro de la luz. Oliver tendrá que pasar sobre mí si quiere salir de aquí.

Estamos en un punto muerto. Me pregunto si tocará el claxon, algo muy típico de Oliver, pero no lo hace. El motor enmudece. Los faros se apagan y el resplandor cambia a oscuridad. Al cabo de un minuto, se apea del coche. No puedo verlo, pero oigo su voz.

—¿Qué haces, June?

Por el tono no parece enojado, como yo suponía que estaría. Parece cansado, lo cual quizá sea peor. Sé que tengo que decir algo importante y épico y romántico, porque el momento requiere un gesto importante, épico y romántico, pero no encuentro las palabras. Lo único que siento es pánico de perder a la persona a quien más deseo encontrar.

De modo que me decanto por hacer algo que no siempre se me ha dado bien.

Decir la verdad.

—Voy a aprender a conducir.

—Enhorabuena —responde—. Muy independiente. Ya no me necesitas.

Vaya, me ha salido el tiro por la culata.

Mi visión se adapta a la falta de luz en el aparcamiento y la figura de Oliver adquiere nitidez. Sus ojos transmiten dureza. Frialdad. Ira.

—No, escucha. Mi padre iba a enseñarme a conducir. —Trato de explicárselo, pero las palabras me escuecen en la garganta—. Se suponía que iba a ser algo divertido que haríamos juntos, al igual que su padre le había enseñado a él, en descampados y caminos rurales. Decía que vendría a verme, pero luego siempre aducía algún motivo para no aparecer, y yo siempre fingía que no tenía importancia porque necesitaba que fuera así. Porque lo cierto es que me importaba *tanto* que no viniera, que nunca hiciera lo que me había prometido que siempre me llevaba un chasco. Eso hacía que me sintiera como si yo no le importara. Pero, Oliver —respiro hondo y lo suelto de sopetón—, por supuesto que importaba. Tú tenías razón. Todo tenía importancia. Lo que hizo tu padre y lo que el mío no hizo. Todas las tradiciones y los momentos y las elecciones. El que hayas aceptado hacer esas estúpidas prácticas en el banco que los dos sabemos que destrozarán tu alma. Ainsley e Itch. Todo.

Me detengo y espero, pero al parecer mi discurso no es lo bastante épico ni romántico, porque Oliver no se apresura a abrazarme. Lo único que hace con sus brazos es cruzarlos.

—Una gran revelación —declara—. Y has elegido el momento oportuno, porque acabo de veros a ti y a Itch como si os *importarais* mucho el uno al otro.

—Estábamos *hablando.* Lo sabes.

—¿Cómo voy a saberlo? —Oliver me mira furibundo—. No me lo dijiste cuando rompiste con él. ¿Por qué ibas a decirme si volvéis a estar juntos?

—Oliver. —Sé que sueno desesperada, pero no me importa—. Por favor. Ya hemos hablado de esto.

—Me sentó como una patada. —El tono de Oliver es gélido—. Éramos amigos y era estupendo, y luego pensé que quizás hubiera algo más, pero no quería estropearlo. Yo estaba con Ainsley y tú estabas con Itch, y todo parecía muy llevadero. Pensé que al menos no lo destrozaríamos tratando de tener algo más que amistad, aunque yo sabía, lo *sabía,* June, que estar tú y yo juntos sería mucho más especial e interesante que si estuviéramos con otras personas.

Lo miro asombrada. No solo está enfadado. Está furioso.

—Oliver…

—No he terminado de hablar —me interrumpe—. Cuando ni siquiera te molestaste en decirme que habías roto con Itch, comprendí que todo había sido una invención mía, que no había nada más entre nosotros. Tan solo éramos amigos, algo que se ajustaba a la perfección a las mentiras que le había estado explicando a Theo. Así que lo acepté. Porque me gustabas mucho, *mucho,* como amiga. Y porque si no lo eras, nada tenía sentido.

Yo no estaba loca. Todo lo que sentía entre nosotros era *real.* Abro la boca para decírselo, pero él ha cogido carrerilla.

—Entonces ocurrió lo de la fiesta de Kaylie, cuando pensé que todo había cambiado, cuando te besé como hacía *meses* que deseaba hacer y… —Oliver se detiene. Traga saliva. Se recupera—. Y de repente parecía que todo estaba en orden en el mundo.

—Y era cierto —lo interrumpo—. Fue…

—¡Fue una chorrada! —me espeta—. Unos tragos de tequila y la luz de las estrellas y la nostalgia…

—¡Solo bebí un trago!

—… y yo era el chico que tenías más cerca.

—¡No es verdad!

—¿Que no es verdad? —Oliver se acerca más. La luz del hotel le ilumina y veo su esmoquin. Tiene un aspecto clásico. Elegante. Atormentado y bellísimo—: ¿la parte cuando me rompiste el corazón o cuando fingiste que nunca había sucedido? No sé qué tratas de decir. ¿Qué tratas de decir, June?

Le rompí el corazón.

Le rompí el corazón.

No, es mi corazón el que se rompe. Se está partiendo dentro de mí, fracturándose en un número infinito de pedacitos, y si abro la boca para articular palabra, esos pedacitos saldrán volando y lo destrozarán todo. O quizás a mí. Quizá sea yo quien termine destrozada.

Hace un año, hace un mes, hace una semana, ese temor habría bastado para obligarme a mantener la boca cerrada. Pero algo ha cambiado ahora, y ese algo es Oliver Flagg, y tengo que decírselo.

—*¿Qué?* —Lo percibo en esa palabra. Lo veo en el gesto tenso de su boca, en la forma en que su torso se inclina hacia mí. Es *esperanza.*

De modo que le respondo. Le respondo con una esperanza tan intensa como la suya.

—Este es el momento. —Eso no tiene mucho sentido, por lo que me apresuro a aclarar—: No fue la noche de la broma de los de último año, Oliver. Es esta noche.

—¿Qué ocurre esta noche?

—Es la noche a la que regresaré, la que reproduciré una y otra vez como una canción en mi cabeza. —Sonrío entre lágrimas—. La noche en que te digo la verdad.

Él me mira de una forma que me recuerda al ciervo al que sobresaltamos cuando nos dirigíamos en coche al instituto. Como si al menor paso en falso por mi parte, al menor desliz, echará a correr y no volveré a verlo.

—¿Qué verdad?

Avanzo un paso lento y tentativo hacia él. Alargo la mano para tocarlo. Sus músculos están tensos debajo de la chaqueta del esmoquin cuando deslizo la mano por su brazo y mis dedos se detienen rozando los suyos. Abro la boca, y cuando hablo, esos pedacitos de mi corazón brotan junto con las palabras.

—La verdad es que esto es lo más estúpido que he hecho, aparecer justo antes de que todo cambie y nuestras vidas queden trastocadas y el tiempo se agote, pero tengo que hacerlo, porque al fin he comprendido que algunas cosas son incontrolables, y una de ellas es mi corazón y el hecho de que te quiero, absoluta e indudablemente. —Nos miramos y observo que abre mucho los ojos. Por si no me he explicado con toda claridad la primera vez, se lo repito—. Te quiero.

—Eso ya lo he captado —afirma. Una de las comisuras de su boca se curva hacia arriba un poco. Yo lo interpreto como un signo alentador, pero aunque no lo fuera, he ido demasiado lejos para no decir lo que me queda por decir.

—Y por supuesto que importa —asevero—. Importa porque *tú* me importas y te quiero.

Las palabras permanecen suspendidas entre nosotros. Mi corazón deja de latir y el mundo deja de girar y cada estrella en el cielo deja de parpadear y se convierte en un refulgente punto de luz blanca.

Oliver sonríe, y lo siento en todas partes, como si me tocara en todas partes.

—Bueno, está claro que yo también te quiero —dice—. ¿Y ahora qué hacemos?

Los pedacitos de mi corazón se funden en una carcajada prolongada, que rebota en el capó del mastodonte y reverbera en el aparcamiento.

—Ahora iremos al baile —respondo.

• • •

Entro en el baile de fin de curso de mi promoción y me dirijo hacia la pista, donde parece que todas las personas que conozco están moviendo el esqueleto al ritmo de un *remix* de los Beatles. Es como un millar de bailes de instituto en los que no he estado presente, pero en este *sí* lo estoy y voy cogida de la mano de Oliver Flagg. Nuestros dedos están entrelazados, como si estuvieran destinados a estarlo. Cuando nos abrimos paso a través de la algarabía, vemos a Darbs. Ella y Ethan Erickson tienen las manos juntas y bailan en un grupo en el que también está Lily. Yana Pace se mueve cerca de ellos con una chica que lleva un vestido rojo de lentejuelas.

Oliver hace que me detenga en medio de la multitud. Algunas personas nos miran, pero él no parece advertirlo, porque por lo visto de lo único que se da cuenta es de mi persona. De hecho, sus ojos no dejan de pasearse por todo mi cuerpo.

—Estás impresionante —dice.

—Gracias.

Me resulta raro decirle a un chico que es guapísimo, de modo que deslizo un dedo sobre la solapa de su esmoquin.

—Pareces un espía. —Él arquea una ceja y me apresuro a matizar—: Un espía internacional. Un espía internacional apuesto y elegante que tiene un *algo* especial que hace que todas las chicas se enamoren de él y… *¿Qué?*

Él me mira a los ojos al tiempo que esboza su radiante sonrisa.

—Este es otro de esos momentos —anuncia.

—¿Qué momento? —pregunto, aunque creo conocer la respuesta.

—El momento en que te beso.

—Seguro que tienes razón —convengo, sintiendo que el corazón se me acelera. Ansío que me bese, pero al mismo tiempo temo las sensaciones que puede despertar en mí—. No hemos bebido tequila…

—Mejor —dice, y oprime su boca sobre la mía.

Yo tenía razón al temer lo que pudiera suceder, porque el beso de Oliver Flagg destruye el mundo entero. Todo cuanto nos rodea desaparece y lo único que percibo es lo que siento y el sabor de su boca. No me importa quién nos esté mirando o a quién le sorprenda vernos juntos o qué funcionario administrativo pueda acercarse y amonestarnos por exhibir nuestro amor en público. Oliver lo representa *todo*, y este instante es aún mejor que cuando estábamos sentados en el capó de su mastodonte, porque esta vez no finjo nada. Esta vez soy yo. Y estoy con él.

Y es muy real.

Al cabo de un momento (bueno, unos momentos), Oliver se aparta y me mira. Sospecho que ofrezco el mismo aspecto que él: un poco nerviosa, un poco eufórica, profundamente enamorada.

—Haremos mucho más que eso —me asegura—. Cuando nadie nos observe.

—Estoy impaciente por que llegue ese momento.

Pese a mi impaciencia, quiero disfrutar de cada segundo de este baile de fin de curso.

Oliver desliza las manos por mis brazos, enlazando de nuevos sus dedos con los míos.

—¿A que no adivinas qué voy a hacer?

—¿Cambiar tu mastodonte por un vehículo más pequeño que consuma menos gasolina?

—No. Había olvidado que eres incapaz de adivinar nada. —Se inclina y me besa de nuevo en los labios—. Me han concedido el puesto de becario en el banco…

El alma se me cae a los pies.

—Oliver…

—… y lo he rechazado. En vez de ello, voy a tomar clases de ebanistería en un estudio cerca de la calle State. A mi padre no le ha hecho ninguna gracia, pero en estos momentos lo que le preocupa es resolver los problemas con mi madre, de modo que está tratando de asimilarlo.

Yo lo miro arrobada antes de separarme de él.

—Tengo que hacer una cosa. Espera aquí.

Tras dejar a Oliver en la pista de baile, me apresuro hacia la cabina del pinchadiscos y abrazo a Shaun.

—Parece que lo estás pasando estupendamente —comenta después de retirar mis brazos de su cuello.

—Y tú también —respondo pasándole mi teléfono—. Quiero hacerte una petición.

Shaun mira la canción que aparece en la pantalla de mi móvil y pone los ojos en blanco.

—Pero ¿quién *eres*?

—Lo sé. —Sonrío y él me devuelve la sonrisa. Nunca lo había visto tan feliz. Se muestra tal como me siento yo.

Un minuto más tarde, regreso a la pista de baile junto a Oliver. Después de volver a besarme, señala la cabina del pinchadiscos.

—¿Quién es el chico que está con Shaun?

Dirijo la vista hacia donde mira él.

—Ah, es Kirk. Me ha traído en su coche.

—Genial.

—Sí, es genial —convengo, y en ese momento empieza a sonar a través de los altavoces la canción que he pedido a Shaun. Oímos unos potentes instrumentos de percusión seguidos por unos potentes acordes. De hecho, sin duda, es la canción con la percusión y los acordes más potentes que jamás haya sonado a través de las ondas.

—¿En serio? —pregunta Oliver con visible satisfacción.

—En serio —le aseguro mientras deslizo las manos sobre su pecho y sus hombros para enlazar mis manos en su nuca. Él me rodea con los brazos, besándome de nuevo en los labios, mientras a través de los altavoces sigue sonando *Cuando sí importa*—. Acabas de ganar —le informo—. Has ganado la *playlist*.

—Quiero algo mejor que la *playlist*.

—Eso ha quedado de lo más cursi —contesto, y él me mira sonriendo.

—Pero ahora abrazas lo cursi.

—Ahora te abrazo a ti —le aclaro.

—Eso es *supercursi* —dice, y empezamos a mecernos al ritmo de la música, como Itch y Akemi, como Shaun y Kirk, como todo el mundo. Porque aunque este momento es un tanto cursi y raro y anticuado, significa algo.

Es importante.

VERANO

EPÍLOGO

—Sabes que tengo prohibido que entren chicos en mi habitación —informo a Oliver antes de empujarlo suavemente hacia mi cama. Él se sienta en ella y me atrae hacia su regazo.

—Se supone que tampoco debes socializar con chicos de una universidad rival —me recuerda—, y, sin embargo, aquí estoy.

—Socializando conmigo —respondo, besándolo rápidamente en la boca. Me gustaría besarlo más profundamente, pero tenemos una tarea que llevar a cabo—. Supongo que tendremos que hacer algunas excepciones a las reglas.

—Shaun lo agradecerá.

—Con Shaun socializo de manera distinta —respondo.

—Eso espero. —Oliver intenta besarme de nuevo, pero me aparto y me levanto de sus rodillas.

—Más tarde —le prometo—. Vamos, levántate.

Él protesta pero deja que le ayude a incorporarse.

Mi madre y Cash siguen bebiendo café en la cocina cuando bajamos una vez más la escalera. Supongo que nos han oído, porque Cash pregunta si estamos *seguros* de que no necesitamos ayuda.

—Segurísima —contesto justo antes de que la caja que sostengo se me caiga de los brazos y aterrice en el suelo con un contundente impacto.

—Permíteme —dice Oliver con pésimo acento inglés. Pongo los ojos en blanco, pero dejo que recoja mi caja, que coloca encima de la suya. Carga con las dos (sus músculos se tensan y flexionan debajo de su camiseta) y al observar la forma en que lo estoy mirando, pregunta—: ¿Qué?

—Nada, admiraba eso tan característico de Oliver Flagg —contesto, y nos miramos sonriendo.

Cuando salimos fuera, Oliver carga las dos cajas en la plataforma de la camioneta de Cash, llena a rebosar, y lo cubrimos todo con una lona.

—¿Tienes que despedirte de tu madre? —me pregunta.

Niego con la cabeza.

—Ya me he despedido, y más tarde se pasará por la residencia estudiantil.

—Espero que sepa que allí sí está permitido que entren chicos —me informa Oliver, tras lo cual se apresura a menear la cabeza—. No todos los chicos. Solo uno.

—Por supuesto, solo uno —lo tranquilizo—. El que estará tan solo a tres horas de distancia.

—Pero que vendrá a visitarte a menudo. —Oliver se inclina para darme un beso rápido... que se convierte en uno lento. Se detiene el tiempo suficiente para mirar la casa (nadie nos observa) antes de acorralarme contra la camioneta y tomárselo con calma.

Al margen del tiempo que llevo saliendo con Oliver, cuando me besa de esta forma, profunda y deliberadamente, me olvido de todo. Me derrito.

Cuando nos separamos, le sonrío.

—Quizá tengas que subir todas las cajas a mi habitación de la residencia —le digo—, porque me tiemblan las piernas.

—Ya, a mí me ocurre lo mismo. —Oliver saca las llaves de Cash de su bolsillo—. ¿Estás lista?

Abre la puerta del conductor y se monta. Agradezco a Cash que nos haya prestado su camioneta para trasladar mis cosas, aunque es un vehículo aún más incómodo que el mastodonte. Oliver se desliza sobre el asiento para instalarse en el del copiloto. Me entrega las llaves y cuando arranco, me toca en el brazo.

—¿Estás segura de que no quieres que conduzca yo?

Lo dice en broma, y sabe que yo lo sé.

—No tengo inconveniente —respondo—, pero no sé si te las arreglarás en un vehículo con caja de cambios.

—Tú podrías enseñarme. —Oliver se inclina sobre el asiento para besarme en el cuello. Yo trato de apartarlo, pero sin mucho empeño—. Al menos podré elegir la música que quiero escuchar —me susurra al oído.

—Adelante —digo señalando el panel de control, que contiene una vieja radio sin enchufes ni conexiones inalámbricas—. Pero no podemos poner nuestra *playlist* aquí.

—No importa. —Oliver me da un último beso—. Ya no necesito la *playlist.*

Enciende la radio y busca en el dial hasta dar con una emisora en la que suena una canción pop cuyo título no recuerdo.

—Es horrible —comento.

—Infumable —reconoce.

—Sube el volumen.

Él obedece. Hago marcha atrás hacia Callaway y meto la primera. Doy gas y el motor se acelera. Su potencia se convierte en *mi* poder: ha estado ahí todo el tiempo, esperando a que yo me diera cuenta.

Suelto el embrague y enfilamos la carretera, felices de escuchar cualquier canción que suene.

LA PLAYLIST «SUNRISE SONGS»[5]

Cuando sí importa, de Emotional Resonance[6]
Making Love out of Nothing at All, de Air Supply
Gone Daddy Gone, de Violent Femmes
Here I Go Again, de Whitesnake
Cry for Love, de Iggy Pop
(I Just) Died in Your Arms, de Cutting Crew
Heaven, de Warrant
London Calling, de The Clash
I Wanna Be Sedated, de Ramones
Angel, de Aerosmith
Luv Luv Luv, de Pansy Division
I'll Be There for You, de Bon Jovi
Chase It Down, de Ume
This Is Usually the Part Where People Scream, de Alesana
Love Bites, de Def Leppard
Hearts Are made for Beating, de Wax Fang
You're So Vain, de Carly Simon
The Search Is Over, de Survivor
Bang Bang, de Nico Vega

---

5. Todas las canciones de la *playlist* existen.
6. Excepto esta.

AGRADECIMIENTOS

Mi más profunda gratitud hacia estas personas:

Cualquiera que esté leyendo este libro en estos momentos. Vosotros sois la razón. Gracias.

Mi excepcional agente literaria —Lisa Gallagher— por su infinita pasión, apoyo y entusiasmo.

Chelsea Eberly, por sus increíbles dotes editoriales y por su don de la colaboración. Este libro se produjo mediante una alquimia mágica en la que una persona dice una cosa, otra persona dice otra y al fin llegan a una cosa totalmente diferente que es mucho mejor que la original. Eso sucedió con frecuencia, y fue extraordinario y extraordinariamente divertido.

Michelle Nagler, por dejarme expresar mis ideas, por escuchar y por apostar por mí.

Alison Kolani y Barbara Bakowski, de Editar y Corregir; Jocelyn Lange, de Derechos Subsidiarios; Heather Palisi, de Diseño; y todos los equipos de Ventas, Marketing y Publicidad de Random House Children's Books, demasiado numerosos para nombrarlos, pero que son unos campeones fantásticos.

Barrett Gregory por la divertida sesión fotográfica y las nuevas y magníficas fotos de primer plano que tomó.

Elise Allen y Nina Berry, mis fantásticas amigas y autoras que dejaron a un lado sus propios libros para leer las páginas iniciales de mi borrador.

El equipo de guionistas y personal de apoyo de *Anatomía de Grey*, temporada 12, con mi especial gratitud para Andy Reaser por «ECPV».

Sara Rae Dodson —que fue la Primera Adolescente Real que leyó este libro— por la velocidad con que lo leyó, por sus acertados comentarios y por su valiente sinceridad.

Nicole Desperito, por unirse a mi caótico pueblo, por leer los primeros borradores, por contribuir a poner orden en el caos y por permitirme aprender con sus enseñanzas.

Innumerables amigos y familiares, quienes componen mi cuadrilla de animadores, mi necesaria distracción, mis amores.

SOBRE LA AUTORA

JEN KLEIN vive en Los Ángeles con su marido y una colección de niños pequeños y animales, tan revoltosos como díscolos. Cuando no escribe novelas para jóvenes adultos, lo hace para televisión y ha estado nominada a los premios Emmy. Actualmente es guionista de la serie *Anatomía de Grey*. Puedes visitarla online en jenkleinbooks.com y seguirla en Twitter en @jenkleintweets.

PUCK

AVALON

Libros de *fantasy* y *paranormal* para jóvenes con los que descubrir nuevos mundos y universos.

LATIDOS

Los libros de esta colección desprenden amor y romance. Ideales para los lectores más románticos.

LILIPUT

La colección para niños y niñas de 9 a 14 años, con historias llenas de aventuras para disfrutar de verdad de la lectura.

SERENDIPIA

Una serendipia es un hallazgo inesperado y esto es lo que son los libros de esta colección: pequeños tesoros en forma de historias contemporáneas para jóvenes.

SINGULAR

Libros *crossover* que cuentan historias que no entienden de edades y que puede disfrutar tanto un niño como un adulto.

¿Cuál es tu colección?

Encuentra tu libro Puck en:

www.mundopuck.com

puck_ed

mundopuck